Le cas Dominique

Du même auteur

Psychanalyse et Pédiatrie
Seuil, 1971; coll. Points, 1976

Lorsque l'enfant paraît, tome 1
Seuil, 1977

L'Éveil de l'esprit de l'enfant
en collaboration avec Antoinette Muel
éditions Aubier, 1977

L'Évangile au risque de la psychanalyse, tome 1
éditions Jean-Pierre Delarge, 1977
Seuil, coll. Points, 1980

Lorsque l'enfant paraît, tome 2
Seuil, 1978

L'Évangile au risque de la psychanalyse, tome 2
éditions Jean-Pierre Delarge, 1978
Seuil, coll. Points, 1982

Lorsque l'enfant paraît, tome 3
Seuil, 1979

La Foi au risque de la psychanalyse
en collaboration avec Gérard Sévérin
éditions Jean-Pierre Delarge, 1980
Seuil, coll. Points, 1983

La Difficulté de vivre
Interéditions, 1981

Au jeu du désir
Seuil, 1981

Séminaire de psychanalyse d'enfants, tome 1
en collaboration avec Louis Caldaguès
Seuil, 1982

Sexualité féminine
Scarabée et Compagnie, 1983

L'Image inconsciente du corps
Seuil, 1984

Séminaire de psychanalyse d'enfants, tome 2
en collaboration avec Jean-François de Sauverzac
Seuil, 1985

La Cause des enfants
Laffont, 1985

Solitude
Vertiges, 1985

Enfances
Seuil, 1986

Dialogues québécois
Seuil, 1987

en cassettes de 60 minutes
Séparations et Divorces
La Propreté
Seuil, 1979

Françoise Dolto

Le cas Dominique

Éditions du Seuil

ISBN 2-02-000624-3
(ISBN 1re publication : 2-02-002759-3)

© ÉDITIONS DU SEUIL, SEPTEMBRE 1985

L'histoire clinique

DOUZE SÉANCES DE TRAITEMENT PSYCHANALYTIQUE D'UN ADOLESCENT APRAGMATIQUE DEPUIS L'ENFANCE. PROTOCOLE ET RÉFLEXIONS THÉORIQUES

En thérapie psychanalytique, les écrits cliniques, au sens de protocoles des séances, sont rares. La documentation verbale et graphique que Freud nous a donnée de certains de ses cas — pour la psychanalyse d'enfant, je pense à Hans, à l'homme aux loups —, nous est d'une aide pourtant considérable, à côté des déductions théoriques qu'il en a tirées. Il ouvrait par là la porte à notre réflexion personnelle et à nos critiques formatrices.

De nos jours, on lit beaucoup de petits ou minuscules fragments tirés d'un ensemble de plusieurs centaines de séances; ce sont des fragments de discours, de rêves ou de comportements, servant le plus souvent à justifier une recherche technique ou une discussion sur le transfert et le contre-transfert. La raison du choix de ces fragments laisse le clinicien perplexe.

Par ailleurs, j'ai toujours pensé que l'assistance d'autres psychanalystes au travail thérapeutique pouvait être d'un intérêt considérable quant à ce travail spécifique : nous éclairer quant à notre orientation, laquelle trouve son sens dans la plus juste écoute et le plus grand respect de tout ce que l'analysé exprime de son inconscient. Ainsi est rendue possible une critique de la réceptivité inconsciemment disponible chez celui qui écoute, ainsi nous devient-il possible de restituer dans son authenticité la rencontre analytique, que notre contre-transfert nous voile toujours.

Dans ma consultation hospitalière, je me suis aperçue que ce mode de travail (avec témoins), ne gênait le sujet en psychothérapie avec moi que lorsque la présence de l'assistance me gênait moi-même dans la spontanéité de mon attention et de ma réceptivité.

Dans ces séances en présence d'assistants psychanalystes, une des personnes consigne toutes les paroles prononcées de part et d'autre, par le patient et l'analyste. Les dessins des enfants sont conservés ainsi que des croquis des états successifs de leurs modelages, exécutés par moi-même en cours de séance, devant l'enfant. Le rôle de script-girl paraît ingrat, mais est, après coup, d'un très grand intérêt critique. Quant aux mimiques du patient et du thérapeute, gestes et actes inconscients parallèles, ils sont entièrement observables par tous. Une plus juste compréhension critique se dégage de l'étude ultérieure des séances ainsi suivies.

Dans cette technique ainsi modifiée de la « rencontre » analytique, les réactions transférentielles doivent compter avec la présence parallèle qui diffracte parfois visiblement le transfert ou plutôt ses composantes émotionnelles : présence et écoute des autres personnes de l'assistance. Les interventions du psychanalyste en tiennent compte, ouvertement.

Tous ceux et celles qui ont assisté à des cures en hôpital savent quel enseignement on peut en tirer, et quelles démystifications de l'analyste et de l'analyse, non sans réactions contre-transférentielles personnelles, une telle assistance a permis. Ils savent quelle expérience personnelle ils en ont tirée sur les modalités du narcissisme résiduel, de l'analyste toujours en question dans la rencontre analytique.

Malheureusement cette technique ne peut pas se généraliser, tant pour des raisons de résistances que par souci du secret professionnel. Nous sommes souvent réduits à des récits remaniés et très résumés autant par notre choix délibéré que pour des raisons narcissiques qui tantôt nous permettent ou tantôt nous empêchent d'admettre notre contre-transfert. Et le problème reste toujours de transmettre avec véracité nos expériences de travail.

C'est afin de contribuer à la recherche psychanalytique que j'ai jugé intéressant de rédiger un cas dans sa totalité. Le document, noté de façon détaillée, en style plus ou moins télégraphique, est simplement recopié. Les croquis des modelages ont été exécutés par moi en cours de séance; je «croque» les états successifs des modelages accompagnant le discours du patient. Cette façon de procéder qui m'est coutumière, est pour moi presque automatique et libère mon attention « flottante ».

Je ne rapporte pas ici un cas traité en consultation hospitalière publique; la particularité du transfert sur plusieurs présences rend la problématique plus grande, et j'ai préféré publier un cas vu en « colloque à deux » à la consultation d'un centre médico-pédagogique. Si j'ai choisi celui-ci, c'est pour le nombre restreint des séances qui n'en rendait pas la lecture trop fastidieuse et me permettait de ne rien supprimer, ce qui fournit aux lecteurs un document authentique.

La différence entre ce cas et ceux suivis en consultation à domicile est que le prix de la séance est payé à une caisse de dispensaire, et non au psychanalyste lui-même. (Nous verrons d'ailleurs comment ce mode de paiement s'inscrit dans le transfert, un jour, à travers le fantasme du billet à la gare. Une somme est passée par un guichet à une secrétaire qui donne un reçu.) Les rendez-vous et le rythme des séances sont concertés entre le sujet, sa famille et moi. Les séances manquées ne sont pas payées. Je dois dire que l'absence aux séances n'est, dans ce cas, jamais venue du fait du sujet lui-même, mais soit de la personne qui l'accompagnait, soit du fait de petites vacances coïncidant avec le jour prévu pour la séance. Un seul déplacement de rendez-vous vint de mon fait pour raison personnelle.

Quant au choix de ce cas, le lecteur pensera peut-être qu'il y a rencontre très particulière d'événements réels; qu'il se détrompe. Chacun, névrosé ou non, a dans son histoire beaucoup d'événements particuliers. Ce ne sont pas ces événements qui sont importants psychanalytiquement, c'est-à-dire dans la dynamique inconsciente qui structure le développement du sujet, on s'en rendra compte; c'est la façon dont y a réagi le sujet, du fait de son organisation pulsionnelle et personnologique en cours. Les événements vécus en famille n'ont reçu de signifiance traumatisante que lorsque le sujet a, à cause d'eux, échappé à la castration humanisante, aux divers niveaux de son évolution libidinale[1]. Dans le cas qu'on va lire, les instances de la personnalité en cours d'élaboration n'ont pas trouvé dans l'entourage parental le support, au minimum verbal ou gestuel, caractéristique d'une symbolisation humaine, pour l'impuissance mutilante qui lui provoquait l'angoisse. C'est au contraire son angoisse, qui a pris valeur de réalité principielle de l'entourage familial et social, image-souffrance pour lui de l'angoisse, mais image sans parole et sans geste d'autrui.

Si ce travail peut entraîner réflexions critiques et constructives — la polémique étant à mon avis hors du champ de la critique psychanalytique —, je n'aurai pas travaillé inutilement[2].

1. Ces paroles s'éclaireront dans le contexte, je l'espère. Je veux dire qu'au cours de son développement, tout être humain rencontre des limitations éprouvantes, et pourtant nécessaires, à ses désirs. La réalité de ces limitations entraîne des souffrances réelles et imaginaires, sensations de mutilations corporelles et angoisse. Il s'ensuit une régression pathogène ou une progression (sublimation culturelle et sociale) selon ce que sont, à la fois, le niveau de l'image du corps structuré chez le sujet, le niveau de son langage et les réactions qu'il rencontre dans son entourage : langage, comportement, paroles et angoisse concomitante.

Ces processus sont très différents avant le stade du miroir; car alors, l'enfant ne connaît pas l'existence de son visage. La pathologie des psychotiques se réfère, me semble-t-il, à des expériences préverbales et prescopiques du corps propre. Tel est le cas de Dominique.

2. Il est bien entendu que, par respect du secret professionnel, quelques modifications des noms de personnes et des lieux ont été nécessaires. Elles n'altèrent pas leur valeur associative signifiante pour le sujet.

Première séance : 15 juin

PREMIÈRE PARTIE

Entretien avec la mère

Après avoir accueilli Dominique avec sa mère, j'envoie Dominique préparer modelage et dessin dans la salle d'attente. Mme Bel reste avec moi.

Dominique Bel est un garçon de 14 ans qui nous est présenté pour un diagnostic et un conseil de placement. C'est un garçon pubère depuis un an et qui mène depuis toujours une vie scolaire tout à fait aberrante. Il est suivi depuis deux ans dans une école de pédagogie spécialisée où il ne fait pas de progrès et où son comportement, quoique stéréotypé, paraît plutôt se détériorer.

Le médecin d'un dispensaire médico-pédagogique qui l'a suivi depuis plusieurs années le considérait comme un débile simple; mais il craint, depuis sa puberté, une évolution vers la schizophrénie. C'est aussi l'impression des personnes expérimentées de la dernière école, et ma première impression.

Dominique a triplé une neuvième à l'école primaire; après quoi, il est entré dans cette école spécialisée où, sans gêner la classe, il n'a pas fait de progrès. Il s'occupe à dessiner : voici un spécimen de ses *dessins stéréotypés,* les mêmes depuis des années, toujours des engins mécaniques : avions, autos (jamais de bateaux). Par leur facture, ils ont l'apparence de monoblocs. Ils sont presque toujours dessinés dans deux

13

sens opposés, sur la même page. Le haut de page pour un des dessins sert de bas de page à l'autre. Dominique fait des *modelages stéréotypés* aussi, dont voici un spécimen. Pour lui, ce sont des « *personnages* ». Ils couvrent une surface énorme, les plus petits mesurant 40 cm de long; il les déplace comme des macaronis cuits, avec une précaution affectée.

Dominique a l'apparence de son âge; il est longiligne sans être maigre, brun; il a des cheveux ras en toison très serrée, le front assez bas, et déjà du duvet autour de la bouche. Il ne se tient pas droit, mais un peu en primate. Il a un sourire stéréotypé et une voix « sucrée », très haute et bi-tonale, comme s'il n'avait pas mué. Il suit sa mère avec les coudes pliés, les mains retombantes, comme le font avec leurs pattes avant les chiens dressés à marcher sur leurs pattes arrière. Le garçon est tout à fait désorienté dans le temps et dans l'espace. « Il est incapable de vivre seul et de circuler même pour de petites courses dans la rue pour sa mère. Il est tellement distrait qu'il sortirait en pyjama ou resterait à la maison l'hiver en pardessus et moufles pour déjeuner, si on ne le lui faisait pas remarquer. » Un sourire énigmatique, yeux mi-clos, erre sur son masque figé.

Bien qu'il aille à la même école depuis deux ans, toujours sous la conduite de son frère, un jour, ce grand frère étant distrait (cela ne lui est arrivé qu'une fois!), Dominique s'est perdu et a pris un autre train que la Micheline quotidienne; il est parti sur je ne sais quelle ville de province dont cependant il a su se faire rapatrier seul, après une journée d'inquiétudes familiales. Au sortir de l'école, si la maîtresse ne l'en empêche, il suit n'importe qui. Lui-même ne semble pas savoir pourquoi. D'ailleurs, comme on le verra, s'il parle, il ne répond pas aux questions. Il a acquis la lecture, nous apprendrons plus tard comment; c'est à peu près tout. Quant au calcul, malgré la pédagogie la plus éclairée pour les dyscalculiques, il n'y comprend absolument rien et en est obsédé, répétant ses tables de multiplication avec autant de conscience que d'inutilité. La mère dit qu'il montre, par moments, un véritable acharnement à apprendre et qu'à d'autres, il abandonne, désespéré, car il ne retient rien.

I

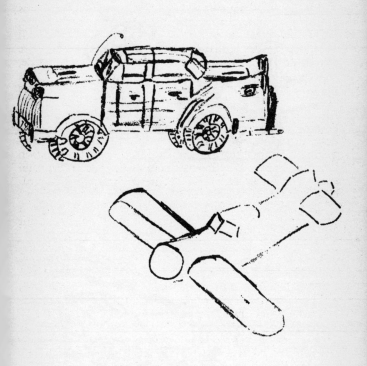

2

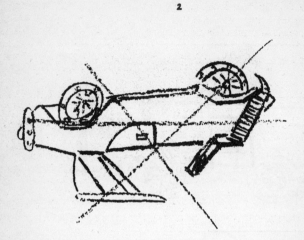

Train fantôme à
la foire du Trône.

(surface occupée toujours très grande)
hauteur 40 cm

3

Pâte à modeler
à dominante verte.

Il n'a pas d'amis, mais pas d'ennemis. A la maison, il joue un peu avec de petites autos, mais il ne s'occupe à rien de pratique. Il ne serait pourtant, dit la mère, pas trop maladroit de ses doigts (?); il aime surtout beaucoup dessiner. Il aime, en modelage, faire ces longues ficelles qu'il assemble. Depuis un an, « il serait travaillé », dit la mère, « par la puberté », quoiqu'il semble n'avoir aucune pudeur et aucune curiosité de son sexe; mais c'est une « impression de mère, ajoute-t-elle. Il aime lire et il raconte depuis quelque temps des histoires qu'il invente, sans doute pour faire croire qu'il a beaucoup d'imagination. On l'écoute pour lui faire plaisir, ou plutôt on fait semblant pour qu'il ait le plaisir de parler, mais on n'y comprend rien. » En fait, il délire plus qu'il ne fabule.

Dominique est le deuxième d'une famille de trois. L'aîné est un garçon, Paul-Marie, de deux ans et demi plus âgé; la troisième une fille, Sylvie, de deux ans trois quarts plus jeune que Dominique. Les notes que je possède et qui viennent de l'école où Dominique va depuis deux ans, relatent que cet enfant est doux, facile, de bonne volonté, sans aucun moyen; on le dit sympathique.

La mère déclare que Dominique a une excellente santé physique. Il a subi de façon très légère les maladies infantiles que ses frère et sœur ont eues fortes. Il est tolérant à toute nourriture et supporte toutes les intempéries.

Les notes de l'école disent aussi que l'enfant était bien portant psychiquement et caractériellement jusqu'à la naissance de sa petite sœur; qu'il aurait alors fait de très fortes réactions de jalousie, auxquelles on impute les désordres de sa conduite actuelle. Mis à un jardin d'enfants de méthode active Montessori, voisin de la maison de ses parents, très tôt, dès avant la naissance de sa petite sœur, il y avait été bien accueilli et s'y plaisait; mais après deux mois, qu'il avait passés chez ses grands-parents paternels, au moment de la naissance de sa sœur, cette école n'a plus voulu de lui. La mère essaya plus tard des écoles maternelles dont aucune ne voulut le garder.

Voici les faits détaillés qu'à ce propos je me fais préciser par la mère : Dominique, à son retour de chez ses grands-parents, a trouvé la place prise dans son propre lit de bébé, où il avait couché jusqu'à son départ, dans la chambre des parents. Il a été mis dans un lit d'adulte, dans la chambre de son frère aîné. Il n'a rien manifesté à ce sujet, mais a fait une très forte réaction d'angoisse à voir sa petite sœur téter ; il lui arrachait le sein, ne voulant pas la voir « manger Maman ». Il a recommencé à se salir. L'énurésie pratiquement n'avait pas cessé, mais il y eut encoprésie nocturne et, dans la journée, l'enfant se mouillait et déféquait dans ses culottes. C'est d'ailleurs cela qui l'a fait renvoyer du jardin d'enfants alors qu'avant son départ, il s'était très bien intégré au groupe. A son retour, il salissait tout, était insupportable, instable, agressif. L'enfant est donc resté en famille.

L'été suivant, il est allé avec sa mère, son frère et sa sœur chez les grands-parents maternels (cette fois). Là, l'été fut abominable : crises continuelles d'opposition, de colère, de rage. Ces crises inquiétaient sa mère par leur importance ; il fallait tout le temps le protéger de lui-même et protéger sa sœur. Période de mutisme et d'insomnie. Les choses se sont améliorées au retour au domicile des parents ; il est resté en famille et s'est montré facile. Arrive, à six ans, le moment de le mettre obligatoirement à l'école primaire. Il s'y montre extrêmement instable et sans contact avec les autres, pas agressif d'ailleurs, salissant ses cahiers, resalissant de nouveau ses culottes alors que la mère était arrivée à ce qu'il fût propre. C'est devant cette inadaptation, au bout de quelques mois, que la maîtresse l'a envoyé en consultation, pour la première fois, dans un hôpital parisien, en neuropsychiatrie infantile.

On a fait passer à l'enfant des tests psychotechniques, des examens divers et un E.E.G., qui n'ont rien décelé de pathologique. Le médecin a prescrit des médicaments qui l'ont excité et rendu difficile, alors qu'il était jusque-là instable, mais très gentil. On a décidé alors une psychothérapie par une psychanalyste. Il a suivi ce traitement pendant six mois, deux fois par semaine. On a découvert alors la jalousie

ancienne, qui n'était plus cliniquement visible depuis longtemps. De là que la mère nous en a parlé si bien : à cette
époque, elle avait été amenée à se souvenir de tout ce qui
s'était passé et des comportements de l'enfant à l'âge de
2 ans et demi, 3 ans : de tout ce qu'elle avait, en son temps,
mis sur le compte d'une fatigue momentanée due aux chan-
gements d'air et à la croissance; car elle n'avait pas fait
d'abord de rapprochement direct entre le dérangement caractériel et la naissance de la sœur, d'autant que la jalousie ne
s'était pas fait connaître.

Grâce à la psychanalyste, elle avait compris, et fort bien
retrouvé, les étapes de l'épreuve par où son enfant était
passé, et elle en parlait avec compassion aujourd'hui encore.
Mais elle se demande si c'était bien « cela » (entendez un
traitement psychothérapique) qu'il fallait, car il n'y avait en
somme pas eu d'amélioration. Le garçon était très gentil
avant son traitement et très gentil après. On disait que son
niveau mental était bon. C'était un enfant qui s'exprimait
bien. Simplement, il n'était pas sociable. Il n'aimait pas
l'école. Il était toujours énurétique et ne s'occupait à rien.
Rêveur et passif, il refusait les contacts, sans déranger les
autres.

Après six mois de cette psychothérapie qui n'avait pas
apporté d'amélioration, la psychanalyste aurait dit de cesser
le traitement : que les choses changeraient peu à peu; qu'on
l'assure bien qu'il était aimé autant que sa sœur, qu'on les
traite « pareil », et le remette à l'école. C'est ce qui fut fait.

Il passa donc à l'école primaire les deux premières années,
de 6 à 7 ans et de 7 à 8 ans, sans arriver à apprendre à lire et
sans avoir beaucoup de contacts; il était sage et craintif à
l'extérieur; et à l'école, il restait à l'écart des autres. A la
maison, très « gentil » avec sa petite sœur, admirant de bon
cœur, en écho à la famille, tous les progrès qu'elle faisait. La
psychanalyste aurait encore donné le conseil de l'envoyer
éventuellement, si cela semblait nécessaire et après quelque
temps, dans de bonnes conditions, à la campagne; car l'enfant
aimait beaucoup les animaux. Se souvenant du conseil,
devant l'échec scolaire, les parents avaient envoyé Dominique

un an chez les grands-parents paternels, dans la région de Perpignan. Il y voyait les enfants de la tante paternelle. Il en était d'ailleurs fort content et se serait montré très heureux là-bas. Quand il est revenu, à 8 ans, il savait lire, mais il retrouvait à la maison une petite sœur qui, à son tour, allait à l'école, qui avait fait des progrès en son absence : il perdit la lecture qu'il avait acquise. La mère s'est effectivement rendu compte alors, elle le déclare, qu'il souffrait de jalousie dès qu'il n'était plus seul avec elle. Elle s'en est occupée autant qu'elle a pu, se rappelant les conseils donnés, le gâtant le plus possible pour lui montrer que sa sœur ne lui était pas préférée. Cependant, la scolarité est restée sans succès. La mère avait pourtant trouvé pour lui à l'école primaire, une maîtresse compréhensive. Avec celle-ci, il a peu à peu retrouvé la lecture, et il est resté pendant quatre ans, de 8 à 12 ans passés, sur cet acquis de lecture qui lui permettait de se plonger dans des livres d'histoire et d'histoires, ses seules lectures.

Son caractère n'a pas changé depuis ses 8 ans. C'est toujours un enfant facile, sauf qu'on doit tout faire pour lui, qu'il est distrait, sans aucun souci de lui-même; à la limite, il oublierait de manger, de s'habiller, de se laver; il n'a aucune mémoire et il reste énurétique, ce qui est très incommode. Il semble, sans qu'on en soit certain, que l'énurésie n'avait pas été un problème chez la grand-mère paternelle à 8 ans, « mais il vivait à la campagne ». Il joue seul en se racontant des histoires qu'on n'entend pas, mais qui ont l'air de l'amuser beaucoup. Il aime à faire peur, il se déguise avec des draps « en fantôme », mais on n'y prête plus attention, et il est très déçu de ne pas provoquer vraiment la peur que, pour lui faire plaisir, on simule parfois. Il n'a pas de cauchemars, dort bien. La question nourriture n'est pas un problème, il semble que cela ne l'ait jamais été, même à l'époque de sa grande perturbation initiale avec mutisme, insomnie et incontinence totale. Il avale ce que sa mère met dans son assiette, quoi que ce soit, distraitement, proprement.

Sa mère dit aussi qu'il a « ce que les docteurs nomment des phobies », des peurs paniques. Par exemple, peur des bicyclettes ; pour rien au monde, il ne les approche ni n'essaie-rait de monter dessus ; il a aussi la phobie des manèges. Quand il est paniqué, il se serre contre sa mère et n'ose plus avancer ni reculer. Cependant, à une fête du pays, il était fasciné par le train fantôme : extatique, et pas du tout paniqué. La mère dit aussi qu'il a des tics, des gestes toujours pareils, sans sens (lesquels ?) ou plutôt des manies, des comportements bizarres. Certaines choses ne doivent pas changer de place, et il faut remettre dans l'armoire les sous-vêtements sales sans les laver. Il a horreur que passent à l'eau ses chaussettes et son linge. Il accepte d'en changer volontiers, mais il voudrait que son linge sale soit directement rangé pour être remis tel quel, la semaine d'après. Il a pour lui-même une peur panique de la baignade mais pas du débarbouillage des mains et du visage, pour lequel il a encore besoin de l'assistance de sa mère.

Non seulement Dominique n'a aucune notion du calcul, mais il n'a aucune notion des proportions : par exemple, il pense qu'on peut mettre indifféremment dans une grande boîte comme dans une petite boîte, quelque chose de volumineux et de grand. Il ne se rend pas compte, par la forme et la dimension, de ce qu'il peut y avoir ou ne pas y avoir à l'intérieur d'un paquet. Il n'a aucune notion non plus de la valeur de l'argent. Il n'a pas de structuration logique. La seule chose qu'il fasse bien, c'est dessiner ; son tracé est bon, on reconnaît les objets représentés (toujours les mêmes), et les parents espèrent qu'on pourra lui donner plus tard un métier « dans le dessin ».

Les médecins qui l'ont vu — il a subi de nombreux électro-encéphalogrammes aux consultations —, qui l'ont suivi, ainsi qu'à la sécurité sociale où il a été examiné récemment deux jours de suite, tout le monde a dit la même chose à la mère : que l'on ne comprend pas ce cas. On prévoyait que « cela s'arrangerait » vers 11 ou 12 ans avec la formation du garçon ; or, l'énurésie seule s'est arrêtée au cours de l'été entre ses 12 et 13 ans, en même temps qu'il devenait pubère, la mère l'a remarqué par les pollutions dans les draps ; mais le garçon n'en a fait aucune réflexion. Il ne s'est jamais masturbé. Tous les médecins ont posé la question à la mère, elle ignorait que cela existât. Elle ne le lui a jamais vu faire. Il n'a aucun sens de la pudeur; elle, comme nous le verrons plus tard, en est fort satisfaite.

Dominique est « fixé », dit-elle, à son père. C'est d'ailleurs la première fois que l'on parle de celui-ci, mais elle n'en dit pas plus. Il ressemblerait à son grand-père maternel qui est brun comme la mère, ce dont il souffrirait beaucoup, d'après elle; le père, le frère et la famille du père, les Bel, sont de grands blonds.

Par ailleurs, Dominique fuit les contacts physiques avec elle-même et avec tout le monde, depuis sa petite enfance, lui semble-t-il si elle y réfléchit, dès avant la naissance de la petite sœur : sauf dans ses moments de terreur panique des manèges ou des bicyclettes, où il se blottit contre elle ou contre quiconque, si elle n'est pas là.

Dans les écoles où il est passé, depuis ses 6 ans, on n'a jamais eu à s'en plaindre; mais à la maison, sans qu'on puisse dire comment exactement, il rend la vie impossible. Impossible veut dire qu'il dérègle tout. Pourtant il ne pleure pas, il ne se plaint de rien; mais sa présence rend la vie pénible; et pourtant encore, à bien chercher, il ne fait rien de particulièrement désagréable. La mère ne sait pas très bien expliquer comment la vie est impossible. Sa mère à elle, la grand-mère maternelle, donc, lui dit que tout est venu du fait qu'on a passé à Dominique ses caprices quand la petite sœur est née et qu'il aurait fallu à ce moment-là le mater et, puisqu'il ne voulait pas parler, ne pas lui parler, puisqu'il voulait se salir, ne pas le laver, puisqu'il voulait ne pas dormir, ne pas s'en occuper, etc. En fait, la mère est très culpabilisée par sa propre mère, d'avoir été peut-être mal maternante avec Dominique. Elle a été aussi assez culpabilisée par la première psychothérapie, pour ne s'être pas doutée de la jalousie douloureuse de son fils. Elle hésite à accepter l'éventualité d'un nouveau traitement, si on lui en parle maintenant. Elle craint d'ailleurs que son mari n'accepte pas, car il ne croit pas beaucoup en la « médecine ». Il a pris son parti de ce que son enfant resterait arriéré. D'ailleurs, la raison pour laquelle elle est venue au centre psychopédagogique, ce n'était pas de le faire soigner (il y a quelques semaines que la sécurité sociale a fait un bilan médical sans conseil de traitement), mais afin qu'on trouve une solution scolaire pour l'année qui vient. « Que faire ? » Le frère aîné va, en effet, quitter l'école et ne pourra plus emmener Dominique à son école spécialisée. Dominique, lui, aurait pu y rester; on voulait bien l'y garder, il n'y gêne pas les autres; mais il est incapable de s'y rendre seul, car il faut prendre le train matin et soir. Et la mère ne peut l'accompagner, car elle a « sa fille qu'elle ne peut lâcher ». Elle cherche donc un internat ou un semi-internat qui correspondrait à ce cas, et c'est le but de sa venue au centre médico-pédagogique; la première personne qui les y a vus, mère et fils, a demandé mon avis. Mme Bel attend en somme de moi une indication de placement scolaire spécialisé en internat.

Je demande des renseignements plus détaillés à la mère sur elle-même, sur son mari. Voici :

La mère est fille unique, d'un couple qui a vécu en Afrique où le père avait sa situation. Ses parents habitent actuellement dans l'Est, leur région d'origine. Elle a passé son enfance en Afrique équatoriale où son père était entrepreneur, puis au Congo où elle était pensionnaire. Elle a eu une existence extrêmement triste. Elle dit que sa seule période heureuse fut au Congo, lorsqu'elle était pensionnaire chez les religieuses où elle a fait presque toutes ses études et passé son baccalauréat, première partie. Quand ils sont revenus, par suite de la guerre, elle a voulu faire de l'enseignement comme les religieuses qui l'avaient élevée, et elle a préparé une licence d'allemand en France non occupée, après avoir obtenu sa deuxième partie de baccalauréat dans une ville de l'Est. Elle s'ennuyait tellement à 18 ans, qu'elle voulait mourir et qu'elle s'est mise à devenir obèse. Elle pesait 98 kilos (pour 1 m 65) environ, et elle était très malheureuse, ne savait ni s'habiller ni se coiffer, était d'une très grande timidité. Elle gagnait déjà sa vie comme professeur d'allemand, tout en terminant sa licence d'enseignement, quand elle a connu son mari, lui-même ancien prisonnier évadé. Il étudiait dans une école d'ingénieurs, y vivant solitaire, loin de sa famille aussi. Elle pense qu'elle a eu une chance extraordinaire de rencontrer son mari, et qu'ils étaient tous deux « jumeaux de misère de jeunesse ». Elle comptait terminer sa licence, mais elle a été tout de suite enceinte. Elle a mis au monde Paul-Marie qui n'a posé aucun problème, puis Dominique qui était un enfant très désiré, attendu plutôt fille, sans plus.

Dominique : il n'y a rien à dire de sa petite enfance. C'était un beau bébé, tant par rapport au poids qu'à la vitalité; mais elle doit « avouer » qu'elle l'a trouvé très laid, car il était velu et brun, comme son père à elle. Elle l'a nourri au sein un an, il a marché à 1 an, a eu ses dents très tôt, a parlé normalement, peut-être même un peu tôt, en fait, il parlait déjà assez bien avant le sevrage. Par contre, il a été difficile pour la propreté excrémentielle que l'aîné avait acquise « aussitôt », n'ayant, lui, presque jamais sali ses couches. Cela doit être très relatif, car elle dit que Dominique a « recommencé » à être sale à la naissance de sa sœur à 2 ans et demi; donc, il était propre auparavant.

Elle parle d'une période transitoire de « saleté » qu'elle nomme « encoprésie » vers 20 mois. En y réfléchissant, c'est quand elle a commencé à être enceinte de la petite. Elle ajoute que Dominique était redevenu propre quand elle l'avait mis à l'école Montessori et l'était resté chez sa grandmère paternelle où elle l'avait envoyé pendant la fin de sa grossesse et la naissance de Sylvie. Mais dès que Dominique est revenu à la maison, y trouvant la petite sœur, non seulement il a manifesté toutes les régressions qui ont été décrites, mais elle dit encore qu'il exigeait d'être garni de couches comme sa petite sœur, qu'il voulait téter comme sa petite sœur, toutes choses d'ailleurs auxquelles elle satisfaisait à l'époque. Cela n'arrangeait rien. De plus, il avait à peu près perdu la parole. Il l'a d'ailleurs retrouvée peu à peu, le mutisme n'a duré qu'un moment, un mois au plus. Tout ceci lui est revenu en mémoire à l'époque du premier traitement de Dominique, lorsqu'on a attiré son attention sur la période de la naissance de Sylvie.

La mère ajoute que les choses ont eu l'air de changer brusquement quelque temps après la naissance de la sœur, au retour des vacances d'été, à l'occasion d'un déménagement dans un appartement plus grand. C'est en arrivant dans cette nouvelle maison que Dominique aurait retrouvé la parole, la sagesse et la propreté, à l'exception de la propreté nocturne.

Dominique a un caractère égal, il ne rit jamais, sauf tout seul. Il ne pleure jamais, il est parfois agité, furieux de choses qu'il ne veut pas qu'on fasse, mais il ne le dit pas. Cela se voit. Elle le connaît bien.

Sur son mari, Mme Bel dit qu'il « fait de l'exportation industrielle » depuis la naissance de Dominique. Elle est extrêmement seule depuis que son mari a cette situation; « elle est le père et la mère à la fois ». Son mari est là d'une façon, dit-elle, « très variable »; on ne sait jamais s'il rentrera le soir, et il reste parfois quinze jours ou un mois parti sans préavis. Il ne faut pas non plus téléphoner à son bureau parce que cela dérange. « Au début, ça m'a paru dur, mais heureusement j'ai les enfants. Comme nous nous entendons parfaitement bien, les enfants ne voient pas la différence, et, en fait, ils ne manquent de rien, même leur père n'étant pas là. »

Il n'y a pas de problèmes d'argent, car son mari a une très belle situation. Pour me donner un exemple de leur mode de vie, elle me dit : « Hier soir, par exemple, mon mari est rentré à minuit, nous avons parlé jusqu'à deux heures du matin, et il est reparti à six heures du matin avec sa valise. Les enfants ne l'ont pas vu, et cela faisait quinze jours qu'il n'était pas rentré à la maison. » Un autre exemple : « Il était décidé, pour les vacances de Pentecôte, qu'il les passerait en famille avec nous. Les enfants se réjouissaient du projet, eh bien, le matin à sept heures, il y a eu un coup de téléphone, il a bien fallu qu'il parte; sa petite valise est toujours prête. » Il est ingénieur, son métier l'appelle fréquemment en

Allemagne, souvent d'urgence; il est toujours prêt, sur un coup de téléphone, à partir n'importe où. Ils sont deux ingénieurs associés, l'autre est un homme valeureux d'extraction simple, ingénieur d'une grande école qui donne un titre supérieur à celui de son mari. Cet autre homme, croit-elle, est malheureux en ménage; il a épousé une femme riche; leurs enfants sont en pension depuis qu'ils sont petits et l'homme ne s'intéresse qu'à son travail. Lui et son mari font une paire d'amis plus encore que d'associés d'affaires. Ils peuvent compter l'un sur l'autre. « Mais tout de même, mon mari, quoique si occupé, s'arrange toujours quand il faut : au moment des accouchements, il a toujours été là. Je peux compter sur lui si c'est nécessaire. Il reste avec les enfants et s'occupe de la maison et, à ce moment-là, il est très maternel avec eux. L'année dernière nous avons pu passer quinze jours tous ensemble en vacances, comme l'année précédente où cela avait été la première fois que nous passions les vacances, moi et les enfants avec lui. Quand il est à la maison, mon mari s'occupe; il aime le jardin, le bricolage et le bateau. Mon mari aime les enfants quand ils sont bébés, mais il n'aime pas beaucoup que les enfants l'aident parce qu'il aime bien faire un travail précis et qui rende, et les enfants ça gêne un peu; et comme il a très peu de temps à la maison, il ne peut pas s'en occuper ni leur parler beaucoup; mais par moi, il est au courant de tout et il a toute confiance en moi. »

Je lui demande comment elle s'arrange de ces absences. Elle me dit : « Heureusement, je suis très occupée, j'ai les trois enfants, je fais tout moi-même, j'aime cela, et puis ma fille m'occupe beaucoup; je m'occupe de ses études, elle a beaucoup besoin de moi; et il y a toute la maison. Bien sûr, à la maison, on ne voit personne; aussi Dominique ne voit pas d'homme en dehors de son père, car il a toujours eu des maîtresses à l'école. Une fois ou deux par an, on est reçu chez l'ingénieur qui travaille avec mon mari, un dimanche; on emmène l'aîné et Sylvie, mais on n'emmène pas Dominique, parce que ça gênerait mon mari devant la femme de son patron. Les trois enfants admirent beaucoup leur père, ils aiment prendre part aux activités du bateau en vacances, sauf Dominique qui, quoiqu'il sache les mouvements de natation, a peur de l'eau ; aussi Dominique reste à jouer sur la plage dans un club d'enfants surveillé, pendant que nous allons sur le bateau avec mon mari. »

Ses parents à elle ? Leur caractère ?

Elle ne me dit rien de sa mère ; elle me dit de son père qu'il était extrêmement sévère avec elle quand elle était jeune ; en revanche, depuis qu'elle est mariée, il ne sait que faire pour lui faire plaisir ; mais, remarque-t-elle, « je suis persuadée que s'il y avait un différend entre moi et mon mari, c'est à mon mari qu'il donnerait raison, car mon père et ma mère ont accueilli mon mari mieux qu'un fils qu'ils ont toujours regretté de n'avoir pas eu. Mes parents n'auraient pas voulu de fille ! ».

Ses beaux-parents ?

Elle me dit qu'ils habitent les Pyrénées. Son beau-père est un officier supérieur en retraite avec qui il ne faut pas discuter ; il a toujours raison ; mais il semble avoir beaucoup de cœur. Il n'y a pas d'entente entre le mari et son père. Ils ont chacun leurs idées et ils aiment mieux ne pas se parler. Le mari, Georges, est l'aîné, il a actuellement 42 ans. Il a eu une enfance difficile : fils d'officier, dix-sept déménagements, des études paraît-il pas brillantes, mais, à cette époque-là on ne s'en occupait pas, et malgré les piètres notes en classe, on passait de classe en classe, d'autant qu'il changeait chaque année de lycée. Il y a eu dans leur famille plusieurs drames : « Le frère qui suivait mon mari est mort d'accident lorsqu'il avait 1 an et demi, mon mari avait 5 ans. Le bébé avait avalé une pièce du train avec lequel mon mari jouait. » Son mari lui a dit qu'il s'en souvenait très bien et que ce berceau vide l'avait terriblement frappé. (Notons cela, parce que c'est ce fameux berceau qu'il n'a pas voulu laisser vide entre ses propres enfants; Paul-Marie n'a quitté son berceau que pour le laisser à Dominique; ce berceau vide dans la chambre conjugale aurait trop frappé le père. Si Dominique a pris sans intérim la place de Paul-Marie, de même Sylvie a pris la place de Dominique parti chez sa grand-mère paternelle, sans qu'on ait acheté pour lui un lit avant cette troisième naissance. De même, les enfants n'ont pas pu jouer au train quand ils étaient petits, à cause du souvenir et du danger possible; « mais il semble que maintenant l'angoisse de mon mari soit passée, parce que, depuis quelques années, il y a un train électrique à la maison et mon mari n'a plus l'air de penser aux accidents. »

Après ce frère mort d'accident, il y a eu une sœur, de sept ans plus jeune que Georges, qu'on appelle Monette, presque le même surnom que celui de Mme Bel. Elle est mariée et vit près de ses parents. Elle a cinq enfants; ils seraient six, mais, là aussi, il y a eu un drame. Un garçon né avec la « maladie bleue » est mort à 6 mois, quand Dominique était là-bas; et, comme elle a pour principe de dire toujours la vérité à ses enfants, contrairement à sa propre mère qui prétend qu'il ne faut leur dire la vérité ni sur la vie, ni sur la mort, Mme Bel a voulu que Dominique voie son petit cousin mort, elle lui a expliqué comment il serait enterré, et la transformation des corps dans la terre; cela à l'époque de ses 8 ans.

Dans la famille Bel, il ne reste donc que son mari et sa belle-sœur, deux enfants sur quatre : car M. Bel a eu un frère, de douze ans plus jeune que lui; mais il a disparu en montagne quand il avait 17 ans, l'année même de la naissance de Dominique. Cela a été un terrible drame, qu'elle relate ainsi : « Il était parti avec sa sœur et un jeune homme dans les Pyrénées et, alors qu'ils étaient sur un sentier à flanc de montagne, son camarade a perdu un beau poignard qui a glissé dans les fourrés en pente. Mon beau-frère a dit : « Je vais le suivre et le retrouver, continuez, je vous rejoindrai par un raccourci », et on ne l'a jamais retrouvé. On a pensé qu'il avait été pris pour un évadé espagnol, ou qu'il avait été frappé d'amnésie; on l'a cherché dans les prisons de Franco; pendant trois ans, ses parents ont eu de l'espoir. On n'a pas pu le déclarer comme décédé, parce que je pense qu'il faut trois ans pour qu'un disparu puisse être déclaré décédé. Cela a été terrible, quel tourment, j'étais enceinte de Dominique. C'est trois ans après, à l'époque où j'attendais ma fille, qu'on a apposé une plaque de marbre au cimetière à la mémoire de Bernard mais on n'a jamais pu faire de cérémonie à l'église, parce qu'on avait toujours un vague espoir qu'un jour, peut-être, on le retrouverait. Mes beaux-parents sont catholiques pieux, mes parents à moi ne pratiquent pas; moi, je pratique à cause des religieuses qui m'ont éduquée. »

Ses autres enfants ?

Elle dit que l'aîné voudrait devenir peintre, qu'il travaille mal en classe depuis deux ans, mais que son père a voulu d'abord l'obliger à continuer ses études : malgré l'avis de l'école, où l'on pensait qu'il n'aurait jamais d'examen sanctionnant ses études secondaires.

Il est en troisième. Il faut qu'il abandonne, c'est d'ailleurs ce qui est décidé pour l'année prochaine, malgré le désir du père; et c'est ce qui entraîne une recherche d'établissement pour Dominique. Le père, devenu ingénieur après son évasion d'Allemagne, aurait préféré être dentiste ou décorateur; mais les études étaient trop longues. Paul-Marie, le fils aîné, a un goût très sûr pour les vêtements, comme son père; la mère, au contraire, dit n'avoir pas beaucoup de goût. (Notons que Dominique n'a pas de « goût » pour les choses de la bouche.) Elle dit de son fils aîné « qu'il est assez mûr pour son âge et qu'il n'aime pas les jeunes filles; il ne peut pas comprendre que les garçons flirtent avec les filles, ça le dépasse aussi de penser qu'un homme et une femme puissent coucher ensemble ».

Il est trop « prude », et elle répète encore : « il est aussi très mûr pour son âge et je pense que ça vient de ce que nous sommes beaucoup ensemble. »

Plusieurs fois, le mot « *nous* » revient; elle et son fils aîné

forment un couple. — « Est-elle inquiète de le voir miso-
gyne ? » — « Non, je ne suis pas très ennuyée de son attitude
vis-à-vis des filles parce que mon mari est pareil et il trouve
que c'est très bien que la seule femme qu'un homme
connaisse, et pour la première fois et pour toujours, soit sa
femme. C'est d'ailleurs ce qui s'est passé pour nous deux, et
mon mari ne s'intéresse pas aux femmes, pour cela je suis
tranquille. Il n'a que moi et son travail. » Paul-Marie voit
des camarades, joue de la guitare, aime danser, mais il
n'estime les filles que du point de vue esthétique. Il va entrer
dans une école de dessin.

A ce moment-là, elle me parle un peu plus en détail de Dominique.
Elle me dit : « Il a le sens du rythme; quand son frère a des
amis qui jouent des disques de danse, Dominique danse tout
seul dans la pièce à côté; mais s'il s'aperçoit qu'on le voit, il
cesse tout de suite. Dominique est très sauvage : dans la rue,
il est toujours dix mètres devant nous quand nous sortons
ensemble, en longeant les murs par crainte des autos, ou
dix mètres devant son frère quand son frère est avec lui, et
son frère n'aime pas cela à cause des possibilités de se trom-
per d'autobus ou de train. Dominique aujourd'hui était très
anxieux. On lui avait dit qu'il allait voir une doctoresse. Il
a peur que ce soit un docteur pour les fous, et il a peur
qu'on le garde et qu'on l'enferme. » Il dit à sa mère : « Moi,
je suis intelligent, mais je ne suis pas cultivé, et on me met
dans une école avec des enfants en retard »; et, dit-elle, « ça
prouve qu'il ne comprend pas le sens des phrases qu'il
répète. »

Sa fille ?

« Elle ressemble beaucoup à mon mari. Elle aime se
dévouer, elle voudrait être médecin, elle n'est pas très
adroite de ses mains, mais elle est adroite pour la cuisine,
pour s'occuper des bébés. Elle aime beaucoup les études, elle
a beaucoup d'amies. » La mère elle-même a-t-elle des amies ?

31

« Oh non, je n'ai pas le temps et j'ai vécu trop aux colonies, et toutes les amies que j'avais sont dispersées. J'aurais d'ailleurs beaucoup aimé rester aux colonies, et rester pensionnaire, s'il n'y avait pas eu le retour forcé et l'obligation de gagner ma vie rapidement. Pour moi, la pension, c'était le paradis ; on n'écrivait à ses parents qu'une fois par mois et c'est très bien. Ce que j'aimais, c'était être cheftaine de louveteaux avec les enfants noirs. Je n'ai jamais eu peur de la fréquentation des Noirs ; j'ai d'ailleurs eu une éducation lamentable, je ne savais absolument rien. Je ne sais pas si ma mère a raison, elle pense que Dominique est peut-être un enfant qui a été trop gâté, moi je ne sais pas. » Mme Bel dit encore qu'elle aurait été très heureuse d'entrer au couvent, de mener la vie d'enseignante en Afrique noire, mais qu'elle est très heureuse aussi de sa vie d'épouse et de mère de famille.

Ainsi se termine l'entretien, préalable à mon premier contact avec Dominique. Avant que je ne le voie, et quel que soit mon avis et mon conseil, Mme Bel me prévient qu'elle ne prendra aucune décision avant d'avoir vu son mari.

DEUXIÈME PARTIE

Entretien avec Dominique seul

Entre Dominique, avec le modelage qu'il a fait « pour la dame du centre », et pour lequel il a choisi la pâte à modeler verte [1] ; modelage typique de tous ceux qu'il fait de façon stéréotypée depuis longtemps. Il a la présentation que j'ai dite tout à l'heure, une voix nasonnée, maniérée, extrêmement élevée, il ne regarde pas — fuit-il le regard à dessein ? —,

1. Voir p. 17, fig. 3.

il regarde en coin, les prunelles coulées sous les paupières, vers son modelage qu'il touche et tapote délicatement de la pulpe des doigts. Je me présente et lui demande s'il a quelque chose à me dire pour m'expliquer comment lui-même se sent. Il dit avec son sourire angoissé, figé : *Voilà, moi je ne suis pas comme tout le monde, quelquefois en m'éveillant, je pense que j'ai subi une histoire vraie.* (Ce sont, rigoureusement transcrites, ses premières paroles à mon endroit.)

Je lui dis : *Qui t'a rendu pas vrai.*

Lui : *Mais c'est ça ! Mais comment est-ce que vous savez ça ?*

Moi : *Je ne le sais pas, je le pense en te voyant.*

Lui : *Je pensais me retrouver dans la salle quand j'étais petit, je craignais les cambrioleurs, ça peut prendre l'argent ça peut prendre l'argenterie, vous ne pensez pas tout ce que ça peut prendre ?*

Il se tait. Je pense en moi-même : La salle, ne serait-ce pas la « sale », et je dis : *Ou bien ta petite sœur ?*

Lui : *Oh ! vous alors, comment est-ce que vous savez tout ?*

Moi : *Je ne sais rien d'avance, mais c'est parce que tu me dis avec tes mots des choses et que je t'écoute de mon mieux ; c'est toi qui sais ce qui t'est arrivé, pas moi. Mais ensemble on pourra peut-être comprendre.*

Silence. J'attends un long moment, puis :

Moi : *A quoi penses-tu ?*

Lui : *Je cherche ce qui ne va pas dans la vie. J'aimerais bien être comme tout le monde. Par exemple quand je lis plusieurs fois une leçon, le lendemain, je ne la sais pas. Quelquefois je me trouve plus bête que les autres, je me dis : ça n'va plus, mais je déraisonne !* (le mot est séparé en trois syllabes très accentuées et sur un ton suraigu).

Moi : *Mais c'est vrai que tu déraisonnes. Je vois que tu t'en aperçois. Peut-être t'es-tu déguisé en toqué pour ne pas être grondé.*

Lui : *Oh, ça doit être ça. Mais comment vous le savez ?*

33

Moi : *Je ne le sais pas, mais je vois que tu t'es déguisé en fou ou en idiot et que tu ne l'es pas, puisque tu t'en aperçois et que tu veux changer.*

Il revient alors plusieurs fois sur ses obsessions de la table de multiplication. Je lui dis une fois pour toutes que : *ça m'était égal, que ces calculs pour l'école cela n'était pas ce qui m'intéressait et qu'il n'était pas venu me voir parce que j'étais une maîtresse d'école, mais parce que j'étais un docteur pour savoir comment il pourrait ne plus être fou, et faire alors, en effet, comme tout le monde s'il en avait le désir, partout et pas seulement à l'école avec les chiffres.*

Je lui dis aussi : *Ce qui est important dans la vie, ce n'est pas ce que tu fais avec les leçons, les cahiers et les livres de classe, c'est toute ta façon d'être, d'être pas vrai, et tout ce qui se passe dans ton cœur et que tu ne veux pas dire. J'ai vu ta mère tout à l'heure et j'ai parlé avec elle. Je verrai ton père.* Là, je lui explique — mais m'écoute-t-il ? — le secret professionnel, et que nous n'entreprendrons rien sans le père, sinon sans son désir, du moins sans son autorisation : il faudra qu'il accepte que Dominique vienne me voir, et que nous cherchions à comprendre tous les deux ce qui l'empêche d'être comme tout le monde.

Je revois la mère devant Dominique et je lui dis que je le verrai avec son père; ou bien, si le père ne peut pas venir en même temps qu'elle et son fils, dans quinze jours, avant les grandes vacances, je demande au moins à voir le père seul, à la rigueur, à tels jour et heure qu'il voudra, même le soir tard, à mon cabinet, hors du centre. *Sa venue est indispensable. Je répète à Dominique devant sa mère que ce n'est pas parce que le père n'est pas souvent là qu'il ne compte pas (sic), que d'ailleurs la mère a toujours agi après décision commune.* Je redis pour Dominique que la directrice du centre (qu'il a vue une première fois), moi-même et sa mère peut-être aussi, nous pensons qu'on pourrait essayer un travail avec Mme Dolto (moi), mais seulement si le père est d'accord.

A ce moment, Dominique qui, visiblement, ne semble pas concerné, veut s'en aller. Il va attendre sa mère à la salle d'attente et Mme Bel, seule avec moi, me demande : « Docteur, qu'est-ce que vous en pensez ? »

A relater les propos échangés avec Dominique, nous percevons bien — le lecteur et moi-même — qu'il y a eu contact; et cependant, avec la présentation lointaine, la voix maniérée, le sourire figé, la tenue à distance, l'absence de regard et de poignée de mains, l'absence d'adieu, cette fuite féline ou de bébé qui s'ennuie quand je parle à sa mère, l'ensemble paraissait tout à fait psychotique, en même temps qu'intelligent.

J'explique à Mme Bel ce que je pense : « Il ne s'agit pas du tout d'un débile simple, mais d'un enfant psychotique intelligent et à mon avis, ce n'est pas la scolarité qui fait difficulté, c'est son équilibre mental et ses possibilités sociales nulles d'avenir. A mon avis, on doit encore absolument essayer une psychothérapie avant de décider de le mettre, étant donné son âge, dans un endroit où on pourrait l'accueillir, c'est-à-dire non pas dans une école, mais quelque chose dans le genre d'un atelier protégé, genre atelier spécialisé pour les inadaptés; mais il ne faudrait se résoudre à ce placement que s'il y a échec de la psychothérapie qu'on peut encore tenter, puisqu'il vient d'atteindre sa puberté, et que c'est une période favorable pour la psychothérapie. C'est ce manque de contact, sa vie à part, où qu'il soit, qui est le vrai problème et qui, instruit ou illettré, le rend inadaptable, quoique intelligent. »

Elle me dit alors : « Mon mari dira tout ce que vous voudrez, mais, vous savez, il est sceptique, il ne croit qu'en la chirurgie, mais pas du tout en la médecine. C'est malheureux qu'on ne puisse pas opérer dans ces cas-là. » Elle ajoute : « Si nous avons un différend, mon mari et moi, nous ne le disons jamais aux enfants, nous avons toujours l'air d'être du même avis. Mon mari n'empêchera sûrement pas que vous revoyiez Dominique, mais il a gardé un mauvais souvenir de la psychothérapie de Dominique quand il était petit. A ce moment-là, on nous avait dit de faire tout pareil comme pour la petite sœur, de lui montrer notre amour et que ça s'arrangerait, et mon mari pense que puisque l'on a fait tout ce qu'on nous avait dit, et que rien ne s'est arrangé, c'est qu'il n'y a rien à faire; il en a pris son parti. Et puis, on nous a dit que ça s'arrangerait avec le temps et la patience, beaucoup d'affection, mais il devient de plus en plus bizarre. Ça se remarque maintenant; avant, ça passait. » Je lui dis : « Justement, c'est la raison pour laquelle je pense qu'il faudrait tenter de stopper l'évolution vers la « folie ». »

Huit jours après cette consultation, nous recevons une *lettre de Mme Bel* qui dit entre autres :

« ... J'avoue avoir été très profondément bouleversée lorsque vous m'avez tranquillement déclaré que Dominique était fou et qu'il fallait le soigner comme tel, alors que depuis douze ans, on se contente de nous dire : il est en retard, mais ça s'arrangera avec de la patience et beaucoup d'affection. Le premier choc passé, je pense que je préfère votre diagnostic parce qu'en effet, il répond à beaucoup de choses qui nous inquiétaient. Je ne comprends pas pourquoi la commission d'hygiène mentale qui l'a examiné pendant deux jours ne nous a pas dit cela. Si on nous avait dit : il faut tout tenter pour le soigner, ça peut s'arranger! Mais on nous disait : il faut trouver une école, le garder chez vous tant qu'il ne gêne pas. Avec le temps, cela peut s'arranger. Ce que je peux vous dire, c'est que depuis qu'il vous a vue, Dominique est tout à fait transformé dans son comportement; lui qui jusqu'alors vivait en étranger à la maison, passe son temps à se rendre utile sans qu'on lui demande quoi que ce soit. Il fait le ménage, range méthodiquement les placards, se précipite à la cuisine pour m'éviter de travailler dès qu'il s'aperçoit qu'il manque quoi que ce soit sur la table; il est serviable et gentil d'une façon extraordinaire envers chacun de nous, il ne cherche qu'à faire plaisir, est à l'affût de la moindre occasion pour se rendre utile. Je dois dire qu'il est touchant; quand je ne l'entends plus remuer dans sa chambre, je monte voir et je le trouve répétant désespérément à mi-voix une table de multiplication qu'il a dans son manuel. Il voudrait tant arriver en classe. Et il m'a dit l'autre jour devant tous ses efforts inutiles : « Mais est-ce que tu crois que je pourrai bien travailler un jour ? » Je lui ai répondu : « Ne t'en fais pas, laisse ce livre de calcul, c'est maintenant les grandes vacances qui arrivent et la doctoresse Dolto a dit que ce n'était pas la peine de te fatiguer la tête avec ça, que ce n'est pas que tu es bête, que c'est quelque chose qui s'est détraqué dans ta tête et que peut-être ça pourrait s'arranger... »

Suit une *autre lettre inquiète* parce que l'on n'a pas donné de rendez-vous pour son mari, qui est tout à fait décidé à nous voir.

Le père est convoqué.

Monsieur Bel, le père de Dominique, vient le 30 juin avec sa femme et son fils.

Deuxième séance

15 jours après la précédente

PREMIÈRE PARTIE

Entretien avec le père

Je vois le père seul et le laisse parler. Il me dit qu'il n'est jamais là, décrit son métier; il répète à peu près les mêmes choses que sa femme. Il s'entend très bien avec son patron, c'est un ami; il n'y a pas d'heures, il faut toujours être à sa disposition; c'est un travail comme cela, mais il est très bien payé et c'est très intéressant. Il me dit de Dominique que, déjà tout petit, avant la naissance de sa sœur, c'était un enfant difficile et exigeant; il se tapait la tête contre son berceau pour faire venir sa mère, et, commente le père, il se faisait des bleus qui nous faisaient tellement pitié que l'on était obligé de céder. M. Bel déclare de sa femme qu'elle s'occupe de tout, qu'elle est extrêmement active, qu'elle a le sens du devoir à un très haut point, et quand je rentre à la maison, dit-il, « je suis fêté ». Elle est non seulement femme, mais mère à 150 %. Elle fait tout ce qu'ils veulent. « N'a-t-elle pas de défauts ? dis-je en riant, pas le moindre ? » Il rit et dit : « Elle est quelquefois un peu coléreuse, mais c'est sans suite. Elle s'énerve et crie et puis c'est oublié. »

M. Bel, à ma demande, me parle de sa jeunesse. Son premier petit frère, de deux ans son cadet [1], est mort d'un accident idiot :

---

1. Et non de quatre, comme l'avait dit sa femme. Or c'était en effet quatre : M. Bel signifie par son lapsus une identification de lui à Paul-Marie et de son petit frère à Dominique.

« Il avait avalé une pièce du train avec lequel je jouais. »
A ma question touchant la répercussion en lui : « Mes parents
ne m'en ont pas trop rendu coupable, parce que ce bébé
mettait dans sa bouche tout ce qu'il voyait. On est resté
deux jours à se demander s'il l'avait avalée, s'il ne l'avait pas
avalée, à rechercher cette pièce qui manquait; finalement, on
a fait une radiographie : la pièce était dans l'estomac et on a
pensé qu'il fallait l'opérer. Le bébé est mort sur la table
d'opération. » *Son autre frère* a disparu à 17 ans dans l'accident
qu'il relate comme l'a fait sa femme.

Il me dit que sa mère rêvait que le garçon était mangé par
les ours, que pour sa mère surtout, cela a été une épreuve
épouvantable. Le drame, c'est surtout que l'on n'ait jamais
retrouvé sa trace — rien... « Mon frère avait douze ans de
moins que moi, c'était un type très sympathique, tout
l'opposé de moi. »

Je lui dis : « Comment, opposé ? »

« Oui, il était *rapia,* tandis que moi je suis prodigue, il
était tout à fait renfermé et moi je suis liant. Il y avait des
batailles rangées entre mon frère et ma jeune sœur qui avait,
elle, sept ans de moins que moi et cinq ans de plus que lui. »
Il dit de *sa sœur* qu'elle est comme sa fille, un caractère
cent pour cent pareil au sien, avec plus de confiance en elle,
mais que sa fille est plus audacieuse que ne l'était sa sœur.
Au contraire, il dit de *son fils aîné Paul-Marie :* « Il est comme
moi, timide quoique liant quand il connaît; il n'ose pas frap-
per à une porte. » Et *Dominique ?* « Ce n'est pas facile à dire,
il est d'une autre planète. Ce n'est pas quelqu'un comme
nous. » Il ne peut pas arriver à dire autre chose.

« Est-il affectueux avec vous ? » « Il a surtout de l'affection pour son tonton Bobbi, le mari de ma sœur. » Il me dit
encore de sa sœur que ç'a été la première fille depuis cent cin-
quante ans, du côté Bel, aussi elle a été extraordinairement
gâtée; sa fille à lui a de même été accueillie comme une très
grande joie par tout le monde, à cause de cette pénurie de
filles dans la famille Bel. *Sa femme ?* Il dit d'elle que « c'est
un véritable ours de timidité pour aller chez les autres, mais
que leur maison, c'est la maison du Bon Dieu, tout le monde

peut y venir; que le caractère de sa femme est trop malléable, elle fait vraiment tout ce que les enfants veulent et il trouve qu'ils la font parfois tourner en bourrique. » Il me dit encore : « Depuis quinze jours, trois semaines, Dominique est extrêmement modifié. Ma femme établit un rapport, moi je ne sais pas s'il faut voir un rapport avec sa visite chez vous ou un hasard. Il demande tout le temps s'il n'y a pas quelque chose à faire, s'il peut rendre service. L'autre jour, il a fait tout seul, à partir d'un livre de cuisine, un clafoutis, ma foi très bon, et ça m'a donné confiance, parce qu'en fait, être cuisinier n'est pas un mauvais métier, si vraiment. ça l'intéresse; et j'ai pensé qu'il pourrait aussi devenir cordonnier; c'est aussi un métier qui n'est pas désagréable ni trop difficile et qui ne demande pas beaucoup d'instruction. »

Le père ne se fait pas d'illusion sur les possibilités de Dominique, mais il reprend confiance, « Dominique peut-être deviendrait sociable ». Le père dit qu'il a assisté aux accouchements de tous ses enfants et qu'il a même fait l'accouchement de Dominique seul, avec sa belle-mère, car la belle-mère vient à toutes les naissances. « *Ma belle-mère* a un cœur extrêmement bon, elle donnerait sa chemise, elle a été élevée en paysanne, elle a des superstitions; par exemple, couper des pattes de marmottes pour les mettre autour du cou des bébés, et elle a fait des tas de choses comme cela pour mes enfants; moi je laissais faire, elle a un caractère rude de paysanne; elle a élevé elle-même ses frères et sœurs, car sa mère était morte jeune; c'est une femme qui n'a pas été gâtée par la vie. J'ai connu ma femme se disputant sans cesse avec elle, mais depuis mon mariage, ma présence a beaucoup arrangé les choses. Mon beau-père est un très brave homme, un peu rude, il a fait les colonies et cela se voit... »

Il me parle de l'accouchement de Dominique; il s'en souvient « comme si c'était d'hier ». Ils étaient tous allés au cinéma Rex (« quand ma belle-mère est là, on la sort un peu »). Mme Bel a commencé à sentir les douleurs et ils sont revenus en hâte et le petit est né avant qu'on ait pu faire venir le docteur, qui est arrivé lorsque tout était fini. Dominique est né couvert de duvet, il avait même l'air d'avoir des cheveux qui lui descendaient jusqu'aux yeux et jusqu'aux pommettes. Il avait l'air d'un singe, remarque-t-il en riant, et sa femme l'a trouvé si laid qu'il a dû lui remonter le moral.

« *Mon fils aîné Paul-Marie*? Il adore les enfants, surtout les enfants des autres familles; mais enfin il a bon caractère en famille; il est fainéant, il est passif. Ma femme me dit qu'il n'est pas comme cela quand je ne suis pas là. »

« *Ma fille*? au contraire, est très courageuse au travail; c'est une bonne élève, elle se fait beaucoup d'amies. *Paul-Marie* est assez solitaire. Il paraît, dit ma femme, qu'il a des amis, mais je ne les connais pas. A moi, il ne se confie pas. »

« *Dominique* ne se fait pas facilement des amis, mais il joue lorsqu'on est à la plage avec les enfants de 7 à 8 ans. » « Il joue ? » « C'est-à-dire, ce sont les seuls qu'il ne fuit pas, mais il préfère la solitude et s'amuse avec un rien en se parlant tout seul. Il évite les autres et on ne le recherche pas. »

Après cet entretien, M. Bel se dit tout à fait d'accord pour que Dominique fasse, à la rentrée scolaire, un essai de traitement psychothérapique avec moi. Il veut tout faire pour son fils. Il n'a pas beaucoup d'espoir cependant, et ne sera pas déçu si, déjà, on le maintient comme il est devenu depuis quinze jours, c'est-à-dire un garçon qui a l'air de se réveiller.

De cet entretien, il découle que M. Bel est un homme très occupé, facile à vivre et qui ne semble pas avoir beaucoup le sens de l'intimité avec les siens, mais il est bon et travailleur. Peut-être est-il fixé à son associé, patron et ami ? Il a une grande estime pour sa femme et nul grief contre personne; mais je ne pourrais en dire plus. Je lui ai demandé cependant s'il pensait que Paul-Marie était au courant des réalités de la vie au point de vue sexuel, au point de vue des femmes. Il m'a dit qu'il avait eu un bref entretien récemment avec lui, et qu'il était assez content de voir que son fils était décidé à ne pas fréquenter de filles avant son mariage, que c'était ce qu'il avait fait lui-même et qu'il s'en félicitait. Mais ils n'ont pas d'échanges. Lui, est trop peu à la maison et, quand il y reste, il a beaucoup à faire.

M. Bel est parti après avoir dit à Dominique, sur ma demande, qu'il était d'accord pour que nous commencions à la rentrée un travail ensemble, Mme Dolto et lui; il a dit adieu à sa femme et à son fils parce qu'il partait pour l'Allemagne. Il les a laissés à la consultation, et j'ai eu avec Dominique une séance que je pensais pouvoir faire un peu courte, mais que j'ai prolongée à cause de l'intérêt diagnostique qu'elle présentait.

DEUXIÈME PARTIE

Entretien avec Dominique

Dominique entre en disant d'une voix affectée, nasonnée et assez claironnante : *Pour leur éviter de me suivre sans cesse, il faut bien que j'en sorte.*

Moi : *Et tu as envie d'en sortir ?*

Lui : *Oh oui, absolument. Et puis j'ai fait des rêves, quand j'avais dix ans.* (Je lui avais dit la fois dernière qu'il pourrait me raconter ses rêves.)

Moi : *Il y a longtemps ?*

Lui : *Oh oui, il y a longtemps.*

Moi : *Mais quel âge as-tu ?*

Lui : *Ils disent que j'ai 14 ans, mais je crois qu'il y a très longtemps que j'avais 10 ans. Mais vous savez, moi, je ne sais pas le calcul. Et alors les rêves, c'était que je me perdais dans une gare, et là je rencontrais une sorcière, et elle me disait pas autre chose que crac, crac, crac* (il fait avec ses mains l'une sur l'autre un geste d'écrasement). *Moi, je cherchais un renseignement, ça commençait à être énervant, et je ne voulais pas avoir d'histoires, surtout que ça se passait dans une gare. Quelquefois je m'arrangeais pour rendre des services, mais je n'y arrivais pas, et personne n'avait besoin de moi. Et puis, vous voyez, chaque fois que j'ai 500 F, je n'ai qu'à attendre d'avoir 500 F, et après alors je serai riche. Mais voilà, ce sera long, il faut avoir de la patience,* ajoute-t-il d'une voix altérée et différente, comme si ce n'était pas lui qui parlait (lui qui a déjà une voix naturellement nasonnée, qui paraît contrefaite).

Comme il marque un silence, je lui parle de la venue de son père, je lui valorise le dérangement que ça a été pour lui et l'intérêt que son père lui porte, et je lui demande de me parler de ce qu'il a fait pour moi en m'attendant. (Dans ma technique, les enfants sont invités à faire un dessin et un modelage avant la séance.)

Son modelage[1].
C'est un « personnage » — *Ce personnage?* — *Il aurait ses idées à lui.*

Suit un long discours nasonné, apparemment délirant, très difficile à suivre et même à entendre et que je n'ai pas pu noter. Je sais seulement que près d'une gare, histoire où son père est mêlé, les autos allaient sur les arbres. Tout ceci dit sur un ton très élevé, avec des moments où le ton baisse comme pour un secret et que je ne comprends pas plus que ce qui est prononcé à haute voix. Je dis oui simplement à tout, jusqu'à ce que le discours cesse; alors :

Moi : *Il faudra que j'arrive à mieux comprendre tout ce que tu me dis. Voyons ton dessin* (son dessin n'est pas terminé). *Qu'est-ce que c'est*[2]?

Lui : *C'est une barque de la guerre de Troie, une barque des Troyens; ils étaient dedans, ils auraient pu être morts, les morts aussi. Des maisons aussi sur les barques, on emporte tout, on croyait pas, c'est pas de l'eau.*

1. Voir p. 45, fig. 4.
2. Voir p. 46, fig. 5.

4

Un bonhomme (fait de morceaux collés, petites crottes mises bout à bout).

40 cm de long.

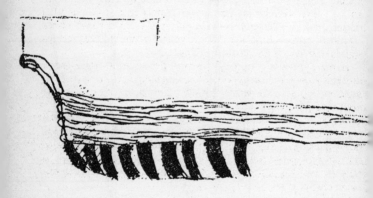

Ebauché, pas fini.
J'ai changé d'avis, j'aimais mieux le modelage.
« C'était un bateau. »

Longueur 11 cm.

Barque de Troie. « Les Troyens étaient dedans. Ils auraient pu être morts. Les morts aussi (à demi délirant). Des maisons pour eux sur les barques on emporte tout. On croyait pas! c'est pas dans l'eau. »

Je pense Egypte, barque des morts, cheval de Troie. Il ajoute une suite de mots où j'entends « *trois* », le chiffre plutôt évoqué que la ville.

Je dis : *Le chiffre 3, c'est cela dont tu me parles ?*

Lui : *3 fois 3 ça fait 9 et 9 divisé par 3 ?*... Et avec un ton différent : *Il ne sait pas ! ! ! mais on dit que c'est pareil, qu'il n'y a qu'à mettre une division à l'envers pour que ça fasse une multiplication... et, lui il ne comprend rien aux trois !*

Après avoir essayé de lui poser une série de traits sur le papier, qu'il arrive à compter avec moi — il y en a vingt —, je les lui groupe par 4 ou 5 pour lui figurer le processus de la multiplication et de la division. Dominique montre sa totale incapacité à considérer une donnée de trois éléments. 20 : 4 = 5, pour lui signifie 4 = 5 ; mais 20 : 4 n'a pas plus de sens, ou bien le sens en est 20, c'est 4. Il n'y a pas d'autres relations entre chiffres qu'additive ou soustractive ; et les signes : = ×, il les nomme « c'est ».

A ma demande réitérée à propos de ses mots : *La guerre de Troie ? — C'est une histoire d'une barque qui est entrée avec des morts pour gagner la guerre. — Où ?* Pas de réponse. On ne peut rien lui demander.

Il n'y a pas à proprement parler échange entre nous. Il parle pour lui-même, se tait, reparle ; mais dans un monde où, s'il parle à ma personne parfois (du moins, je crois le sentir), moi, je ne peux pas le trouver, ni trouver un sens au sens littéral de ses paroles. Visiblement, elles transcrivent autre chose.

Ainsi aujourd'hui au dispensaire (sorte de gare, salle d'attente, guichet, on paie contre un reçu-ticket), on vient pour un renseignement, un re-enseignement, et on trouve une sorcière (Mme Dolto) qui parle de trois cracks ou craque (plus tard, de la sœur, on dira une fois qu'elle est un crack). Un crack, c'est un valeureux. Bref, aujourd'hui, pour moi, ce crac avec mimique d'écrasement est la seule dynamique

qui soit une représentation d'image du corps formel : être
mis entre des mâchoires broyeuses. Ce doit être ce qu'il trans-
fère sur ma personne bizarre et valeureuse, comme d'ailleurs
sur toute ébauche de contact. C'est ce que je comprends de
ce mode de dangereux contact qu'il éprouve en relation avec
l'oralité. Entre nous, c'est une inter-consommation, selon ce
qu'il comprend des relations libidinales.

Aucun conseil n'est donné pour les vacances, mais décision est prise entre sa mère et moi, décision qui lui est signifiée par moi-même, de se revoir en octobre.

Pour la scolarité ? La mère demande que faire l'an prochain ?
Dominique ne veut pas rester à l'entretien et s'en va, en glis-
sant, comme la fois dernière, sans adieu. Je conseille une
classe de perfectionnement de l'enseignement primaire, dans
son quartier; ou qu'il continue l'école spécialisée où il est
depuis deux ans, avec un arrangement pour l'accompagne-
ment, qui serait à trouver dans leur voisinage. J'ajoute *que c'est
le traitement* qui permettra peut-être « l'assimilation » scolaire
et non pas le type le plus parfait de pédagogie. La preuve en
est l'échec de ces deux dernières années dans une excellente
école à pédagogie spécialisée très souple. Je pense que,
puisque les moyens pécuniaires sont limités — du moins me
le dit-on —, mieux vaut choisir l'école primaire gratuite, et
faire un effort pécuniaire sur le traitement, au moins à l'essai.

Dans le courant de septembre, le centre reçoit *plusieurs
lettres de la mère.* La première, qui ne m'a pas atteinte, me
disait que s'ouvrait près de chez eux une classe de perfectionnement pour des enfants de l'âge de Dominique; mais
que le directeur s'opposait formellement à l'entrée de celui-ci.
Ces lettres de Mme Bel supplient Mme Dolto d'envoyer un
mot pour appuyer l'admission de Dominique; c'est le seul
espoir restant. Continuer la scolarité à l'école spécialisée avec
une accompagnatrice reviendrait à un prix exorbitant, qu'ils
ne peuvent pas payer; et l'école où s'ouvre la classe de perfectionnement est à quelques minutes de leur domicile. Etant

donné les renseignements qu'il a reçus du centre de consultation du dispensaire (de la sécurité sociale et de l'O.P.H.S.), le directeur estime qu'il ne peut pas recevoir Dominique, la classe n'étant faite ni pour des caractériels ni pour des fous. « Oui, oui, a-t-il répondu à la mère, on dit toujours que les enfants sont très gentils et ensuite, ils gênent tout. Cette école s'ouvre seulement pour des enfants retardés par retard simple et non-fréquentation scolaire, mais non pour des enfants à problèmes. » Le directeur prétend que, d'après les renseignements reçus, Dominique ne correspond pas à sa classe, et Mme Bel demande si je ne pourrais pas insister, par une lettre personnelle, pour que le directeur accepte Dominique. C'est ce que je fais. Une autre lettre m'apprend qu'il est admis au moins quelques semaines à l'essai, comme je le demandais. *La mère m'écrit encore fin septembre,* confirmant sa venue au rendez-vous que je lui avais donné pour le début d'octobre. Elle me dit que Dominique a commencé l'école depuis quelques jours et que la maîtresse n'a jamais vu un enfant aussi appliqué que lui; il boit littéralement chacune de ses paroles, elle est très contente de cet élève, et si ça continue, elle est certaine qu'il va rattraper son retard parce qu'il est attentif et de bonne volonté, ce qui est rare. Non seulement le comportement du garçon a changé en famille; mais, chose qui les étonne tous, le chien qui était terrorisé par lui, fait maintenant fête à Dominique plus qu'à aucun autre, et Dominique dit : « Regarde comme le bon chien m'aime, comme il me fait fête », et c'est tout à fait vrai. Le chien est vis-à-vis de Dominique comme Dominique est vis-à-vis des autres garçons. Je vous avais dit combien il était terrorisé par quiconque était à peu près de sa taille et de son âge, et qu'il acceptait de jouer de loin avec des enfants petits. Maintenant il joue avec des camarades, et il dit même à sa sœur : « Tu sais, je peux me dépêcher maintenant pour aller t'attendre avec mon vélo », parce que sa sœur se plaignait qu'il y avait des garçons de l'école, face à celle des filles, qui les embêtaient quand elles sortaient. « Je suis grand et fort comme les autres maintenant, et tu peux compter sur moi. » Lui, qui avait la phobie de la bicyclette, cet été, a fait beaucoup de bicyclette; à peine s'il a appris, il savait. Quand je lui ai dit que nous avions rendez-vous pour venir chez vous, il n'était pas du tout content, et j'écris entre guillemets, ce qu'il m'a dit : « Oh flûte alors, ça va me faire manquer l'école, je me demande bien pourquoi on doit y aller, je vais très bien maintenant; j'ai pas du tout besoin de docteur. » Et j'ai répondu que, son papa et moi, nous voulions qu'il soit soigné. Je vous écris tout cela pour vous donner un exemple du changement de son comportement; non seulement il a continué, malgré l'école, à être empressé, affectueux et serviable à la maison avec moi, mais aussi avec sa sœur. Par exemple, d'habitude, quand il se baignait, il prenait tout son temps; il laissait le cabinet de toilette dégoûtant, eh bien, maintenant, il lui remet de l'eau chaude. Nous n'avons pas l'eau courante, il faut faire chauffer de l'eau et la porter dans le cabinet de toilette; il lui avait rapporté de l'eau chaude, lui avait préparé une serviette sèche sur le radiateur; lui avait même, comble de la gentillesse, étalé du dentifrice sur sa brosse à dents pour lui faire plaisir. Ma fille n'en revient pas. Lui, qui ne pensait à dire ni bonjour, ni bonsoir, nous embrasse maintenant chaque soir. »

Au reçu de toutes ces nouvelles, je me suis dit : le garçon a senti qu'on allait toucher à ses structures profondes, et il se défend maintenant d'une autre façon[1].

---

1. Certains thérapeutes, gratifiés par des progrès apparents de l'enfant, par sa meilleure « adaptation » au milieu familial ou scolaire, sont tentés d'arrêter le traitement. Il y a alors danger d'enclave de résistances inconscientes, camouflées derrière des rituels surmoïques obsessionnels satisfaisants pour l'entourage.

Troisième séance : 18 octobre

Il n'y a pas de contact préalable avec la mère. Je dois prendre Dominique par la main pour le décider à me suivre. Il s'attendait peut-être, comme avant les vacances, à ce que je parle à l'adulte d'abord; ou bien il traduit ainsi son refus.

Il arrive, s'assoit. Il ne me dit pas qu'il ne voulait pas venir comme me l'a écrit sa mère, ni que ça l'ennuyait; mais cela ressort du contexte. Il va dire son angoisse, s'il me dévoile son mécontentement, que moi, je sois très fâchée (peut-être le mordrais-je ?). Je lui rappelle la décision d'avoir des entretiens répétés à quinzaine, au cours desquels il me dirait tout ce qu'il pensait, et les rêves dont il se souviendrait, avec des paroles, des dessins et des modelages. Je l'assure du secret professionnel concernant le contenu de ces séances, secret auquel lui n'est pas astreint, et j'attends.

Le ton affecté est le même, la voix nasonnée aussi, et le même évitement du regard; mais je peux entendre, et noter ce qu'il dit.

C'est une petite fille douée d'une force extraordinaire, Fifi Brin d'Acier. Elle a beaucoup de force dans les bras. Elle est drôle, elle couche la tête à l'envers. Elle est gentille, elle est très amusante, elle a deux petits amis au zoo. C'est deux tigres qui sont échappés. Le gardien et puis les policiers voulaient « le » reprendre (il n'est plus question de deux), mais Fifi a dit au tigre : « Si tu mords, moi aussi je te mordrai. » Il était téméraire, mais pas très courageux... et il avait très peur d'elle. Alors, elle lui chanta : « c'était un petit cha-cha-cha » pour le flatter, et lui il était pas très content, mais il se laissait flatter...

Il ajoute quelques autres choses sur cette Fifi Brin d'Acier courageuse, audacieuse, vraie et pas vraie, à laquelle il m'a d'abord identifiée, et à laquelle il peut s'identifier ensuite en disant :

Sa maman était un peu inquiète de « le » voir être ami des tigres, mais « elle » lui dit : « T'en fais pas maman, quand je serai « grand » (sic), je me débrouillerai. (Alternance du masculin et du féminin attribué au même personnage.) Ensuite, il baisse le ton, et, tout bas comme en secret : *Vous savez, la maîtresse, chez nous, elle a fait quatre groupes, il y a ceux qui sont en avance* (sic) *et ceux qui sont en retard, et moi je sais pas, je suis dans un groupe, mais on sait pas dans le groupe qu'on est. Elle fait des groupes comme ça, et puis après ça, elle donne du travail, alors on sait qu'on est dans un groupe.* Puis, tout haut, il continue : *Fifi, « il » a les cheveux roux, et sa mère est morte quand « elle » était bébé. Elle a fait beaucoup de bêtises qui viendraient jamais à l'idée de personne, mais il y en a qui sont pas mal... Un jour, elle a fait une robe rouge et bleue et un bas marron ; un jour c'était le jour de sa fête, mince de fête justement.* Tout bas : *Elle s'est mis les souliers de son papa. Et puis elle s'est mis dessus des rubans verts.* Tout haut : *Ce qui me frappe, c'est quand je me retournerais du côté de ma petite armoire, j'avais mis des soldats du Moyen Age. Des gens qu'on aimerait pas rencontrer dans la rue ; je les mettais dans l'armoire. Et puis j'avais peur la nuit, et puis je voulais pas me coucher avant la fin parce que je veux la revoir moi, c'est sur moi qu'elle va agir*[1] !
Il se tait. Je pense : il range, il enclôt ce qui lui fait peur dans ses fantasmes, c'est lui qui représente l'âge « moyen » dans la famille, entre l'aîné et la cadette. Est-ce son agressivité phallique dentale qu'il renferme ?

Je lui dis : *Qui va agir sur toi ?* Il ne me répond pas. Visiblement pourtant, c'est de moi qu'il est question dans son transfert de type délirant. Silence. J'attends assez longtemps, puis il parle :

Mettons qu'elle est revenue de vacances et qu'elle est un peu bron-

---

1. On voit que la phobie supposée disparue à l'observation des comportements quotidiens, (bicyclettes, chiens, camarades), s'est en fait focalisée dans le transfert.

zée (c'est mon cas en effet, en comparaison de juin dernier) *ou bien qu'elle a fait une petite croisière dans sa cave* (?). *Elle a un côté noir et un côté rouge. Moi, quand j'ai un camarade, je lui demande à quoi « elle » veut, elle, jouer.* (Allusion dans le transfert à ce que je ne lui propose rien et que je reste silencieuse. Voyez le personnage représenté telle une sucette bicolore à deux jambes baguettes[1].)

Moi : *Qu'est-ce que c'est le camarade, c'est un camarade garçon ou c'est une fille ?*

Lui : *Ben non, c'est un garçon. Et vous, vous avez la télévision ? Parce qu'il y a des arrondissements où on l'a pas... Et puis, quelle couleur ils avaient ses yeux ? Ah oui, quelle couleur ?* Il se pose la question en regardant son modelage en forme de langue ou de stèle, noire et rouge... Il le contemple : *Eh ben, ils avaient pas de couleur, ils étaient vifs !* Le mot est dit avec éclat, intensité émotionnelle; puis silence. Il reprend : *Une fois, chez mes grands-parents, j'étais dans une chambre avec ma cousine, et puis il y avait du bruit dans le grenier. Mon grand-père m'avait dit que c'était un chat, qu'il se battait, ou qu'il y avait des rats. C'est un vieux souvenir, vous savez, en 1960, mais c'est de nos jours, c'est pas préhistorique.*

Moi : *Qui est-ce ta cousine ?*

Lui : *Je crois que c'est la fille à la sœur à mon père[2]. Babette elle s'appelle, elle a 7 ans* (sa cousine avait 7 ans en effet quand il en avait 8, je le saurai plus tard) *elle avait pas peur, mais elle se demandait, pis moi aussi, on se demandait, moi, qu'est-ce que j'avais sur ma tête.* Puis, tout bas : *Eh bien, souvent, moi, je vois des souris. J'sais pas où je les vois mais je les vois ; mais quand j'ai monté tout dans mon champ de bataille de ma tête, alors j'ai camouflé mon camion militaire, et puis les soldats et puis si une souris traverse, alors elle remue tous les soldats.* (C'est un souvenir en relation avec une personne de sa réalité, la seule réalité qu'il semble connaître, celle des relations génétiques entre les membres

---

1. Voir p. 54, fig. 6.
2. Noter le langage oral pour les relations génitales : « fille à ».

6

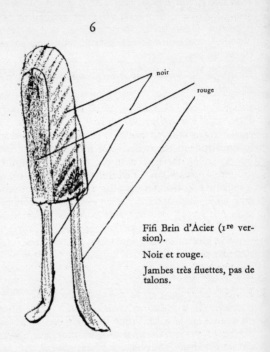

noir

rouge

Fifi Brin d'Acier (1ʳᵉ version).

Noir et rouge.

Jambes très fluettes, pas de talons.

Le modelage est d'abord semblable à une sucette, ou à une langue. Couché à plat. Démoli puis refait avec d'autres couleurs, il se transforme dans la fillette de la figure 7.

6 bis

Etat intermédiaire entre le 1er et le
2e modelage.

DEUXIÈME MODELAGE : 3e séance

7

Fifi Brin d'Acier : 2e version.

Boutons et yeux en forme de boules (a pris du violet au lieu du noir et du rose au lieu du rouge).

La protrusion qui représente le bras droit sort d'un corps en forme de bouteille, il manipule longuement cette forme sans me dire de quoi il s'agit « c'est rien ».
D. fait à dessein un trou angulé « pour les poches » et rajoute les talons hauts, mais pas de mains.
D. essaie de mettre le modelage debout en le tenant.

de la famille. Il décrit là des *hallucinations ou hallucinoses*.)

Silence. Il refait un autre modelage[1]. Puis, tout haut, clai-ronnant : *Ma maîtresse nous a dit que quand un rat traverse une chambre, on les croyait toujours plusieurs. Il paraît que si on marche sur le pied d'une vipère, mais voilà, elles sont cachées dans les arbres les vipères.* (Je me rappelle que les autos étaient aussi cachées dans les arbres, mais ne le lui dis pas.) Il conti-nue : *Et puis, voyez, elle a des nattes, mais j'ai pas mis des nœuds parce que je les ai embobinées ; et puis, vous savez, Babette, eh ben, il vaut mieux être bien avec elle que mal. Deux garçons s'étaient moqués de ses cheveux roux, alors elle les a attachés à la branche d'un arbre par la peau du cou et puis, vous voyez, elle a mis les grands souliers de ses talons de sa mère.* (Encore Babette, sa cousine, qui a le caractère intrépide décrit par le père comme celui de sa fille, portrait de sa propre sœur en plus audacieux.)

Lui : *En ce moment, j'ai fait une collection des soldats du Moyen Age, et puis une collection de boîtes d'allumettes, et puis une collec-tion des écussons de Gringoire[2], et puis à la maison, j'ai toute une ferme... Avec mon cousin, on dit qu'on est marchand de bestiaux.*

Moi : *Ton cousin ?*

Lui : *Oui, Bruno, c'est le fils à la sœur à mon père. L'ennui, c'est que ma cousine oh là, là, ce qu'elle était gâtée par ma grand-mère. Maintenant, c'est changé. C'est « ma » mère à « mon » père, parce que l'autre, elle s'appelle Mémé. Vous savez elle porte un poney sous le bras. Son père le lui avait donné, c'est fort connu (?), un petit cheval, et c'est plus fort qu'un poulain. Mais alors ce qu'elle est forte. Ah là là !* Il contemple son modelage, le petit per-sonnage de 15 cm de haut est couché sur la table, ses jambes ne le tiendraient pas debout.

On remarque ce modelage et ses caractéristiques nouvelles par rapport à la facture stéréotypée de ceux des deux dernières années. A cette séance, je n'ai fait qu'écouter, tout en compre-

---

1. Voir p. 55, fig. 7.
2. On constate ici l'essai prévu de structuration des défenses obsessionnelles.

nant de mon mieux ce dont il s'agissait, c'est-à-dire le transfert de dépendance à moi. Dominique exprime sa crainte des
représentants féminins de la famille, le souci fasciné qu'il a
depuis longtemps vis-à-vis de sa cousine, souci qu'il éprouve
devant moi, la phobie des animaux, de toute agressivité
batailleuse. Il exprime quelque chose de la sexualité — mais
complètement forclos — qui a rapport à Babette, *alias* la
sœur : l'histoire du serpent associé aux nattes embobinées de
Babette, aux rats qui font se sauver les soldats dangereux
camouflés dans l'armoire[1], aux impulsions motrices camouflées dans les arbres[2], aux impulsions sexuelles punies par
celles qui sont les tentatrices aussi (ainsi en est-il de moi).

Comme on le remarque, c'est tout à fait un langage de
psychotique; mais on peut dire aussi, à la rigueur, pour ceux
qui connaissent les petits : un langage d'enfant de moins de
trois ans. C'est ainsi qu'ils s'expriment bien souvent, surtout
lorsqu'ils parlent pour eux seuls, quand il n'y a personne
dans la pièce pour les écouter. Ils parlent alors d'eux-mêmes
à la troisième personne, qui alterne, au début de la découverte de la première personne, avec un « je » remplaçant
« il » ou leur prénom, pour les signifier comme sujets. Pourrait-on dire alors que ce sont les propos d'un débile, d'un
débile simple, comme il avait été diagnostiqué aux tests du
fait d'un Q I qui lui attribuait un âge mental de 4 à 5 ans ?
Non, car aucun enfant de cet âge ne peut, désorienté comme
il se montre dans le temps et son propre espace, être aussi
certain des lieux géographiques et surtout des relations génétiques familiales sur lesquelles, nous le verrons encore à
toutes les séances, il ne montre aucune confusion.

1. On sait que l'armoire peut être une représentation de l'abdomen; et que
le linge de corps doit y être rangé sans avoir été lavé.
2. Les arbres sont, dans l'imagination des enfants, une représentation
anthromorphique du ressenti végétatif. Silence des organes viscéraux dans
des sensations de bien-être, ou malaises viscéraux angoissants.

Quatrième séance : 16 novembre

4 semaines après la précédente

L'absence de la séance de quinzaine est venue des vacances de la Toussaint.

On sait, toujours par la mère, qui me parle devant Dominique à la salle d'attente, quand je viens le chercher, que tout va bien et que la maîtresse est contente de lui; mais lui n'en dit rien. Il arrive, et aussitôt assis : *Je vais faire un chien de berger. Vous savez, Brin de Fer, je l'ai finie l'histoire.* (Vous vous rappelez qu'il l'avait appelée « Brin d'Acier ».)

Moi : *Ah oui ?*

Lui : *Elle est partie avec mon père, et quand elle a su que les amis pleuraient, alors elle a voulu rester avec les amis. Ça lui disait pourtant rien de vivre dans une cabane à bambou. Mais elle est restée avec eux pour pas qu'ils pleurent. En ce moment, alors, je lis un livre passionnant. C'est l'histoire d'un chien de berger. La chienne, elle avait eu des petits chiots, dont un roux, charmant.* (Le ton est bizarre, la mimique compassée.) *Et le garçon a dit : celui-là je le garderai. Le père il a pas voulu, il l'a envoyé par un camion dans une caisse avec les autres. Le chien, par un cahot* (sans doute du camion sur la route, qui a permis à la caisse d'être expulsée, mais il ne détaille pas), *il est revenu ; c'était dans la gare, et puis il a demandé son chemin* (lui aussi était revenu après s'être égaré une journée). *Et le garçon, Paulo il s'appelle, a dit à son père :* « *Tu vois, on veut s'en débarrasser, et puis il revient.* » (Son frère se nomme Paul-Marie, on l'appelle quelquefois Paulo. Dans l'esprit des parents, notre centre aurait dû leur donner l'adresse d'un placement spécialisé.) Je ne dis mot, Dominique continue après silence :

8

Première forme : un arrière-train. Il en manipule le prolongement queue, la disposant en haut, en bas, un certain nombre de fois en parlant, avant de continuer la forme du chien.

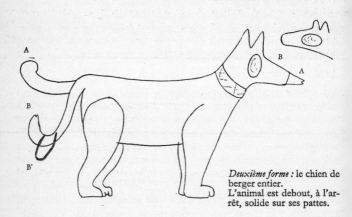

Deuxième forme : le chien de berger entier.
L'animal est debout, à l'arrêt, solide sur ses pattes.

1ᵉʳ état A, museau fendu et queue à renflement terminal.

2ᵉ état B, museau raccourci sans issue représentée et queue terminée par deux pointes.

3ᵉ état B, de la queue, il l'abaisse en totalité.
Les pattes, orteils et griffes très réalistes.
On remarque les oreilles sans creux auditif modelé.
Les yeux : deux formes en haut relief ovoïde, celui de droite selon un axe vertical, celui de gauche horizontal.

Troisième forme du chien de berger :
il dort, on lui a ôté les yeux. La
tête lui est sectionnée au niveau du
collier.
C'est le corps du chien sans tête
qui se modifie et devient corps de
vache.

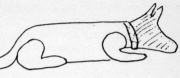

Quatrième forme : le chien de berger devient vache. Le collier a
deux rangées de dents arrondies.

Il est remis debout sans tête, la
queue et le corps s'allongent, les
pattes perdent le modelé des
pattes de chien.

Cinquième forme : vache sacrée
(bœuf sacré), hauteur 7 à 8 cm.
Démolie et reconstruite, elle reste
sur la table témoin de la scène
suivante.

*Eh oui, le début du dressage était raté, mais si on se donne beaucoup
de mal et si ça réussit, il risquera d'être primé. L'an prochain, il
pourra prendre la place d'un autre.* A ce moment-là, il se tait, et
il fabrique son modelage : *Paul-Marie, il permet pas qu'on
parle, ni moi, ni ma sœur, parce que nous sommes petits. Il y a que
lui qui parle avec maman.* Or moi, je permets qu'il parle et je
l'écoute. Il est en train de fabriquer son chien de berger [1], et
se débat avec une « queue » et un arrière-train, isolés pendant un bon moment. Il ne sait pas s'il met la queue en haut,
en bas. Finalement, il laisse la queue en haut; il continue le
tronc, puis la tête et les oreilles; le tout très solidement
campé, fixe, posé sur la table, sur ses quatre pattes.

Lui : *C'est toujours lui, Paul-Marie, qui a raison. Sinon, il est
gentil, mais il est gentil surtout avec les enfants des autres familles...
Mais tout de même, il y a la fraternité !...* Pause. *Ah, il a une
petite souris !* (il modèle à vive allure une petite forme
oblongue). Pause. Tout bas : *Il va manger la souris.* (Il la lui
fait « manger ». Cela modifie le museau qui, de fendu et
allongé, devient court et non fendu. A la queue, Dominique
met une sorte de boule terminale. Il supprime les yeux.)
Voilà la tête, et puis tout le reste. Et voilà. Maintenant, il redort...
(son père avait dit que Dominique se réveillait)... *et il digère.
Tiens, on va lui apprendre à marcher ! Mais, la souris où est-elle ?*
(il fait mine de la chercher). *Ah ben, c'est vrai, il l'a mangée,
il n'en reste plus.* Il remet le chien debout et, à ce moment-là,
il lui ôte la tête et lui allonge la queue jusqu'à terre. Pause...
*Ah et puis, on est parti d'un chien, eh ben, on va arriver à une vache.
Le chien, il fait un rêve qu'y devient une vache. Et puis...*

A ce moment-là, je m'aperçois que le chien avait, en place
d'yeux, deux demi-œufs ovales en haut relief, comme des
yeux de mouche, l'un dans le sens vertical, l'autre dans le
sens horizontal. Cette tête d'animal, à terre, n'a plus aucun
autre organe des sens que des yeux et des oreilles sans creux
auditif. Dominique ôte alors les oreilles et met « des cornes »,
c'est-à-dire un croissant, et remet la tête nouvelle.

1. Voir p. 60, fig. 8.

Lui : *Y a une mouche qui joue à l'embêter, elle est invisible. Et ce bœuf, il rêve qu'il est une vache laitière.* Silence.

Moi : *A quel âge est-ce que tu as su que ce que les vaches avaient entre les jambes, c'étaient pas des « fait-pipi ? »* Il répond après un temps d'arrêt où il rougit : *Oh, bien tard vous savez. Oh moi, je croyais qu'elles en avaient quatre... Oh oui. Oh ben, un jour, à l'école, mais j'étais pas sûr...* Première réponse rapidement éludée, mais à valeur d'interprétation acceptée, touchant le sens qu'il y a à se manifester phallique : mon « association » à valeur d'interprétation lui ôte le fantasme de mamelles urétrales.

Il enchaîne : *Oh oui, mais cette vache, elle rêve qu'elle est un bœuf. La vache, c'est le rêve du bœuf. Mais le bœuf qu'elle rêve, il rêve qu'il est une vache.*

J'interviens : *Est-ce que tu crois que la vache rêve de bœuf ou qu'elle rêve de taureau ?*

Lui : *Ah ça, ah ben ça, je ne sais pas !*

Moi : *Est-ce que tu sais s'il y a une différence entre un taureau et un bœuf ?*

Lui : *Ah ça, ah ben, je crois que les taureaux, on m'a dit qu'ils étaient bien plus méchants. Mais cette vache, c'est une vache sacrée, et qu'est-ce qu'elle croit être ! ! eh ben !* Tout bas : *Elle croit qu'elle est un bœuf sacré. Mais c'est un mirage !* Puis, en rehaussant le ton, comme avec une voix de femme : *Vous savez, les mirages, c'est quelquefois historique* [1].

Moi : *Je crois que le bœuf sacré ou la vache sacrée, c'est peut-être à cause d'un béguin que tu as pour Mme Dolto ; tu veux la tourner en sacrée.* Il rougit jusqu'aux oreilles et dit : *Oui ;* et il reste silencieux : *Ça oui,* répète-t-il, avec une voix sourde, une expression concentrée.

Moi : *Et peut-être aussi tu as déjà eu un béguin pour quelqu'un d'autre ?*

---

1. Remarquons qu'à différents moments de son discours, Dominique n'est que le ruban magnétophonique de discours entendus des autres.

Il parle tout bas avec la même expression : *Oui, pour ma maîtresse.* Puis, il change de ton : *Mais moi, vous savez* (d'un ton agressif), *je veux pas, je veux pas ! Ça c'est pas bien ! Je veux aimer que mes parents !* Il prend un ton beaucoup plus participant, il semble anxieux, énervé; le timbre monte, devient aigu à la fin.

Je lui dis : *Mais tu peux aimer tes parents comme tes parents, mais tu ne peux pas avoir des béguins pour tes parents. C'est pas pareil aimer ses parents et aimer les autres, ou les femmes.* Et je lui dis la loi de l'amour hors de la famille : *C'est bien d'avoir des béguins, ça n'ôte pas l'amour pour les parents, c'est pas pareil; et plus tard, après beaucoup de béguins comme ça, il arrive un béguin plus fort pour se fiancer et pour se marier et pour avoir des enfants. C'est comme cela que ton père a rencontré ta mère quand il était jeune ingénieur et elle jeune professeur ; et ils se sont mariés et ont eu des enfants.*

Il écoute, très attentif, puis dit d'un ton modulé, calmé : *Ah ! ah bon !... Tiens ! Tiens !... Ma vache, elle s'est réveillée... Et puis, elle n'est plus du tout sacrée. Elle est comme toutes les vaches... Elle rêve qu'elle appartenait à un nomade.* (Je pense : est-ce son père et sa petite valise toujours prête ?) Il chante sur un air que je ne discrimine pas : *Poum poum, poum poum.* Il démolit la vache.

Moi : *Qu'est-ce que c'est que cette chanson ?*

Lui : *Ça, c'est le chant du nomade. Pendant qu'elle chassait les mouches avec sa queue, le nomade, lui, il dormait.* Puis, il se tait et reconstitue la vache qu'il avait complètement défaite au moment de l'interprétation de son transfert du moi-idéal phallique, mamellaire et urétral, sur moi. *Alors, maintenant, je vais faire le nomade : c'est un petit barbu qui dormait dans un arbre. Chaque fois qu'il riait, c'était dans sa barbe qu'il riait, et puis sa barbe elle était dans l'arbre.* (Voir premier état de modelage.)

La barbe est peut-être allusion aux marmottes auxquelles le nomade ressemble et dont les pattes ont été mises autour du

9

(hauteur 2,5 cm environ)

Premier état :
le nomade, il est
maharadja.

deux yeux, deux
nattes et une
barbe qui pousse
et traîne par
terre.

Sa vache
biquette.

Deuxième état du
nomade tirant sa
vache (on l'ap-
pelle « mademoi-
selle »). Une masse
céphalique, une
masse corporelle
un couvre-chef.

Troisième état : l'homme
méchant ou le nomade
épuisé ?
Un œil seulement, une
ouverture, fente au
couvre-chef, une masse
céphalique aplatie,
deux autres masses cu-
boïdes, une protrusion
thoraco-abdominale.

Les chameaux.

cou de Dominique, bébé, par sa grand-mère maternelle. On se rappelle aussi le dynamisme des autos, des serpents, dans les branches des arbres. Je ne dis rien et attends. Il reprend : *Un jour il devait se séparer de sa vache, parce que c'était un pauvre mendiant, et puis, il en avait marre de boire du lait, alors, il marcha traînant sa vache...* (Deuxième état du modelage. Voyez la soi-disant vache, chose verticale à tête de mâchoire édentée en pince, et son lien au nomade en « cordon ombilical ».) *Il trouvait beaucoup plus d'herbe que de nourriture pour lui. Il était bien obligé de manger des feuilles à la fin, comme elle. Il était maigre le pauvre. Autrefois, il était Maharadja, mais à cause d'une résolution infaillible ; et aussi autrefois sa vache, au lieu de faire un veau, elle pondait de l'or. Mais un fakir jaloux l'a pris, il lui a fait une piqûre, et puis une herbe empoisonnée, et elle n'a plus du tout fait de l'or. Et un jour, elle a fait un veau comme une vache normale... Alors elle est devenue maigre trois fois, et le veau gros trois fois. Et bien sûr, elle a mouru... Le pauvre homme, il trouvait vraiment que c'était désert, et puis les gens méchants, ils refusaient le pauvre vieillard. Pendant plusieurs mois, il marcha, il marcha trois fois plusieurs mois, sa longue barbe au sol, et puis tout le monde sur le chemin lui disait :* « Bonjour, Mademoiselle ». *Et puis ça, ça l'ennuyait ; et puis les gens ils disaient ça pour le flatter. Un jour, il vit au loin une caravane de chameaux.* A ce moment-là, il fait, en modelage, de minuscules chameaux qui arrivent à peu près à la hauteur des pieds du nomade (voir croquis) et, en même temps qu'il fait ces chameaux, il chantonne une mélodie rythmée. Ces « chameaux » sont réunis ensemble par un lien très fin.

Puis il dit : *Oh, que se passe-t-il ?* (Il dit tout cela d'une voix maniérée.) *Ma pauvre biquette, il faut que je te vende !* (Il met les soi-disant chameaux tout près du soi-disant bonhomme.) *Et puis voilà que la vache tomba sur ses pieds, tellement elle était fatiguée. Non alors, je ne veux pas te vendre tout de suite, mais je vais demander de l'eau à cet homme-là. A tout à l'heure...* Il continue le récit tout en manipulant les petits bouts de modelage aux représentations de quoi et de qui je ne comprends pas grand-chose : *Alors, il raconte tout au nomade, que ma pauvre biquette* (ex-vache), *elle a soif, qu'il faut me donner de l'eau, que je lui vendrais la biquette, qui tenait la place d'honneur. Adieu, adieu, ma biquette ! Voilà que le nomade avait perdu son chameau qui avait crevé. Et il acheta la biquette. Non, il faut que tu suives ce monsieur. Mais la biquette, elle ne voulait pas le suivre ! Alors, pendant plusieurs jours, on lui interdit de parler à cet homme. C'était un homme beaucoup plus méchant que lui qui avait acheté la biquette.* Pour dire ces derniers mots, il prend un air sévère et une étrange tonalité de voix grave. Il transforme aussi la première vache quadrupède laissée de côté tout ce temps, en lui allongeant énormément le museau pour la tirer par son nez. Il dit : *L'homme, il était robuste, il dit à l'animal qu'il doit obéir à l'homme. Les animaux, c'est fait pour obéir. Et elle dut le traîner sur son dos parce que le pauvre, il n'avait plus qu'un pied.* (Voir troisième état du modelage.)

Cette séance à demi délirante est intéressante à cause du glissement des identifications. Il y a au début le fantasme de la fille (de la dernière séance) qui est partie avec le père du sujet. Et on ne comprend pas très bien ce qui s'est passé. Il semble que la fillette se soit dédoublée, qu'une partie de la fillette soit restée par pitié avec des miséreux dans une cabane et ces deux animaux sauvages évadés du parc zoologique, animaux dont Dominique parle au singulier (peut-être son instinct cannibale à l'égard des seins de sa mère, non gardés par un tabou [1]). Dominique ne s'aperçoit pas des contradictions. Ensuite, c'est le chien de berger. On a remarqué que ce chien préféré est roux, comme la petite fille de la dernière séance. Et ce chien de berger, on veut s'en débarrasser et on

1. Pulsions cannibales non castrées, ou plutôt réactivées artificiellement puisque la mère lui a redonné le sein à la naissance de la sœur; le mutisme semble bien avoir été la conséquence de la destructuration de la parole verbalisée, symbolisation de la relation orale après corps à corps interdite par le sevrage. L'identité de comportement cannibale du garçon de 2 ans ½ à ce bébé fille a décapité son image du corps et démantelé sa structure, au point d'atteindre non seulement l'image du corps liée au langage mais le schéma corporel lié aux sensations de bouche à seins-pis mamelles.

n'y arrive pas. C'est ce qui est arrivé à Dominique. « On »
s'en est débarrassé pendant un an, « on » l'a envoyé à Perpignan, mais il est revenu, et « on » ne s'en est pas débarrassé. Et puis, actuellement, Paulo (*alias* Paul-Marie) pensait
qu' « on » s'en débarrasserait par un placement en pension
et voilà qu'il est encore à la maison. Ensuite, il y a l'histoire
du collier de chien; en vert (envers ?) comme étaient les
lacets que la petite fille avait mis aux souliers qu'elle avait
pris à son papa et qui s'étaient transmués en ses nattes (2e version quand la petite fille était valorisée phallique), en souliers
à talons de sa maman. Il y a, projeté dans le chien, le fantasme — que Dominique représente dans son jeu de modelage — de perdre la tête au moment de se mettre à marcher.
Or, n'est-ce pas ce qui s'est passé dans la vie de Dominique ?
Marcher, c'est se mettre debout, posture phallique du corps
propre par rapport à son support, le sol. Il y a confusion
entre le fait d'avoir une maîtrise sensée de son arrière-train
phallique et celui d'avoir des pieds garnis de chaussures;
des pieds d'humains dont le sexe est indifférencié du fait de la
valeur phallique hésitante entre l'homme et les animaux,
l'homme et la femme. Ensuite, il y a ce passage du chien à
la vache par la « queue », en perdant préalablement la tête et
les yeux. Il y a la vache qui rêve qu'elle est un bœuf, lequel
bœuf, dans le rêve de la vache, rêve qu'il est une vache. Il
y a une suspicion, un doute, une incapacité à choisir le sexe
rêvé, c'est-à-dire désiré; de savoir de quel sexe sont les gens
et de quel sexe il est lui-même. S'il se projette dans un animal,
et qu'il le fait de moi aussi et de la maîtresse, de quel sexe
sommes-nous ? Nous sommes sacrées, c'est-à-dire « ado-
rables » (béguins), divines, hors de référence au désir sexué
en vue de mariage et d'enfantement. Ce qu'on voit aussi,
c'est qu'il y a méconnaissance, forclusion, de la question de
la fécondité des animaux à cornes, de la castration des bœufs,
la question du taureau. Or, Dominique a vécu à la campagne, chez un éleveur de bestiaux, son oncle, et il aime
beaucoup les animaux. Le mâle, le taureau, dit-il, c'est
méchant. Dominique lui-même se battait avec sa tête (avec
ses cornes) contre son berceau et les murs, et il triomphait

de son père en lui prenant sa mère phallique allaitante, qu'il tétait encore alors qu'il parlait déjà bien.

Et puis, il y a cette histoire de vache sacrée qui vient sans doute de ses lectures — le bœuf apis (à pisse) comme la barque d'Egypte et la guerre de Troie. Visiblement, elle était identifiée à la maîtresse ou à moi, à des personnes à part qui n'étaient pas comme les autres personnes, ni mâle, ni femelle, au-dessus des autres. Le transfert de type mythique, à partir du moment de l'interprétation, a rendu cette « idole » à son statut de femelle normale, enfantant conformément à son espèce, et pas seulement analement de la valeur or (veau, vaut). Il y a cette histoire de barbu dans un arbre, cette histoire de barbu déchu qui était un maharadja, un prince. C'est vraiment son histoire à lui, petit, roi de sa mère, velu, couvert de poils, disait-on, à sa naissance, avec ses cheveux longs; il était doux comme un agneau, chevreau, biquette.

Une fois son traumatisme définitivement entériné, il n'était plus qu'une biquette, quéquette assoiffée (vache qui pisse), la mère le restreignant dans sa boisson à cause de son énurésie. Voilà une vache maigre, assoiffée, qui va tomber d'épuisement, et à sa place, un chameau, animal sobre et résistant. (Il est évident que toutes ces réflexions, je ne me les suis faites qu'à la relecture de la séance. Au cours de celle-ci, j'étais tout yeux, tout oreilles et consciente de l'importance d'une vérité qui se faisait jour par tous ses moyens d'expressions.)

Mais Dominique continue. J'écoute toujours, attendant entre ses pauses.

Lui : *L'homme raconte tout au nomade, et il revient vers sa vache-biquette et lui dit : « Ma pauvre biquette, cet homme ne me donnera de l'eau que si je lui vends ma biquette qui tenait la place d'honneur. Adieu, ma biquette. »*

Dans cette histoire, où la biquette *alias* quéquette, *alias* objet partiel phallique est à l'honneur, objet à qui le sujet veut donner vie en lui donnant à boire (eau vive, courante), il est contraint à cette chose absurde : vendre son objet précieux pour avoir de l'eau, c'est-à-dire de quoi faire vivre ce dont il n'aura plus besoin s'il n'a plus cet objet précieux. C'est un marché de dupes. Par-devers moi, je pense que ce fantasme relate de façon allégorique ce qui s'est passé pour cet enfant, non une castration l'initiant à la culture, mais une mutilation. Il n'y a pas eu symbolisation après renoncement à l'objet partiel, la verge urétrale : mais marché de dupes. En effet, il n'y a pas eu conservation de l'accès au phallus par la renonciation à un plaisir érotique d'absorption orale, à but urétral émissif; mais la satisfaction du besoin a imposé l'abandon total de l'objet, le renoncement à l'amour et au désir même pour survivre. Cette histoire d'objet partiel n'est pas seulement celle de sa verge par rapport à son corps propre, c'est aussi la sienne à lui tout entier, en tant qu'il avait été l'objet partiel, fétiche du pénis imaginaire de sa mère jusqu'à la naissance de sa petite sœur[1]. Cet objet partiel précieux séparé du sujet, son propriétaire, ne peut continuer de survivre qu'en étant vendu, c'est-à-dire livré à un méchant maître, qui ne lui donnera plus de quoi vivre (à boire), mais le tirera par le bout du nez (voyez le cordon ombilical, bout du nez, dans le modelage). Cette biquette est son sexe à l'époque de l'allaitement, forclos dans son désir vivant, depuis lors, et dont il doit donc porter le poids mort. Autrement dit, l'instance maternelle qui le conduit par le bout du nez, lui, Dominique, en même temps le monte comme une monture entre les jambes; mais ceci se fait seulement à condition que cet objet monté ait perdu toute initiative personnelle. C'est vraiment l'aliénation du désir du sujet, pour la satisfaction d'un désir pervers de l'autre, co-narcissique, impuissant à se conduire seul. Il est dit aussi dans cette

1. La naissance de Sylvie a, en effet, modifié l'économie libidinale de la mère. Mme Bel avait été une enfant et une jeune fille désavouée par ses parents à cause de son sexe. Sa mère ne s'était pas occupée de ses études. Et elle, avait épousé un « jumeau d'épreuves ». Elle a vu Sylvie fêtée par la famille Bel à l'égal de sa tante paternelle. Le père dit de sa fille « elle est comme ma sœur en plus courageuse ». Sylvie est donc une Bel ; et la mère dit « ma fille m'occupe beaucoup, je m'occupe de ses études, elle a beaucoup besoin de moi » : c'est elle-même qui a besoin de Sylvie.

histoire que la biquette dut traîner son propriétaire nouveau et méchant qui ne s'occupait même plus d'elle, parce que ce second propriétaire n'avait plus qu'un seul pied, une seule ex-mamelle, servant de pied, un tronc avec membre « dépareillé ». Dominique n'avait plus son pareil, n'avait plus de semblable, plus personne à qui s'identifier; contraint à régresser dans sa relation inter-humaine à une dépendance corporelle; devenu lui-même en tant seulement que, dans son corps propre, pénis, objet partiel d'un autre, typique métaphore de la relation fœtale[1]. Ce sont des moyens de défense devant la phobie envahissante de la mort menaçante, dans une situation faussement transférentielle. C'est une régression à un stade préverbal et de processus primaire dont l'issue est barrée puisqu'elle impliquerait le fonctionnement d'auto-dévoration, alors qu'à l'époque réelle du processus primaire, la dévoration n'était que fantasmée pendant que l'absorption réelle du lait maternel entretenait la vie d'échange (le courant)[2] entre le présujet objet partiel, et son préobjet : l'image totale de l'adulte à laquelle il peut aller s'identifiant dans sa totalité de corps propre et de zone érogène, grâce à une attirance réciproque.

1. Voir les 2 « chameaux » et leurs minuscules et curieuses formes, p. 65.
2. Le lien de participation dynamique.

Si l'on résume maintenant, avant de continuer la relation des séances, le tableau clinique présenté par ce garçon, on voit une méconnaissance de l'espace, une méconnaissance du temps, et naturellement de leur relation mutuelle, c'est-à-dire de la façon de mesurer le temps et (par des procédures expérimentales) l'espace. Ainsi la vision est-elle dangereuse. Cette méconnaissance ne permet pas la représentation dans l'espace des différences dimensionnelles c'est-à-dire du virtuellement palpable. Comme le disait sa mère, Dominique pense que dans un petit paquet peut se trouver un très gros objet, que les choses éloignées sont petites en réalité (les illusions perspectives sont réalité). Quant au temps et aux relations dans le temps, Dominique aime beaucoup l'histoire, il lit, paraît-il, des récits historiques, mais il est incapable, bien que préoccupé de l'historique et du préhistorique, de savoir ce qui est avant, ce qui est après. Nous le verrons d'ailleurs à l'occasion des séances suivantes.

Etant donné ces méconnaissances, on saisit mieux le sens des défenses à l'égard des dangers d'attaque; la phobie d'être regardé, de voir et d'être vu : c'est cela qui donne à Dominique ce regard fuyant, qui ne se pose pas sur vous, qui coule de côté entre des paupières baissées; et la phobie d'être entendu et d'entendre, qui se traduit par des chutes de voix comme si Dominique disait un secret tout d'un coup, ou s'il parlait de très loin et se rapprochait à nouveau. Tout cela est phobie d'être pris, d'être mordu, d'être en somme agressé. Ces deux phobies sont, sans doute, en relation avec la scène primitive entrevue et co-vécue. Dominique a couché

72

dans son berceau dans la chambre des parents jusqu'à
2 ans et demi (c'est-à-dire jusqu'à la naissance de Sylvie). Il
semble paniqué d'une façon latente par l'appréhension d'être
saisi, mordu, déplacé, séparé. Tout ceci le conduit à des
comportements d'évitement, d'évitement des rencontres, et
provoque chez les autres humains, comme chez les animaux
(est-ce en miroir ?), une attitude de gêne et de non-rencontre
à sa personne. Il ne court jamais, a peur des enfants qui
courent, et des chiens. Toute animation qui l'approche ou
que lui-même approcherait, est ressentie comme une animation prédatrice, morcelante : Dominique signifie l'intolérable
de cette situation due à une persécution constante, par la
mimique chronique que traduit son masque de garçon figé,
réservé, au sourire qui fait gentil. Il évite de montrer toute
initiative par un comportement naïf, désarmant d'apragma-
tisme; comportement absolument nul d'ailleurs au point de
vue efficacité, car, sans variance, il n'est plus considéré
comme une expression mimique, mais comme un masque de
débilité mentale; Dominique exhibe un habitus et un faciès
de totale impuissance. Faciès dérivé d'un langage propitia-
toire magique, au même titre que sa posture et ses propos.

La symbolisation qu'est la gestualité du corps de l'époque
orale, quand elle s'est faite entre des personnes qui ont renoncé
à s'entre-manger et à s'entre-boire (l'enfant prend le « lait
à la mère » qui lui prend fèces et urine), aboutit d'habitude
à des rapports symboliques de tendresse exprimée : embras-
sement, baiser, toucher caressant, non explorateur sexuel
mais explorateur du monde et du corps propre à défaut de
celui de la mère, renoncé[1]. Pour Dominique, rien de tout
cela; cela n'a jamais été et n'est pas possible. Tout conduit
au contact dévorant, à une issue érotisée et dévorante d'un
autrui dévorateur à son tour, et déprédateur. Le style d'ali-
mentation, ne l'oublions pas, a exclu, jusqu'à présent, toute
valorisation ou dévalorisation gustative, qualitative et quan-
titative. Dominique n'a jamais présenté ni préférence, ni

---

1. Rappelons que Dominique parlait avant d'être sevré, qu'il s'est sevré de
lui-même, et qu'il a pu téter de nouveau sa mère aussi souvent et autant qu'il
l'a voulu, tout le temps de l'allaitement de sa petite sœur.

refus alimentaire, ni opposition, ni gourmandise. Il faut dire aussi que, dans cette famille, toute liberté est laissée de prendre de la nourriture, *au nom du besoin*, à tout moment de la journée, à sa guise et sans demander la permission. C'est la mère qui prépare tout, mais elle ne met *aucune restriction aux désirs oraux des enfants*. Il en va de même pour la gestualité de symbolisation anale : quitter, jeter à terre ou à l'eau, mouler de la matière (voir style de ses modelages); Dominique n'est jamais déprédateur, jamais un geste de violence, ni cri, ni rouspétance dirigée, il ne demande ni ne désire rien. Il est « absent » en famille et en société.

Cet enfant présente encore des phobies, dont certaines sont assez caractérisées pour que tout le monde puisse en parler. Personne ne parle de ses méconnaissances et de la structure phobique qui les sous-tend. On dit bien qu'il se perd, on dit bien qu'il est tellement distrait qu'il ne sait pas comment il est habillé, etc., mais on ne dit pas qu'il est un persécuté latent de tout ce qui existe dans le temps et l'espace et de tout ce qui est doué de mouvement. On a remarqué sa phobie de ce qui tourne, la phobie des manèges, la phobie des bicyclettes. Il a aussi des « manies », ces manies sont des rites de rangements et des colères sourdes, à peine manifestées. Il est au comble de l'angoisse si on a déplacé des objets de leur lieu habituel. Il a la phobie du lavage, du lessivage. Tout ce qui bouge et tout ce qui est modifiable en somme, est inquiétant, insolite. Toute image dynamique semble être la signalisation de l'existence de Dominique en tant qu'*il est encore vivant, donc pouvant encore être annulé, tué* (s'il vit, Sylvie).

Ces méconnaissances existent d'une façon habituelle chez les tout petits enfants, et nous voyons réussir aussi le plus souvent leurs mécanismes de défense salvateurs, tout à fait habituels, et qui ne choquent personne. Des petits enfants, inquiets devant des personnes qu'ils ne connaissent pas, deviennent muets, n'ouvrent pas la bouche; « ils perdent leur langue » comme on dit. Ils reviennent à un comportement régressif pré-verbal, ils regardent, écoutent, je dirai même ils flairent tout ce qui se passe et n'en disent mot, ou bien ils manifestent une régression du type de la participation au corps de la mère, comme devant les choses ou les animaux inquiétants : ils se remettent dans ses jupes, se camouflent derrière elle, qui leur sert de bouclier vis-à-vis du danger. Contre le corps de la mère, parfois le dos contre le corps de la mère, ils restent aux aguets; ou bien, le visage plongé dans ses jupes, ils évitent les perceptions inquiétantes. Mais, visiblement, ces conduites que nous connaissons tous chez les tout petits enfants sont suivies d'une sécurisation totale par un geste protecteur et chaste (non provocateur sexuel) de leur mère. Certains d'entre eux reprennent, en plus de la tendance à se nider, le rite du suçage de pouce, de la caresse d'une oreille, en se repliant pseudo-fœtalement, soit sur eux-mêmes, soit dans les bras ou sur les genoux de leur mère, en se détournant du spectacle qui les entoure. Or, Dominique n'a jamais, enfant, présenté toutes ces façons de faire. Il était, avec sa mère, dans une relation extrêmement précoce de parler face à face, puisqu'il a commencé à parler clairement avant d'être sevré, à un an, et il n'aimait guère les contacts de corps avec elle, même avant la naissance de sa sœur; le père le confirme. Sa mère, il la dominait (conformément à son prénom). Par sa volonté, à coup de conduites masochiques [1], il la maîtrisait; il faisait d'elle son esclave attentive et la séparait ainsi de son père, cependant qu'il devait supporter, patient, au berceau, jusqu'à la naissance de la sœur, les embrassements et les corps à corps nocturnes des parents, lors de la présence paternelle à éclipses, présences et absences non prévues, non annoncées par les paroles du père, c'est-à-dire pour l'enfant, comme magiques.

J'ai donné dans mon travail sur la jalousie du puîné [2] une étude théorique et clinique des réactions dites de jalousie, et j'ai montré que se confirmait, dans diverses observations, et depuis lors dans tous les cas que j'ai connus, l'hypothèse

1. Les coups de tête (de bête à cornes) dans son berceau la nuit, jusqu'à se faire des marques.
2. F. Dolto, « Hypothèses nouvelles concernant les réactions de jalousie à la naissance d'un puîné » in *Psyché* nos 7, 9, 10, Paris, 1947, épuisé.

que les troubles de l'enfant aîné de moins de 4 ans étaient toujours dus à un conflit dans la structuration de ce qui est l'identité du sujet. Celle-ci est fonction de l'ensemble des instances de la personnalité dont l'organisation éthique, orale et anale est ébranlée à la naissance d'un puîné. Nous voyons chez Dominique que, d'une part, il y a eu ce conflit d'identité : il n'était plus le même qu'avant, le rôle qu'il tenait n'était plus le même puisqu'il n'était plus le préféré, le protégé, et qu'il y en avait un autre. Cela correspond, dans l'observé quotidien, à la jalousie d'un animal domestique fixé à son maître et qui est jaloux de voir celui-ci s'occuper d'un autre objet. C'est en somme une dépossession. Mais, chez l'humain, il se passe quelque chose de beaucoup plus compliqué. L'amour que l'être humain, dans sa personne en cours de structuration, porte à sa mère et à l'entourage, est un amour dont la résultante effective est une mimique d'identification, suivie du processus d'introjection. L'être humain enfant se comporte comme il voit se comporter ses aînés des deux sexes, et, quelles que soient les personnes familiales, elles sont plus avancées que lui sur le chemin de la vie. En les introjectant, en se les incorporant symboliquement, il se développe conformément au sens de toute dynamique. Avec le sevrage du sein, l'enfant renonce à l'incorporation cannibalique, mais, à la place, il a rencontré l'introjection liée à l'assimilation des sons et des images, processus symbolique structurant et, par cette introjection, il a gagné les faveurs de l'entourage et aussi un échange langagier témoin de son appartenance. Voici qu'une petite sœur apparaît magiquement, et devient une valeur phallique incontestée, c'est-à-dire un point de mire pour tous les membres de la famille. Selon sa dialectique orale d'identification et d'introjection, il va falloir que Dominique *l'introjecte,* c'est-à-dire que, pour l'enfant de 20 à 30 mois, il s'agit de prendre comme comportements valeureux, les comportements de ce nourrisson incapable de parler et de se sustenter autrement qu'au sein, de ce nourrisson incontinent qui, chose insolite, réjouit tant la mère, ordinairement si fâchée de voir des culottes sales.

C'est devant un cas de jalousie du puîné que nous sommes

avec Dominique, devant les conséquences déréalisantes d'une réalité non acceptable. Si nous essayons de comprendre pourquoi, dans ce cas particulier, les choses se sont passées de la sorte, il semble que nous ayons assez d'éléments déjà pour suivre le processus jusqu'à l'accès au dérèglement caractériel et dynamique de 2 ans et demi. Le vécu postérieur à la naissance de la sœur, et les réactions de défense à l'épreuve de la jalousie que l'entourage a méconnues comme telles, mais dans l'angoisse a tolérées, — ce qui, pour l'enfant, signifie qu'il les a trouvées bonnes, — n'ont pas arrangé les choses. De plus et cela est encore plus pervertissant, il y a eu le retour à l'allaitement, au langage bébé. Et il y a eu des éléments libidinaux « surchauffants » séducteurs venus de la mère à son insu, qui ont encore par absence de castration[1] démoli d'autres possibilités de structuration aux stades ultérieurs anal, urétral et génital. Mais cela, nous ne le saurons que par le travail analytique au cours des séances ultérieures.

Revenons à ce qui s'est passé à la naissance de la sœur et à la révolution qu'elle a entraînée à la fois dans le cadre familial, dans le comportement des personnes de l'entourage de Dominique, dans leurs affects exprimés, et dans sa propre structure.

Dominique était le phallus à maman. Il était roi dans la chambre conjugale; il lui suffisait de faire un caprice, comme on dit, c'est-à-dire de se servir de son corps en donnant des coups de tête sur le berceau, pour que la mère, anxieuse, quitte le lit conjugal, passe par toutes ses volontés, satisfasse non pas ses besoins, mais son désir de la séparer de son mari, satisfasse ce despotisme du bébé auquel elle donnait l'excuse d'un besoin roi. Mais il faut dire aussi que cette mère avait voulu obtenir une propreté très précoce, qu'elle l'avait d'ailleurs obtenue pour la défécation, et que les menaces de salir ou mouiller le lit que pouvait représenter une rage de

1. Voir p. 230.

l'enfant étaient un danger réel pour elle, axée qu'elle était sur la propreté, phobique qu'elle était de la saleté.

N'oublions pas que ce petit phallus à maman était très précoce. Il avait commencé à parler avant de pousser ses dents et parlait correctement alors qu'il n'était pas sevré. En même temps qu'il était sevré, il commençait à marcher. Ce petit enfant qui trottinait entre sa mère et son frère aîné avait une vie des plus enviables. Bien sûr, il n'était pas maître de ses sphincters, mais il les avait vendus à maman en échange de sa satisfaction à elle. Bien sûr, il ne parlait pas encore tout à fait parfaitement, mais son jargonnage lui permettait de s'immiscer par ses discours de perroquet écouté, entre sa mère et son frère, et de jouer son rôle de troisième pendant toutes les journées.

N'oublions pas non plus que Dominique avait été mis à l'école très petit, à 2 ans et 3 mois pour faire comme son grand frère, dans une petite école Montessori, où il s'était très bien adapté. Tout ceci précédait la naissance de la sœur. L'enfant est parti chez sa grand-mère paternelle pendant la fin de la grossesse de la mère, à la fois pour soulager celle-ci, et pour distraire celle-là de l'épreuve qu'elle vivait (la disparition de son fils). Quand il revient, il découvre qu'il n'a plus sa place dans la chambre de ses parents, que son berceau est pris par un bébé. Ce bébé a complètement transformé l'équilibre familial. La mère ne pouvait pas avoir de plus grandes joies, le père non plus, ainsi que le frère aîné, qui avait emboîté le pas en renonçant apparemment à ses prérogatives de grand garçon, pour ne s'occuper que de cette petite sœur. On comprend le choc devant l'insolite, pour Dominique à son retour. Comment s'y reconnaître ? Et pourquoi cette petite sœur avait-elle une telle importance ? Eh bien, parce que la naissance de la sœur a complètement satisfait les deux lignées. Le nouveau trio mère, père, fille, était un trio tout à fait heureux. Même le frère aîné ne pouvait que « doubler » sa mère, pour garder sens. Cette petite sœur, la deuxième fille de la famille Bel, arrivait après le décès accepté du fils disparu, de même que la sœur du père était arrivée après la mort accidentelle du petit frère.

Le père, très dévalorisé par la naissance de sa propre petite sœur quand il avait 7 ans, étant donné la joie de la famille — pensez donc, après 150 ans qu'il n'y avait que des garçons dans la lignée —, ce père, enfin, goûtait la même joie; mais cette fois-ci, c'était lui, le père; et il donnait joie à sa femme en même temps qu'à ses parents. De plus, comme il le disait lui-même, cette petite fille, c'est cent pour cent son portrait, avec, en plus, l'audace qu'il n'a pas : « et elle est entreprenante! » Evidemment, au moment de la naissance, il ne le disait pas encore; mais il disait : « Elle est cent pour cent de mon côté, et elle ressemble cent pour cent à ma sœur. »

Quant à la mère, elle s'était, m'a-t-elle avoué, sentie coupable de s'être mariée, coupable devant les religieuses qui l'avaient élevée, auxquelles elle aurait voulu s'identifier, dans « le sacerdoce de l'enseignement ». Elle s'était sentie aussi coupable vis-à-vis de sa vraie mère, qui lui disait à l'époque où elle se pensait non mariable, étant donné son obésité : « Tant mieux, comme cela tu ne me quitteras pas. » Les relations des deux femmes étaient alors, comme les a décrites le père, des relations d'intense agressivité réciproque. Le fait de mettre au monde une enfant fille et qui ressemblait à la lignée paternelle était, pour Mme Bel, une grande satisfaction, et aussi pour sa propre mère, qui affectionnait son gendre. Enfin, Dominique entendait, à longueur de journée, que cette petite sœur était beaucoup plus belle et « Bel » (« père ») que lui : donc beaucoup plus reconnue par le père et la mère : du fait de la rencontre sonore du patronyme de la famille et de l'adjectif caractérisant la puissance séductrice spéculaire, cette petite sœur était le signifiant phallique. Lui, on lui avait toujours dit qu'il était laid, qu'il était velu comme un singe et qu'il ne ressemblait pas à son père, mais à son grand-père maternel, l'homme rude, dresseur des Noirs. Il ne faut pas oublier non plus que la petite sœur s'est appelée Sylvie, a été baptisée Sylvie, et que ces deux phonèmes — s'il-vit — ont été sans cesse articulés depuis la disparition de l'oncle, disparition survenue juste avant la naissance de Dominique. Dominique, toute sa petite enfance, a entendu les espoirs de ses parents, « s'il vit, Bernard, il est peut-être ici ou là ; s'il vit, on le retrouvera ». Etant donné le rôle du langage chez un enfant qui n'avait plus rien d'autre comme manifestation phallique de puissance et de culture, ces deux syllabes ont dû être extrêmement importantes pour l'établissement de ses multiples confusions et de son attitude schizophrénique. Le bébé n'était-il pas, sous forme de petite fille, l'oncle disparu[1] ?

Que se passa-t-il vis-à-vis du grand frère Paul-Marie, au moment de la naissance de Sylvie ? Est-ce que Dominique aurait pu trouver du secours en se faisant aider par ce grand frère, ou en s'identifiant à lui ? Eh bien, non, car il n'y avait pas eu de relation réelle entre les deux frères, ces deux fétiches à maman. La seule relation qui eût été sensée entre eux, eût été l'agression réciproque ; mais la mère ne l'eût pas tolérée, le père non plus. Et pourtant, je suis certaine que c'est ce compagnon de son sexe, apparemment sans influence, de 2 ans plus âgé que lui, qui a contribué le plus au développement de la réclusion autiste de Dominique. Quand les parents et les éducateurs comprendront-ils que les plus grands, s'ils jouent par leur seule place un rôle dans la structuration des petits qui les imitent ou tentent de s'accrocher à eux, de se mettre dans leur dépendance, ne doivent jamais être valorisés lors de leurs conduites protectrices vis-à-vis des puînés afin que ces conduites soient tenues à bon escient et qu'elles ne nuisent ni à l'un ni à l'autre ? Ils doivent être incités au contraire, à ne pas mimer le parent maternant ou légiférant. Ce rôle dominant de suppléance tutélaire devant l'infériorité manifeste des petits, ne peut que saper chez ces derniers les réactions de défense structurantes. Du grand frère, il en a été à peine question. Cependant, c'est du fait de son orientation différente à la prochaine rentrée que nous avons connu Dominique, qui, abandonné par son cornac, devait être placé en internat spécialisé. Je me propose d'étudier, dans un chapitre séparé, cette relation réciproque des deux frères en interférence à leur structuration œdipienne personnelle, au moment de la naissance de la sœur. On y

1. Voir p. 85.

verra de près le rôle de la dynamique libidinale dans le groupe familial, articulée à l'Œdipe et orchestrée par les parents, en tant qu'ils sont supports de l'imago d'adulte pour chacun des enfants. Leur propre « contre-transfert » œdipien sur leurs enfants interfère dans cette structuration, le plus souvent en l'entravant; ce qui, par conséquence, rend impossible le processus de symbolisation de la libido prégénitale.

Après cette mise en forme de ce qui, depuis le début, nous est apparu important pour comprendre le cas, revenons à la relation des séances.

Cinquième séance : 4 janvier

6 semaines après la précédente : deux séances manquées.

PREMIÈRE PARTIE

A cette séance sont venus, avec Dominique, sa mère et son grand frère; mais je ne saurai que tout à l'heure la présence de celui-ci dans la salle d'attente. Le grand frère avait déjà deux fois demandé à la mère à me « voir », au début, paraît-il; mais Dominique ne voulait pas qu'il vînt. La mère m'avait informée la dernière fois que l'aîné viendrait peut-être, si je voulais le voir : j'avais répondu que je le verrais si Dominique le désirait. Or, Dominique avait déclaré à son grand frère qu'il voudrait qu'il fît ma connaissance. Je n'ai donc pas refusé.

La mère entre la première dans mon cabinet, avec l'autorisation et l'acquiescement de Dominique. Elle a à me dire quelque chose avant que je ne voie celui-ci[1]. C'est sa joie d'avoir passé des vacances de Noël encore meilleures que les vacances de l'été dernier. Ils ont eu la visite de sa propre mère qui n'avait jamais pu supporter Dominique, depuis ce fameux été de ses trois ans où il était devenu fou de jalousie

---

1. Lorsqu'un patient désire véritablement que quelqu'un de son entourage voie son psychanalyste, je pense que cette rencontre est pour lui jugée nécessaire et je ne refuse pas. Lorsqu'il s'agit des parents d'un mineur ou de ses grands-parents, en cours de traitement, je n'accepte qu'avec l'acquiescement de l'enfant et devant lui ou non, selon ce qu'il préfère et ce qu'accepte le parent. Si ce n'est pas devant lui, je lui fais part du contenu de l'entretien en ce qui le concerne.

envers sa petite sœur à l'insu de tous. Cette grand-mère avait beaucoup reproché à Mme Bel sa faiblesse : à son gendre aussi, mais surtout à sa fille. La grand-mère, d'ailleurs, avait une préférence marquée pour Paul-Marie; elle trouvait Dominique laid. « C'est vrai, dit la mère, qu'il était, à sa naissance, couvert de poils, c'est vrai qu'il était laid, c'est vrai qu'il est laid à côté de son frère et surtout de sa sœur qui est si mignonne, et c'est vrai qu'il ressemble à mon père qui n'est pas beau. » Or, la grand-mère l'a trouvé transformé, il a été adorable avec elle et ce sont maintenant les meilleurs amis.

Nous voyons que Mme Bel est renarcissisée par le traitement et l'amélioration de son fils, et qu'elle se réhabilite aux yeux de sa mère. Il y a peut-être, en dessous de cette satisfaction, d'autres affects [1]. Après ces brefs propos, la mère retourne à la salle d'attente et Dominique vient.

DEUXIÈME PARTIE

Entretien avec Dominique

Lui : *Voilà, il y a quelque chose qui m'ennuie. Comme j'ai été malade, comme ça, dans ma tête, j'ai jamais rien appris. Et il y a quelque chose que je veux apprendre, c'est savoir lire l'heure.*

Je lui demande quel jour nous sommes, et l'heure du rendez-vous. Je lui fabrique un dessin sur le papier, une circonférence rayonnée avec les douze chiffres, « une pendule ». Lui-même, avec deux « aiguilles » en modelage, marque l'heure à laquelle il est arrivé et, progressivement, les heures et les minutes. En moins de cinq minutes et sans que j'aie à faire un seul geste, il sait écrire l'heure. Je ne lui en fais ni compliment, ni prendre réellement conscience, et j'enchaîne :

---

1. Elle a fait manquer deux séances à Dominique.

Moi : *Maintenant, qu'as-tu à me dire aujourd'hui ?*

Lui : *Et puis, c'est mon grand frère, c'est Monsieur Je-sais-tout.* (Il le répète, lui, par contre-identification, étant Monsieur Je-ne-sais-rien.) *Et puis, c'est la grande sérénade avec le chien. Jap, il était pas fier de lui quand il faisait pipi partout. Mais il fait des progrès. A la maison, on a toujours eu des chiens.* (C'est exact, mais c'est une chose qui n'avait jamais été dite par personne et qu'à l'école on ignorait.) *Vous savez, je vous ai parlé d'un chien de berger, eh ben, c'est parce que j'aime les chiens. On a toujours eu des chiens. Gouki, avant, on l'aimait beaucoup, il était aussi affectueux que Jap. Et un jour, il a fallu qu'on le fasse partir. Le propriétaire avait des cockers, alors c'était entre chiens et chats.*

Moi : *Mais il n'y avait pas de chats ?*

Lui : *Non, mais ils se disputaient. Il fallait s'y attendre, je ne sais pas ce qu'il a dit, mais il a fallu qu'on s'en débarrasse. On l'a donné à une pension pour les chiens. Je crois qu'il y a six ans. Et voyez, pendant un moment, je pensais qu'à ça. Quand je voyais un chien, je croyais que c'était lui, même s'il ne lui ressemblait pas, je croyais que c'était lui déguisé en autre chien, ou en chat même !* (Sylvie pouvait donc être « s'il vit », Bernard déguisé en bébé.)

Moi : *Ah, vraiment ?*

Lui : *Ah oui, ça, j'ai eu beaucoup de chagrin quand j'avais six ans. Peut-être que c'est quand j'avais huit ans.* (Or, nous savons qu'un frère disparu du père n'a été déclaré disparu qu'aux 3 ans de Dominique, et que c'est lorsqu'il avait 8 ans, qu'un petit cousin, frère de Babette, est mort presque sous ses yeux, d'une maladie bleue, à 6 mois; 6 ans c'est l'âge du renvoi de la grande école et du premier traitement.) *Mon grand-père et ma grand-mère de la Meuse, c'est le papa et la maman à ma maman, eh bien, chez la postière, il y avait deux petits garçons* (lapsus ?) *et j'étais tout content, et je les caressais et je les chatouillais, comme si j'avais un chat, parce que, justement, si j'avais eu un chat... et puis on n'en avait plus.*

Moi : *Un chat ?*

Lui : *Non, un chien. Alors, moi, je l'aimais bien. Mais les autres ils trouvaient mieux de caresser un chien, et moi je voulais un berger allemand.*

Moi : *Oui, pourquoi ?*

Lui : *Parce que j'avais vu toute une famille que* (or, Dominique sait dire « dont ») *les enfants tenaient un berger allemand, moi, ça me démangeait de tenir le berger allemand, comme toute la famille. Pour moi, vous savez, c'est la fête quand je rentre maintenant. Il m'aime notre chien. Lorsqu'il y en a un qui voit Jap qui m'aime comme il m'aime, eh ben, les autres ils ne peuvent pas croire. Notre chien, c'est un teckel s'il est pas affectueux, alors il est hargneux, parce que il mord, il est dangereux. Il faut toujours être content parce que si on n'est pas content, il est pas content, et il peut devenir dangereux... Moi, quand maman m'expliquait des choses, ça me vexait de pas savoir, et ça me vexait surtout qu'elle m'explique. Avant j'aimais pas mon nom, « Bel », j'aurais voulu avoir un nom qui commence par un O. J'aurais bien aimé m'appeler « Olax », Olax, c'est bien. A l'appel, lorsque la maîtresse faisait l'appel des autres, quand c'était mon tour, alors elle disait « Bel », et les autres disaient : « Oh, qu'il est joli ! » Alors, moi aussi, ça me vexait...* et tout bas : *Pourquoi ils disaient jamais belle fille ?*

Moi : *Tu aurais voulu ?*

Lui : *Ben oui, mais ils se moquaient.*

Il s'agit de deux émois très destructeurs pour son narcissisme, deux occasions d'humiliations. Je n'ai jamais vu de psychotique qui n'ait relaté, au cours de la psychothérapie, des épisodes réels ou une situation réelle éprouvés humiliants [1] venus de personnes-supports du Moi idéal, soit un des parents, soit un des professeurs, soit un frère ou une sœur

---

1. Pour ce qu'il ne peut pas modifier : son origine, sa parenté, son sexe, son corps propre.

aînée qui ont pris la place des parents comme supports présentifiant le Moi idéal[1].

Il dit le verbe « vexer » à l'imparfait... Vexé de recevoir l'enseignement de sa mère, vexé de devoir à son père un nom qui, soi-disant, le ridiculise. *L'humiliation cachée derrière cette vexation-écran* est d'un autre ordre. Il s'agit, chez Dominique, d'un viol de la personne humaine (lui a été dénié le sens humain à donner à son impuissance devant la nature et devant la culture), mais surtout d'un *déni de la castration œdipienne en ce qu'elle a d'initiatique :* celle qui procède du père, valeureux modèle de puissance génitale et sociale, celle *qui est ressentie comme épreuve intronisante à la société des garçons.* Il s'agit encore, sous cette expérience d'humiliation, d'émois tentateurs-provocateurs émanant des personnes parentales, celles-là même qui devraient être les soutiens de la loi d'interdiction de l'inceste (on verra plus tard comment).

On note dans cette séance qu'il s'est réconcilié avec les chiens, maintenant qu'il s'est réconcilié avec son patronyme. L'épisode du chien qu'on a dû renvoyer et sans doute piquer pour faire plaisir au propriétaire de l'immeuble est un épisode qui semble être en rapport avec la naissance et la mort rapide du jeune cousin, atteint d'une maladie bleue, comme pour plaire à la terrible cousine, propriétaire des lieux. Cette cousine avait trois ans de plus que Bruno, son petit frère. Il y a eu aussi réconciliation avec la curieuse grand-mère maternelle, la rude paysanne, aux rites magiques.

On note encore dans cette séance l'allusion à un épisode de rapports affectueux et érotiques avec des petits garçons (avec lapsus peut-être), exactement comme s'ils étaient des animaux à caresser, chiens ou chats; cette situation racontée et fantasmée est celle dont Dominique a été l'objet de la part de la grand-mère de Perpignan, qui le prenait dans ses bras

---

1. Il est vrai que les gens « normaux » ou les névrosés racontent aussi des épisodes d'humiliation; chez les sujets pathologiques, ces événements sont essentiellement marquants, parce qu'ils sont survenus au cours du développement à des moments clefs de la structuration, moments où le narcissisme vacille aux prises avec la nécessité imposée par la réalité d'un remaniement énergétique de la libido, dont les valeurs éthiques imaginaires, jusque-là sécurisantes, s'avèrent caduques.

pour regarder les photos de ses morts (du moins il le raconte).
De plus, rappelons que sa mère, soi-disant sur le conseil de
la psychanalyste, a redonné des caresses à ce grand garçon
de 6 ans, autant qu'elle en donnait à sa petite sœur, et qu'elle
lui en donne encore. Elle l'a frustré des bénéfices symboliques du sevrage et de la jalousie, en en faussant l'épreuve,
frustré donc des possibilités de processus de défense structu-
rants qui en découlent après épreuve réelle. Le traumatisme
n'a pas été la frustration de tendresse : l'épreuve de la naissance de la sœur, ç'a été le sein redonné et l'abandon des
exigences paternantes éducatives qui auraient conservé et
soutenu l'identité humaine. D'ailleurs, la suite va nous
apprendre ce qui s'est passé de pervertissant pour Dominique, et venant d'un comportement habituel de la mère : le
corps à corps passif au lit avec elle, qu'elle impose en toute
innocence à ses enfants, à cause de sa phobie de la solitude.
Mais n'anticipons pas.

Après avoir relaté ces souvenirs, Dominique fait un
bonhomme (voir croquis premier état) où s'affirme la différence de facture sur le dernier, le nomade, et sur les « personnages » d'avant les vacances[1].

Moi : *Qui serait-il ?*

Lui : *Peut-être c'est un Noir de maman, quand elle était petite.
Ils étaient tout nus et on voyait ça.* (Or, on ne voit qu'une
silhouette.)

Moi : *Quoi ça ?*

Lui : *Oh, je l'ai fait habillé, alors on ne le voit pas.*

Moi : *Pourquoi, puisque tu m'as dit qu'on le voyait ?*

Lui : *Oui, eux ils le montrent, ils ne trouvent pas ça mal.* Il lui
met un pénis et dit : *Le voilà son pis.* (C'est en effet comme
un pis de vache qui serait dressé en érection.) Il enchaîne :

1. Voir p. 92, fig. 10.

Non, c'est pas un Noir à maman, c'est un bébé qui cherche popo. J'ai pissé au lit, vous savez (il le dit tout bas), *pendant longtemps. Et puis tiens, ça aussi, ça s'appelle le sexe de l'homme.* Et il met à ce bonhomme deux boules figurant des seins (voir croquis deuxième état).

Moi : *Non, ce n'est pas cela qu'on appelle le sexe. C'est ce que tu as mis tout à l'heure. Ces deux boules que tu as mises, c'est autre chose, c'est quoi ?*

Il se tait un certain temps, puis il dit : *Maman, pendant un certain temps, c'était le Panthéon qui m'intéressait. Vous savez, le Panthéon, là où on a enterré Napoléon, où il y a un hôpital, un hôpital du tombeau.* (Sa mère : tout Dieu, forme, seins et morts. Tout Napoléon, toute soigneuse d'invalides, entreteneuse d'infirmes, sa mère glorifiant « la chose » valeur.)

Moi : *Qu'est-ce que c'est l'hôpital du tombeau de Napoléon ? ça porte un nom ?*

Lui : *Oui, c'est un nom qui dit comment ils sont. Je ne sais plus.* Il cherche.

Moi : *Est-ce que ce n'est pas l'hôpital des Invalides ?*

Lui : *Ah mais oui, vous avez raison. Eh ben ça, c'est un invalide. Moi, j'ai beaucoup moins de volaille que ça* (?). *J'ai fait un échange et j'ai aussi un tracteur que maman m'avait donné. Moi, j'aime jouer au fermier. Chez mes cousins, je suis plus dans l'ambiance parce que c'est une ferme. Et puis comme ça, on n'est pas forcé d'avoir de l'imagination, c'est en vrai. Mon cousin, il ne fait pas d'études.* Il se tait.

Moi : *Ah, comment ça se fait ? Il ne va donc pas à l'école ?*

Lui : *Si, il a 6 ans, ou bien 8 ans, alors il fait que des multiplications. C'est pas des études.* (Tout à l'heure, lui avait 8 ans ou bien 6 ans, à la disparition du chien, *alias* petit cousin mort, un frère aîné de celui-ci.)

Moi : *Mais tu crois que ça ne s'appelle pas étudier de faire des multiplications ?*

Lui : *Ah ben voilà, c'est que moi, avant* (avant quoi ?), *je voyais* (sic) *le mot étude pour des grands, des écoles d'ingénieurs.*

Moi : *Mais non, tout ce qui est apprendre des connaissances s'appelle étudier. Mais, en effet, ta maman dit de ton frère aîné qu'il est maintenant étudiant, parce qu'il est dans une école où il apprend un métier. Mais toi, tu es écolier, ton cousin aussi, mais un écolier fait des études à l'école ou au lycée. Un étudiant est plus libre, ce ne sont pas les mêmes études, et ce n'est pas au même endroit. En fait, c'est ton père et ta mère qui ont été étudiants d'écoles supérieures au moment où ils se sont connus et mariés.* (Dominique a-t-il écouté; mes deux interventions n'étaient-elles pas inutiles ?)

Lui : *Ben, vous savez, ce matin*[1], *ça m'a étonné, tout était mieux à l'école. J'ai pas fait de faute du tout dans la dictée, et j'en ai pas fait non plus dans la multiplication. Mais voilà, c'étaient les multiplications d'un groupe où j'étais pas. Alors, dans mon groupe ?... Parce que, vous savez, la maîtresse elle a fait trois groupes, alors dans mon groupe, je sais pas si j'aurais fait des fautes ; en tout cas, j'ai pas fait de fautes dans les multiplications qui étaient pas dans mon groupe.*

C'est après cette partie de séance que Dominique m'a dit que son frère était venu les accompagner, lui et sa mère, que son frère voulait me voir et que lui, Dominique, en serait très content. Il préfère ne pas assister.

TROISIÈME PARTIE

Entretien avec Paul-Marie

Je vois donc ensuite Paul-Marie, seul.

C'est un garçon extrêmement poli, presque guindé, tiré à quatre épingles; quoique âgé de 17 ans, il en paraît physique-

---

1. En fait, il n'est pas allé à l'école ce « matin » puisqu'il est venu à sa séance.

ment 14 ou 15, avec moins de moustache que son frère. Il
s'assoit le buste très droit. Je lui demande s'il a eu à aider
son frère dans la vie. Il me dit qu'il a toujours fallu qu'il le
« transporte » partout, qu'il le conduise, parce qu'il se per-
dait, et que c'est terrible d'avoir un frère que tout le monde
remarque et que, — les gens ne sont pas méchants, bien
sûr — mais enfin, il sent bien qu'on se moque de lui à cause
de son frère. Il trouve son frère bien changé depuis qu'il
vient ici. A ma question, il nie avoir eu envie de me connaître,
mais rougit en le disant. C'est sa mère et Dominique qui lui
ont dit de venir.

Je demande à Paul-Marie comment il supporte les absences
de son père. Il me dit que ce n'est pas agréable; que lui, il
trouve cela drôle un mari qui n'est jamais avec sa femme;
mais que c'est sûrement le métier. Maman lui a dit que
c'était son métier; mais tout de même, il pense que « papa
pourrait venir plus souvent, s'il savait que ça ennuie
maman »; parce que ça l'ennuie beaucoup, sa mère, quand
son père n'est pas là. Comment s'en aperçoit-il ? « Parce
qu'elle a froid dans le lit. Alors il faut toujours que ce soit
nous qu'on y aille. Alors, moi je ne veux pas, et c'est ou bien
Dominique, ou bien ma petite sœur, qui y va. » Je lui
demande s'il est content de son travail, de ses amis. Il me
dit à peu près les mêmes choses que sa mère, et à peu près
dans les mêmes termes. Il ne comprend pas que les filles
flirtent. Il trouve que ce n'est pas convenable. Il ne comprend
pas que les hommes et les femmes couchent ensemble, mais
il faut bien que ce soit comme ça, parce que sans ça, il n'y
aurait pas d'enfants. Lui, il aime un garçon qui est en classe
de philosophie, parce que tout ce que celui-là dit l'intéresse
beaucoup.

Paul-Marie semble content de m'avoir parlé. L'entretien
n'a pas été très long, mais beaucoup de choses s'y sont dites.

Après avoir vu son frère, je revois Dominique.

10

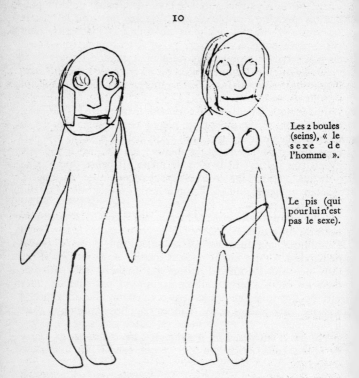

Les 2 boules (seins), « le sexe de l'homme ».

Le pis (qui pour lui n'est pas le sexe).

Premier état : un homme noir de maman. On voit « ça » parce qu'ils sont nus, mais je l'ai fait habillé.

Deuxième état : (Quoi, ça ?) — Le pis et le « sexe » (c'est-à-dire les seins).

Les yeux sont représentés en relief.
Il ne dit rien des plaques sur les joues.

QUATRIÈME PARTIE

Second entretien avec Dominique

Je dis à Dominique que son frère m'a parlé de ce que leur mère aime bien se réchauffer en les ayant dans son lit, et de ce que lui, son frère, ne veut pas y aller. Alors, Dominique est un peu gêné, il réfléchit... puis :

Lui : *Vous savez, moi, j'étais très étonné, l'autre jour, de voir mon frère et ma sœur à la patinoire. J'étais avec mon camarade, c'est plus qu'un camarade, c'est un ami.* (Le patron de son père est plus qu'un patron, c'est un ami.) *Et puis ma sœur, vous savez, elle voit des drôles d'amis, et puis mon frère, ben c'est des drôles de gens avec qui il était.*

Devant cette attitude de défense à l'allusion au coucher avec la mère, où il se met à calomnier et médire sur les soi-disant amis de son frère et de sa sœur, je pense que l'ami avec lequel il était, lui, était un ami avec qui il fait de « drôles de choses », et je le lui dis. Je lui interprète sous cet angle ce qu'il me dit. Alors, il baisse le ton et dit :

Lui : *Oui, on s'amuse avec la fesse et puis la fente. On fait comme les vaches avec leur pis.*

Moi : *Ce qui se passe dans ton corps, à ce que tu appelles ton pis, ce n'est pas un pis de vache, tu sais bien que c'est ton sexe. Nous en avons parlé tout à l'heure justement, quand tu as fait ton bonhomme que tu disais être un Noir de ta mère. Eh bien, il y a des moments où c'est comme la queue du chien de la dernière fois, où elle est en l'air, ou en bas. Et ça dépend de ce que toi, tu sens dans ton corps, pendant que tu t'amuses à cela.*

Lui : *Oui, ça fait drôle. Eh ben, ma sœur, elle va dans le lit de ma mère, et puis moi aussi vous savez. Est-ce qu'elle peut entendre, maman ?* Il baisse le ton.

Moi : *Je ne crois pas que ta mère puisse entendre, mais tu peux parler tout bas si tu veux. Mais puisque tu couches dans le lit de ta maman, elle le sait. Pourquoi faut-il le dire tout bas ? Pour qu'elle n'entende pas que tu m'en parles ?*

Lui : *Ben, c'est parce que je ne veux plus coucher maintenant avec elle. C'était quand j'avais 7 ans, c'était elle qui voulait, et puis moi je savais pas, et puis ça me faisait drôle comme vous avez dit tout à l'heure* (il veut dire des érections). *Et puis maman, elle me disait :* « Viens, ça me tiendra chaud ». *Et puis c'est agréable. Mais vous savez* (il baisse le ton), *elle veut pas quand papa est là. Elle dit, c'est quand papa est là. Parce qu'elle s'ennuie, vous comprenez ; ça serait bien mieux s'il était épicier, parce qu'alors, il pourrait toujours la chauffer dans son lit. Maman elle dit que les filles, ça doit toujours coucher avec les femmes, alors ma sœur, elle couche toujours avec maman. Vous savez, moi, eh ben, j'ai encore envie d'aller dans son lit à maman, mais alors je sais pas. Et puis elle dit que les garçons, ça doit toujours aussi coucher avec les garçons, parce que quand on est grand, les hommes ça couche avec les hommes. En Allemagne, à son travail, papa il couche avec les monsieurs, et il ne voit pas de dames.*

Moi : *Et toi, quand tu en parles avec ton frère, que dit ton frère de ça ?*

Lui : *Oh, mon frère il s'en fout pas mal ; lui, les filles, ça l'intéresse pas* (sous-entendu : moi, ça m'intéresse). *Et puis lui, maman ne lui demande pas, alors il s'en fout pas mal. Moi, ce que j'aime, c'est quand ma grand-mère, la mère à ma mère, elle vient. Parce qu'alors là, elle écrit tout, le restaurant, le couvert, le serveur, le menu, elle écrit tout, tout ce qu'on fait. Moi, j'aime quand* « mon » *grand-mère* « il » *vient.* (Allusion à moi qui écris tout ce qu'il dit, et à moi qui, comme « le grand-mère », sépare le fils de la mère envahissante, perversement surprotectrice.) *Je voudrais être garagiste[1]. J'aimerais vendre de l'essence aux gens. J'aimerais bien leur mettre de l'essence, moi, dans leur voiture. Et puis je lui ai dit à maman : Et si papa il était là, qu'est-ce qu'il*

---

1. Notons l'association : mettre de l'essence, avec le coït, le jeu sexuel et le transfert sur moi qui écris tout.

dirait ? C'est vrai, elle a raison, maman, mais moi, je ne sais pas, ça me fait drôle, alors je sais pas.

Visiblement, il y avait là une question à ma personne.

Moi : *Mais c'est toi qui as tout à fait raison, et ton père dirait la même chose. Ta maman n'a pas eu de frère, et elle a toujours été élevée en pension de bonnes sœurs ; et je crois que c'est pour ça qu'elle ne sait pas que quand un petit garçon couche dans le lit de sa maman, et qu'il est collé contre elle, contre sa chemise de nuit et que lui, il est aussi très peu vêtu, ça lui fait quelque chose. Dans son cœur à lui, il sent que c'est très mal pour lui de se prendre pour le mari de sa mère parce qu'il prend la place de son papa, et dans son corps, ça lui fait quelque chose. Il ne sait plus s'il est un animal, s'il est un petit bébé fille ou garçon, ça le rend idiot de plus savoir ce qu'il est. Tu vois bien, maman te dit que si papa était là, tu n'irais pas dans son lit ; eh bien, dans la loi de tous les hommes, partout sur la terre, même chez les Noirs qui vivent tout nus, il est défendu que les garçons couchent avec leur mère. Jamais le garçon ne peut être le vrai mari de sa mère, jamais il ne peut l'aimer pour faire des enfants vrais. Les enfants vrais, ils sont faits avec le sexe de leur deux parents. La loi des humains, c'est que le sexe du fils ne doit jamais rencontrer le sexe de sa mère. Ce que je te dis est la vérité, ta maman veut que vous sachiez la vérité. C'est parce que votre mère n'a jamais eu de frère et qu'elle a été élevée chez les bonnes sœurs (je répète) qu'elle n'a jamais pensé à cela ; mais demande à ton père, il te dira la même chose que ce que je te dis ; c'est la loi de tous les hommes.*

Pendant ce second entretien de la cinquième séance, tout en parlant, Dominique modèle ces deux formes (cf. croquis : forme phallique et bande de Mœbius). Je les dessine sans mot dire[1].

Après cette séance double de Dominique et celle de Paul-Marie, la mère me demande devant Dominique si je

1. Voir p. 96, fig. 11.

II

en volume, une boule avec un
prolongement en forme de protrusion renflée.

un ruban plat fermé sur lui-même
de sorte que la face inférieure se
continue avec la face supérieure
(une bande de Mœbius).

Modelage fait tout en parlant (aucune association) pendant la
double séance, le jour du déclaratif d'inceste interdit.

n'ai pas encore quelque chose à lui dire. — Si, peut-être. —
Et je demande à Dominique : « Peut-être faudrait-il que je
parle avec ta maman ? » Dominique est tout à fait d'accord.
J'ai déjà parlé deux fois du secret professionnel, je pense
qu'il a tout à fait confiance.

CINQUIÈME PARTIE

La mère seule

Je dis que j'ai parlé aux deux garçons et, qu'en effet,
l'absence du père les gêne beaucoup. Et je dis que le jumelage forcé que Paul-Marie a subi de son frère Dominique l'a
certainement beaucoup gêné. « Oui, elle s'en était aperçue,
mais il était tellement gentil, et c'était la fraternité. » (C'est
le mot de la famille, ce mot de fraternité.) Je lui dis que je
ne pense pas que Paul-Marie soit trop prude avec elle, que
sa sensibilité masculine a l'air tout à fait normale en se défendant de certaines intimités avec elle; et que, peut-être, elle
ne se rend pas bien compte, puisqu'elle n'a pas eu de frère,
du niveau d'intimité auquel une mère doit s'arrêter avec ses
fils. Avec un petit air futé de fillette prise en flagrant délit,
avec une minauderie coquine, elle me dit : « Oui, n'est-ce
pas, moi j'aime bien les avoir dans mon lit, et puis je ne me
gêne pas non plus pour me montrer toute nue devant eux,
parce que je trouve que c'est la vérité qu'il faut aux enfants,
que tout est beau. »

Je lui dis : « Mais savez-vous que ça gêne peut-être les
enfants, les garçons surtout, et même peut-être votre fille ? »

Pour son attitude vis-à-vis de Sylvie, elle est absolument
incompréhensive. Puisque les garçons se dérobent à venir
dans son lit pour la réchauffer, et bien tant pis, il faut bien
qu'elle l'accepte. Tant mieux, si cela ne signifie pas qu'ils

soient anormalement prudes; mais pour la fille, non : « Sylvie contre moi, vous comprenez, ça me tient chaud, mais elle n'est pas contente quand mon mari est là, parce que, évidemment, quand mon mari est là, on n'a pas besoin d'eux. Et puis, avec Dominique, moi, vous savez, ça ne me changerait rien. Bien sûr, Paul-Marie, il dit que ça le gênerait maintenant. Il se cache de moi, pourtant je suis sa mère, alors! Qu'a-t-on à cacher à sa mère! »

Nous découvrons une mère sexuellement infantile : et c'est, encore une fois, l'inceste tentateur qui est la cause principale de la régression, de la confusion des espèces, des genres et de la forclusion du moi œdipien, de tout ce dont nous sommes en train de repérer difficilement les épisodes mutilants vécus par Dominique.

Sixième séance : 18 janvier

15 jours après la précédente

Dominique ne fera pas de modelage ni de dessin. Tout sera en paroles. Il entre, content et gai : *Maintenant, je suis content parce que je sais lire l'heure.* Silence. *Il y a quelque chose qui est un vrai miracle, il a suffi que je sois gentil avec ma marraine, non,* (lapsus critiqué), *ma grand-mère, et elle est tout à fait changée, elle est pour moi.*

Moi : *Tu m'as dit ta marraine ? Tu ne m'en avais jamais parlé. Qui est-ce ?* Dominique ne répond pas, se ferme (je suis indiscrète).

Moi : *C'est parce que tu as confondu ta grand-mère avec ta marraine en parlant, que je te demande cela. Cela veut toujours dire quelque chose quand on dit un mot pour un autre. C'est pour cela que je te questionne sur ta marraine. Marraine et grand-mère, comment ça peut être mêlé dans ta tête ? Ta grand-mère est marraine aussi ?*

Lui : *Oui, c'est la marraine à Paul-Marie, mais il l'appelle grand-mère tout de même. Mais c'est pas ça.*

Moi : *C'est quoi alors ?*

Lui : *C'est qu'elle m'a justement écrit aujourd'hui, ma marraine, c'est pas de sa faute qu'elle m'avait oublié pour les étrennes...* Il se tait un moment.

Moi : *Qui est-ce ?*

Lui : *C'est une parente qu'on voit pas souvent.*

Moi : *C'est la première fois qu'elle t'oublie ?*

99

Lui : *Oui, justement, c'est la première fois, mais elle dit qu'elle m'enverra deux cadeaux à la fois parce que je suis né le 19 janvier ; un pour les étrennes, et un pour mon anniversaire.*

Moi : *Et ta grand-mère ?*

Lui : *Elle m'a aussi écrit pour mon anniversaire, qu'elle m'aimait. C'est la première fois qu'elle m'aime, et elle m'a envoyé de l'argent pour mon anniversaire. C'est un miracle, c'est vraiment un miracle.* Silence... *J'aime bien jouer à la femme.*

Moi : *Raconte.*

Lui : *Mon cousin, c'est le fils d'un marchand de vaches* (est-ce de l'oncle Bobbi qu'il parle aujourd'hui ?). *Sa mère, c'est ma tante aussi ; elle a deux bébés, elle donne le biberon au garçon et la bonne aussi quelquefois* (?)... *Alors, mon cousin et moi, dès l'instant du biberon, nous, on trait les vaches, et on va donner le lait à celle qui donne le biberon au bébé. C'est drôle. On s'amuse bien. On fait la femme qui donne du lait, à la femme qui donne le biberon.*

Moi : *Le biberon ou bien le sein ?* Il ne répond pas. Silence.

Lui : *J'ai un petit puits, pas pareil à celui-là.* (Il s'agit d'un modelage en forme de puits qui est là sur la table, laissé par un autre enfant)... Il reprend : *Vous voulez bien que je m'amuse avec ça ?*

Moi : *Avec quoi ?*

Lui : *Avec la femme... comme avec mon cousin... vous êtes gentille !*

Moi : *Pourquoi ? Tu pensais que tout ce qui est spécialement amusant, Mme Dolto dirait que c'est défendu ? Mais toi, est-ce que tu penses que ces jeux-là seraient possibles devant ton père ?*

Lui : *Oh oui, tout le monde rit, et le marchand de vaches, le père à mon cousin, il rit aussi qu'on joue à la femme.*

Moi : *Alors, tu vois, si le père trouve ça permis, c'est permis* [1].

---

1. Dans le doute où j'étais du caractère pervers de ce jeu, je me suis contentée d'une référence à la loi du père.

Lui : *Oui, mais c'est tout de même amusant.*

Moi : *Mais il y a beaucoup de choses amusantes dans les choses permises.*

Lui : *Oui, c'est vrai.* Silence. *Maintenant, j'ai éclairci le mystère !...*

Moi : *Raconte.*

Lui : *Oui, ma mère a une couverture chauffante et ma sœur, elle aime bien ça, et elle aime aussi que maman lui tient* (sic) *chaud.*

Cette impropriété de syntaxe camoufle un lapsus qui serait : ma sœur aime comme Maman la couverture chauffante qui tient chaud en place du conjoint. Nous verrons le sens se confirmer plus loin. C'est donc cela; Dominique est toujours autour de l'interdit de l'inceste qu'il n'admet pas encore. On se rappelle le nomade qui avait une couverture et des petits bras de marmottes autour du cou.

Moi : *Tu me parles de quoi ?*

Lui : *Eh bien, de ma sœur qui va dans le lit de maman et papa* (sic) *quand papa n'est pas là, parce que quand papa est là, maman n'a pas besoin de couverture chauffante... Voilà le mystère ! La fille a un béguin pour la couverture chauffante !*

Moi : *Pour la couverture chauffante ou pour maman ?*

Lui : *Ben, les deux !* (On voit que la couverture chauffante est le substitut du conjoint de maman, et, pour Dominique, a régression imaginaire utérine.)

Moi : *Ta sœur continue donc de coucher avec ta mère ? Ta mère n'avait-elle pas dit qu'elle ne la prendrait plus dans son lit ?*

Lui : *Oui, mais voilà, comme elle a acheté une couverture chauffante, alors la fille, elle y va pour ça maintenant.*

Moi : *Et toi ?* Silence.

Lui : *Pourquoi ? Vous croyez que son sexe peut éclater ?...*

Moi : *C'est toi qui penses ça. Raconte ton idée...* Silence.

Lui : *Ben oui, voilà, par exemple un garçon de 6 ou 7 ans qui a couché avec sa mère étant petit, alors le sexe du bébé il s'est collé à sa mère et alors, il peut éclater son sexe ?*

Moi : *Tu crois ? Mais tu me parles d'un garçon de 6, 7 ans, c'est déjà un garçon grand, et tu me dis le sexe du bébé…. je n'ai pas compris.*

Lui : *Mais oui, le garçon il peut pas rentrer dans le corps de sa mère… Mais il peut pas s'en décoller…* Silence.

Moi : *Qu'est-ce qui peut pas rentrer dans le corps de la mère ?*

Lui : *Eh ben, le sexe ! parce qu'il est collé contre. Un homme il est du côté, c'est un homme un peu comme un côté ; et une femme c'est un côté féminin, et le sexe qui rentre dans les femmes… Ils ont chacun leur côté… Et alors le sexe, il rentre, elles sont des bébés d'abord et puis elles grandissent. Les garçons, c'est pareil surtout quand ils sont bébés, et s'ils restent petits…* Silence… *Vous vous rappelez la vache qui appartenait à un Arabe, et il devait la vendre à un nomade ?*

Moi : *Oui, je me rappelle[1].*

Lui : *Le nomade, il aimait tellement le lait que tous les jours il la traisait* (sic). (Baiser et traire confondus dans le verbe imaginaire.)

Moi : *Il la traisait ?*

Lui : *Oui, il la traisait, la traisait, la traisait tellement qu'après elle était toute maigre ou bien, même si elle n'était pas maigre elle n'avait plus de lait. On est comme ça quand on est bébé, pareil les garçons et pareil les filles, et après on n'a plus de lait… La maman c'est la vache, elle est grosse, grosse, et elle a du lait, et après elle a plus rien. Est-ce que les garçons ont plus de lait longtemps que les filles qui en ont beaucoup ?… Est-ce que c'est mieux les filles ou les garçons ?… pour le lait ?*

Moi : *Le lait, c'est une nourriture, mais on dit aussi laid pour pas joli, pas beau. Qu'est-ce qui est laid ?*

1. Dominique associe sur la quatrième séance, cf. p. 64.

Lui : *Non, moi j'aurais pas voulu être une fille, mais j'aimais pas être laid parce que j'étais un garçon...* Silence. *Moi j'aime jouer à la femme, mais je ne voudrais pas être... Qui on aime mieux, les filles ou les garçons ?... Oui, qui on choisit ?*

Moi : *Dis-moi d'abord qui est « on ». Alors, peut-être il y aura une réponse que tu trouveras, toi.*

Lui : *Ma grand-mère, maintenant, elle m'aime aussi et ma mère elle m'a toujours aimé pareil. Ça c'est pas un miracle, c'est la mère.*

Moi : *Oui.*

Lui : *Une mère, ça aime ses bébés, et les enfants, ça est toujours des bébés.*

Moi : *Tu crois ?*

Lui : *Non, ça grandit, mais la mère est la mère même quand elle a d'autres bébés... Les mamans chats ça oublie ses bébés après...* Silence. *Maman elle a choisi le roi une fois...*

Silence.

Moi : *Raconte.* Silence. (Il résiste à ce souvenir sans doute.)
Lui : *Maman, elle avait mis dans son tricot* (il montre sous son pull-over son estomac et sa poitrine qu'il fait gonfler), *elle avait mis un petit chat noir dans son tricot... Ça y est, que je m'étais dit, je ne suis plus le fils à ma mère, c'est le chat qui a pris ma place !.. Ça aurait été ridicule !*

Moi : *Tu étais peut-être malheureux comme d'avoir été oublié par une mère chatte, ou une mère vache, comme par ta marraine ?*

Lui : *Non, mais là là ! J'étais pas content, pas content du tout !*

Moi : *C'est comme quand ta sœur va dans le lit de ta mère pour la couverture chauffante.*

Lui : *Mais oui, Sylvie, elle m'a bien dit, c'est pas pour être avec ma mère, c'est pour avoir la couverture chauffante ; comme ça, elle est ma mère aussi ?* (sic). Dominique confond être et avoir.

Moi : *Peut-être Sylvie voudrait-elle prendre ton père aussi quand il est là ?*

Lui : *Ah oui!* Il rit. *Et elle n'aurait plus besoin de maman, et puis plus besoin non plus de la couverture chauffante, parce que papa, maman dit que c'est encore mieux que nous et que la couverture chauffante.*

Moi : *Alors quand maman était avec papa dans le lit, toi, tu pensais qu'elle t'oubliait et tu n'étais pas content, pas content du tout !*

Lui : *Oui, mais mon frère, il s'en fout. Il dit qu'il aime pas avoir le chaud de maman. Maman elle trouve qu'il devrait.*

Moi : *Et ton père ?*

Lui : *Il dit rien à ça. Ça lui est égal quand il est pas là. Il trouve bien les filles et les garçons, ça lui est égal... C'est les femmes qui font les bébés aussi. Alors, c'est à elle...*

Moi : *Crois-tu qu'elles font les bébés toutes seules ? Ne crois-tu pas que c'est les pères qui donnent des enfants aux femmes ?*

Lui : *Ah si, ça me dit quelque chose, j'ai entendu ça, mais je n'étais pas sûr, si on se moquait pas de moi. Vous savez, on dit tellement de choses pas vraies. Mais une mère, c'est important, non ?*

Moi : *Est-ce que pour ton père, c'est sa mère qui est plus importante ou c'est sa femme, « ta » mère ?*

Lui : *Ah oui! ça c'est vrai. C'est pas ma grand-mère de Perpignan, mais il aime aussi ma mémé et puis mon pépé.* (Les beaux-parents maternels.)

Moi : *Oui, mais quelle femme est « sa » femme ?*

Lui : *Eh ben, c'est ma mère, puisqu'il est son mari. Alors, c'est naturel ?*

Moi : *Oui, c'est naturel, et c'est pour ça que les garçons, quand ils grandissent, c'est plus leur mère qui est la plus importante, c'est les filles ; et ils cherchent à choisir leur femme avec qui ils se marient, et après, ils ont des enfants.*

Lui : *C'est ça ! Mais il faut être étudiant ou étudiante ?*

Moi : *Tu crois ?... Réfléchis.*

Lui : *Non, c'est pas forcé ; les fermiers et les marchands de vaches, ils étudient pas et les généraux, ils étudient pas comme les autres, et ils se marient aussi puisque ma grand-mère, elle est sa femme.* (Il pense à son grand-père Bel.)

Il est inutile de souligner l'intérêt de cette séance, avec la mise en question de la reconnaissance par l'entourage de la valeur humaine dans un sexe, et un seul : ceci impliquant le renoncement à l'illusion de l'ambisexualité, la castration primaire et la mise en question de la valeur phallique jusqu'au lapsus qui souligne la problématique de l'être et de l'avoir. Cette valeur phallique, appartient-elle aux porteurs de pénis ? N'appartient-elle pas aux femmes, qui font et nourrissent les enfants ? L'angoisse est là, de déplaire à une mère puissante et nécessaire, qui peut, par son oubli, vous faire perdre votre statut de fils ; qui peut, en ne vous nourrissant et ne vous chauffant plus, vous faire sentir laid et inutile. Toute la séquence de l'homme, côté de la femme, laquelle est côté de l'homme, renvoie sans doute aux récits de la Genèse, mais aussi à l'ambiguïté dans laquelle Dominique a grandi par rapport au sexe valable pour le Moi idéal.

Cette séance avait été annoncée par les modelages sans association de la fin de la séance précédente. Cette séance-ci s'est passée entièrement en paroles ; ni dessin, ni modelage n'ont été nécessaires.

Il y a une association intéressante entre le choix du roi par la mère et le lapsus être aimé ou oublié par la marraine (ma reine), alias grand-mère, cette grand-mère qui avait eu à materner de jeunes frères et sœurs et qui n'a jamais materné sa fille. C'est parce qu'elle a été une mal aimée de sa mère, que Mme Bel n'a pas pu surmonter la castration primaire, et qu'elle impose à ses enfants ce statut de fétiches calorifères, objets partiels, poupées animales à sang chaud, qu'elle a reçus d'un époux, grand frère maternant.

Septième séance : début mars

6 semaines après la précédente

Ils sont en retard, du fait de la mère. La mère a téléphoné qu'elle avait raté le train et a demandé l'autorisation de venir plus tard. Étant donné l'importance de la séance précédente, et déjà lointaine (deux séances manquées) j'accepte de les attendre.

Dominique me dit en arrivant qu'il n'a pas rêvé, que le calcul ne marche pas et qu'il ne peut pas compter. Je lui donne l'interprétation que c'est « compter pour quelqu'un » dans le sens où on dit en paroles : avoir de la valeur pour quelqu'un, ou ne pas compter pour quelqu'un. (Son traitement compte-t-il pour sa mère qui lui fait manquer les séances et a failli lui faire encore manquer celle-ci ?)

Lui : *Eh bien, moi, je compte pour un copain qui s'appelle Georges Proteck.* (Même prénom que son père, et son chien est un teckel. Coïncidence ou patronyme du camarade écorché ?) *Mais il est boudeur et quand j'invite un autre copain, il ne vient pas.* Il baisse le ton. *Et puis, il n'aime pas ma sœur. Il y a eu une dispute à cause de ma sœur. Il y avait un malentendu, il s'est fâché, ma sœur l'a traité de petit cornichon. Alors, ça ne lui a pas plu, et pendant un certain moment il n'est plus venu. Il m'a dit : « Je ne viens pas à cause de ce que ta sœur m'a dit : Proteck, c'est un petit crétin par-ci ; Proteck, c'est un petit crétin par-là. »* Elle trouve (il me parle de Georges en me disant « elle »), *elle trouve qu'elle le trouve lunatique.*

107

Une raie

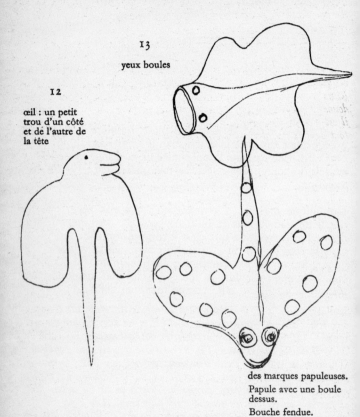

13

yeux boules

12

œil : un petit
trou d'un côté
et de l'autre de
la tête

des marques papuleuses.
Papule avec une boule
dessus.
Bouche fendue.

14

« Raie terrifiante »

Moi : *Te l'a-t-elle dit ?*

Lui : *Non, mais je le sais. Quelqu'un qui n'est pas très normal, ça s'appelle un lunatique. Lui, il dit que les autres me croient moi aussi un lunatique. Il croyait que les autres disaient des choses derrière mon dos... Je n'aime pas Haïta.*

Moi : *Qui est-ce ?*

Lui : *C'est un garçon avec qui je fais des échanges. Et puis, maman dit que je me fais rouler. Moi, je ne sais pas, oui, non, je ne sais pas. Mais je ne regrette pas les échanges que je fais. Une fois, je lui ai donné un bulldozer, simplement, contre rien. Parce que je me disais : il est pauvre, sois gentil, et puis, donne-lui des soldats. Après, j'ai tout de même un peu regretté, mais il est plus malheureux que moi. Son père est carreleur. Georges n'aime pas venir ici* (sic). *Il dit : « Ta sœur, elle dit : Proteck par-ci, Proteck par-là ». J'ai toujours peur de maman qu'elle me dirait : « Pauvre crétin, tu te laisses avoir. » Un jour, Haïta, il m'a emporté[1] tout ce que je lui avais donné, sa mère ne voulait pas. Je lui disais : « Tu vas te faire attraper si tu ramènes tout ça à la maison ! » Et lui disait : « Ben, ça fait rien. » Moi, vous comprenez, je me laisse faire parce que j'ai rien pour jouer, alors je m'ennuie ; alors je me laisse faire et je me suis laissé rendre tout ce que je lui avais donné. Il y a du oui et il y a du non dans ça. Moi, je suis content de lui faire plaisir, mais j'ai peur de me faire attraper par ma mère et c'est lui qui a été plus attrapé par sa mère. Alors, ça s'est arrangé comme ça.* Pendant qu'il parle il fait un modelage. *C'est une raie*[2] (un poisson, une raie qui a une tête de chien, et une autre raie qui a une énorme bouche grande ouverte). *L'ennui, c'est que l'animal il est à un autre.*

Moi : *Qu'est-ce que tu veux dire ?* Il ne répond pas, et il fait une autre raie, une troisième qui, celle-ci, est tout à fait réaliste[3].

Lui : *Moi je trouve ça terrifiant, cette bête-là !...* Silence... *Elle a*

---

1. Il dit emporté pour rapporté.
2. Voir p. 108, fig. 12 et 13.
3. Voir p. 108, fig. 14.

des boutons sur le corps, elle a des boutons sur les nageoires et puis, elle a une queue qui a un courant qui passe. Ma sœur, elle me dégoûtait aussi, quand elle avait des boutons au bord de la mer.

On voit le déplacement à plusieurs niveaux de l'angoisse de castration. La « raie » du derrière est une façon qu'ont les enfants de parler de la fente fessière ou vulvaire. Notons aussi le déplacement de formes complémentaires des sexes sur les bouches de ces animaux. Les nageoires du poisson à bouche passive sont en forme fessière. La queue électrisée et électrisante sert à exprimer le danger du contact avec le sexe féminin, bouche sexuelle qui électrise le sexe du garçon. Les boutons ne seraient-ils pas les bouts de seins et le clitoris ? Mais je ne tente aucune question sur les ressemblances de corps.

Moi : *Tu n'aimes pas ta sœur avec ton cœur et peut-être, tu en as peur.*

Lui : *C'est pas bien, il faut aimer sa sœur. C'est la moindre des choses de montrer de la fraternité.*

Moi : *Ça, c'est ta maman qui parle comme ça ; et peut-être que ta sœur c'est comme ta maman, il y a quelque chose qui te fait drôle dans ton corps, dans ton sexe à toi, comme une queue, un courant qui passe quand tu les sens trop près de toi, ta mère et ta sœur, à cause de leur sexe qui n'est pas fait comme celui des hommes et des garçons.*

Lui, tout bas : *Je vais vous faire une grande confidence : eh ben, j'ai fumé ! C'est mon copain Georges pour que je le porte sur mon dos, en échange il me donne des cigarettes. Je sais pas pourquoi il aime que je le porte sur mon dos. Il dit que ça lui fait du courant. Ma mère, si elle savait ça !*

Alors que les jeux incestueux autorisés par la mère détruisent un sain narcissisme, il cache les jeux sexuels, et déplace sur un interdit mineur, celui de fumer, jeu garçonnier interdit par la mère et interdit aux femmes dans sa famille. Je ne dis rien, nous sommes sur le terrain des jeux interdits avec la sœur, ses boutons, la problématique du sexe et de sa queue à lui, et sans doute avec son ami Georges Proteck et peut-être les chiens de la maison, des jeux sexuels dont lui a l'initiative. Ses jeux avec Georges sont clairement érotiques, mais clairement tels pour les deux, et promotionnants pour Dominique. J'enregistre la confidence, mais n'interviens pas.

Huitième séance : début mai

Deux mois après la précédente, du fait de vacances
et d'une absence due à une grippe familiale
chez les Bel (lui-même y a échappé)

Lui : *Vous savez, ça m'arrive encore de finir après les autres, mais
depuis deux jours, je finis en même temps que les autres. Et quand
je réussis un exercice, alors je suis content. Eh ben, j'ai réussi tous
les exercices. Maintenant, le calcul, je le comprends.* (L'interprétation de « compter pour quelqu'un » a-t-elle porté en venant
à temps ?) *J'ai rêvé hier que j'étais chez ma mémé, la mère de mon
père, et je me trouvais devant un chat qui aboyait comme un chien.
Il grognait comme un chien. Ce qui m'a fait rire, c'est quand il s'est
mis à aboyer.* (Il donnera les associations de ce rêve à la fin
de la séance.) *Vous savez, ça m'a fait rire. Silence... Mais
c'était un peu un rire de peur. Pause... Un chien qui miaule, ça
serait drôle aussi, mais je sais pas si ça ferait peur.* (Angoisse
associée au désir, sans savoir s'il est conforme ou non à
l'espèce, qui ici est mise pour le genre ?)

Moi : *Et si c'était un garçon qui faisait la fille et la fille qui faisait
le garçon ?*

Lui : *Oui.* Il réfléchit silencieusement. *Puis, j'ai aussi un autre
rêve. J'étais chez ma tante, la sœur à mon père, et j'ai joué avec un
garçon et une fille, mon cousin et ma cousine ; et puis il y a un mot
qui est dit : « elmoru ». Je sais pas qui le dit, c'est un mot comme
ça qui dit... C'est le nom d'une rivière invisible.* Silence, puis, tout
bas : *Mais j'ai un secret, je vous le dirai tout à l'heure.* Tout haut :
*Le mieux, c'est que ça veut dire quelque chose « elmoru » ; c'est un
nom de rivière invisible.*

Moi : *Oui, tu m'as déjà dit que c'était une rivière invisible, mais comment est-ce qu'on sait si elle est invisible ?*

Lui : *Ben, c'est une rivière, quelquefois quand il pleut beaucoup, et on l'appelle Elmoru. C'est parce que c'est une rivière infestée, infestée d'odeurs de morue. Un truc comme ça.* Silence, puis tout bas : *Vous savez, c'est un gros mot « elmoru ». Il y a des femmes et puis on en voit, c'est le soir et on les ramasse au poste. On leur demande leurs papiers d'identité.*

Moi : *Et alors, ton secret ?* Il se tait, enchaîne, et reprend son ton ascensionnel habituel, avec sa voix un peu fausse et maniérée : *J'étais dans la forêt, j'ai vu trois arbres, les trois frères. Ma grand-mère, elle a dit : « Plus loin, c'est les deux frères. » Et puis ainsi de suite, les arbres, c'étaient les frères... Ce qui m'étonne, mon grand-père, il fait un petit papier et un crayon pour expliquer ce qu'il veut dire.*

Moi : *Ton grand-père ou ta grand-mère ?* (Doute sur le sexe de l'aïeul dont les papiers d'identité serviraient à référencer la descendance.)

Lui : *Mais c'est ma grand-mère.*

Moi : *C'est comme moi qui écris ce que tu dis, et dessine tes modelages.*

Lui : *Oui... Trois arbres qui pourraient être sur le même tronc. Non, c'est pas les trois frères, c'est les huit frères. Trois arbres sur le même tronc, ça m'avait étonné...* Silence... *C'est pas étonnant trois arbres sur un même tronc ?*

Alors, je fais une intervention concernant ce qui est sur le tronc des humains, trois pénis ou trois seins, les mamelles, en lui rappelant qu'il m'avait dit que les seins c'était le sexe de l'homme. Et puis qu'il avait fait un pis, comme aux mamelles des vaches, pour le pénis. (Je lui dis que « pénis », c'est le vrai mot pour la bitte, comme disent les camarades d'école, et que lui, s'était trompé de mot, il l'avait appelé le « pis »)[1].

1. Je fais référence à ses dires, cf. p. 92; lui, répond en associant à une autre séance, cf. p. 65.

Il dit : *Ah oui, la biquette.*
Nous avons donc confirmation du sens du mot biquette
(d'une séance précédente)[1] qui avait brusquement remplacé
le mot vache; et il ajoute qu'en effet, il croyait que les
femmes, elles en avaient aussi. C'est un copain qui lui a dit
que les femmes, elles en avaient pas. Il quête mon assentiment.

Moi : *Et ta sœur, et ta petite cousine, ne les avais-tu pas vues ?*

Lui : *Mais je croyais bien pourtant, je croyais bien. Mais on disait
aussi que c'était une souris, et puis on disait qu'on jouait au chat et
à la souris, quand on se courait après pour chercher.*

Pour chercher probablement si elle avait un sexe et si lui en
avait. Ce sont les histoires de ce qui se passait dans sa tête
ou « sur » sa tête quand il était avec sa cousine. Et on se
rappelle que cela ébranlait ses soldats imaginaires et le tank
imaginaire qu'il cachait dans l'armoire; les jeux interdits par
la grand-mère paternelle.

Lui : *Il y a un grand copain; je lui ai demandé un jour, sur la plage,
s'il préférait les garçons ou les filles. Il m'a dit : « Tu sais, j'en
vois tant ! »* Silence, puis : *Moi, je trouve le corps des filles pas
mal, mais jouer aux petites voitures avec les filles, c'est pas amusant.
Avec les filles, j'aimais jouer au papa et à la maman. Ma sœur, elle
était la maman, ses poupées, c'étaient nos enfants, et elle me disait :
« Regarde, papa, elle a la croix d'honneur ».*

Moi : *Et ta mère, comment dit-elle quand elle parle à ton père ?*

Lui : *Eh ben, oui, c'est ça, elle lui dit aussi : « Regarde, papa,
comme elle a bien travaillé. »* (Sa sœur). *Moi, je me mettais dans
ma chambre, je me faisais un métier. J'étais garagiste. On a beaucoup d'autos ; ou bien militaire, on a beaucoup de médailles. Ma
mère, elle nous donnait quelque chose et puis nous faisions la dînette
parce qu'il faut pas les avaler.* (Les morceaux de jouets dangereux ?) *Tout bas : Moi, j'aime être pas là.* (Identification au
père absent ?) *Si on est là, il faut être dérangé ; si on n'est pas là,
on est invisible, et puis on a des médailles, on a des petits gâteaux*

1. Voir p. 67.

quand on vient ; et puis les enfants, ils sont contents et aussi ma sœur.
Elle aime bien quand je suis le papa pas là, alors elle prend tous
les enfants ; c'est une poupée (sic)*, vous comprenez, et puis elle leur*
fait la classe et elle leur permet tout : alors les enfants ils croivent
(sic)*, ils croissent* [1]*...* (Il s'énerve un peu en se rendant compte
qu'il n'a pas dit le mot juste)... *Enfin, ça dit que le papa il a*
des autos, il a des copains, qu'il est avec les Allemands. Vous savez,
en Allemagne, ils ont beaucoup de médailles. Ce n'est pas des gens
mal. On couche dans les mêmes lits. C'est Hitler qui avait l'esprit
du mal. Alors je disais, je joue au papa et à la maman, et je m'appelle
Georges.

Moi : *Comme ton père ?*

Lui : *C'est elle qui veut !* (Il y a une pointe de justification
comme si je lui reprochais l'usurpation du rôle.) *Elle veut*
être ma femme, et elle veut que je sois son papa.

Moi : *C'est drôle, parce que si tu es son papa, elle est ta fille, et elle*
n'est pas ta femme.

Lui : *Alors quoi, nous prenions le nom des parents, moi Georges*
comme mon père, et elle Ninette comme ma mère (dite souvent
Nénette, comme on le dit aussi de Monette, la sœur de son
père.) *Moi, j'aurais bien aimé prendre le nom de mon oncle Bobbi,*
le mari à la sœur à mon père, mais elle voulait pas, ma sœur. Et
puis les noms des enfants, on prend les noms des enfants, de nous, ou
bien de nos cousins. Silence. *Le père, il a autre chose à faire que*
de dire les habits ; je lui disais, moi, ça a autre chose à faire, un
père. Et comme j'en avais marre, je lui disais : « Ben, prends ça
pour les habiller. »

Moi : *Et ton père, est-ce qu'il s'occupe de vos habits ?*

Lui : *Ah oui, il nous prévient, prenez un peu pour le froid, et puis*
un peu pour la pluie. C'est pas la maman ; la maman, elle demande
au papa. (On voit ici comment Dominique ressent sa mère,
enfant vis-à-vis de son mari, plus que femme.)

---

1. Ici encore, cette impropriété de verbe n'est pas un accident banal, car
Dominique a un très riche vocabulaire et habituellement une bonne syntaxe.

Moi : *Et le prénom des enfants. Quel prénom choisissais-tu ?*

Il ne répond pas. Au lieu de répondre sur la question des prénoms : *Pendant quelque temps, je trouvais que Bel, c'était trop mignonnet ; on m'appelait « oh, qu'il est joli ». C'est drôle, moi ça m'embête, mais ça m'étonne qu'on m'ait jamais appelé une belle fille.* (Or, c'est de sa sœur qu'on s'extasiait.)

Moi : *Comme ta sœur ?*

Silence, puis : *Quand le copain de mon frère* (sic) *à mon père, il est retourné sur ses pas, mon père il n'avait plus de frère.* (C'est l'association du prénom de sa sœur, Sylvie, avec la disparition du frère de son père qui ne vit plus [1].)

Moi : *Mais tu me racontes quoi ?*

Lui : *Vous savez, le frère à mon père qui s'est perdu dans la montagne, mon pépé en a parlé à mon père parce qu'il est l'aîné de la famille ; et puis, il en a parlé aussi à ma sœur, c'était sa sœur et la sœur à mon père aussi.* (C'était au moment où sa sœur naissait, et qu'il était chez les grand-parents paternels, qu'on a régularisé pour l'état-civil la disparition de ce jeune homme et fait mettre une plaque commémorative au cimetière.) *Le frère à mon père, il est mort en montagne, et puis son petit frère, il a avalé une brosse* (?) *à train électrique, avec quoi mon père il jouait, et il est mort, il était tout petit. Et son autre frère, il est mort jeune homme. Il était comme Paul-Marie.* (Est-ce un souhait ou une précision sur l'âge ?) *Mon grand-père, il avait téléphoné à mon père pour lui dire toute cette histoire. Mon grand-père, il a fait le tour des prisons en Espagne, pour retrouver son fils. Pendant quelque temps, moi, j'avais une idée. J'ai pensé qu'il s'était trouvé une vie, une fille, ou bien un métier et qu'il s'était marié, et puis que ça l'ennuyait de revenir... Mais c'est impossible... Moi, j'aime aller chez ma mémé. Quand je vais chez ma mémé, je retrouve ma mémé. Et puis mon cousin Bruno, le fils à ma tante, il a 7 ans. Une fois, on s'était pris pour des shérifs, et je nous ai fait deux belles*

_____
1. On constate que ma question sur les prénoms dans les jeux a produit inconsciemment des associations sur le prénom de la sœur, signifiant le frère du père.

*étoiles de shérif, on s'amusait bien. Ça a dû faire beaucoup de peine
à mémé, quand elle a appris que ses deux petits garçons, ils étaient
morts ? Elle aimait, moi, me tenir dans les bras pour regarder les
photos où il y avait ses petits garçons morts.*

Moi : *C'était peut-être pas très agréable d'être dans les bras de sa
mémé, pendant qu'elle s'occupait de ses deux petits garçons morts.*

Lui : *Oh oui, c'était pas toujours agréable, et elle me grondait. Je
me rappelle, c'était avec un tuyau d'arrosage. J'avais fait un trou,
et puis j'ai placé dedans le tuyau, et je voulais que ça tombe dedans.
Oh qu'est-ce qu'elle m'a attrapé qu'est-ce qu'elle m'a crié après,
c'était tout à fait comme un chat qui aboie. Elle avait une voix, ma
grand-mère ! Chez ma grand-mère, quand je prenais quelque chose,
je me faisais toujours attraper après. « Si tu veux quelque chose,
demande-moi la permission. » Ma mère, elle n'est pas comme cela,
tout ce qui est à elle est à moi.*

Moi : *Et même le lit de maman.*

Il se tait, devient grave, et puis dit : *J'aimerais bien encore
coucher avec elle, encore dans son lit, vous savez, mais je sais qu'il
ne faut pas.*

La grand-mère, chez qui il avait appris à lire, il s'en souvient
comme très interdictrice à l'égard du jeune mâle en liberté
qu'il était; mais ce sont ces interdits touchant ce qui était
permis abusivement qui, par répression des impulsions
sexuelles orales, anales, urétrales, ont alors libéré des possibilités d'apprentissage culturel, disparues de nouveau au
retour chez la mère, permissive à l'égard de toutes les activités imaginairement incestueuses et régressives.

Lui : *Silence... Moi, j'aimerais être pirate, un voleur de mer. Mon
frère, il avait fait le Bounty, j'ai eu envie d'être pirate sur la Bounty.*
(Il prononce Boneté, presque Bonté.) *Il est entrepreneur, alors
j'avais les plus gros rouleaux de granit.* (C'est son grand-père qui
est entrepreneur, et qui faisait travailler les Noirs comme des
galériens, mais il mélange là son grand-père et son frère.)
*J'avais le plus gros rouleau de granit, il m'a donné un grand tuyau
avec un système de réglage, un vieux compteur électrique, il a pris*

le tuyau, il l'a embobiné sur du papier, ça a fait une grosse boule, et puis j'ai enfilé ça... Une fois, avec ma sœur, on est parti d'un certain point, en shootant dans un ballon, elle allait en avant puis en arrière, en avant, en arrière, moi, j'ai fait le tour du jardin en tenant le ballon.

Malgré toutes les associations en filigrane sur des jeux sexuels avec sa cousine et sa sœur, surpris par la grand-mère paternelle, et sur la peur de cette grand-mère aux fantasmes nécrophiles, je préfère ne pas intervenir. Il n'y a pas d'éléments médiateurs assez proches de la réalité. Je me contente de souligner que c'était une séance importante et qu'il a dit et pensé des choses utiles pour son traitement. Il n'y a eu ni modelage ni dessin.

Neuvième séance : 25 mai

3 semaines après la précédente

Ils arrivent encore en retard. La mère a raté son train, mais j'ai attendu.

Lui : Je vais essayer de faire un chien. J'aime bien venir ici. Il y a des magasins par la fenêtre, et puis il y a des voitures. Nous aussi dans notre rue, on voit tout ça, mais moins qu'ici. Et puis ici, c'est aussi des magasins.

Moi : Et puis, ici, c'est aussi moi que tu viens voir, et tes parents paient la consultation. Ils achètent le fait de voir Mme Dolto pour guérir.

Lui : Oui, aussi, j'aime bien ça aussi. Mais pas toujours. Aujourd'hui, j'aimais bien.

Moi : Tu n'aimes pas toujours, pourquoi ?

Lui : Parce qu'il y a des jours où c'est pas si agréable. Tiens, oui, j'avais pourtant rêvé, et puis j'ai oublié. Il y a des fois où vous me dites des choses comme ça, et je me dis : Ça c'était bien qu'elle a dit ça.

Moi : Quoi par exemple ?

Il ne répond pas. Ensuite : *Et puis, il y a des choses...* (Il fait une mimique de dépit, la bouche très pincée.)

Moi : Il y a des choses que tu n'aimes pas entendre. Comme on dit, elles sont dures à avaler, ou bien comme on dit aussi, elles te restent sur le cœur, tu préférerais ne pas les entendre.

Lui : *Eh bien, voilà, moi, je suis têtu, comme quelqu'un qui n'a pas pu faire ça ; et un camarade lui dit : « Fais pas ça parce que il va t'arriver ça ou ça. »* (Tout ceci, c'est une allusion au fait que je lui ai donné l'interdiction de l'inceste en lui signifiant de ne plus aller coucher dans le lit de sa mère.) *Eh ben, il voudrait en voyant un camarade qui a un bonheur, et qui a pu l'avoir... C'est pas juste que ce copain, lui, ça lui arrive et que le copain qui en a du bonheur, il dise que c'est un malheur ! Ou d'autres fois, l'autre lui dit : « C'est un malheur », il ne veut pas le croire et après c'est trop tard !*

Je n'interprète pas, ne lui dis pas qu'il me parle de son envie d'être à la place de sa sœur et de son père qui vont dans le lit de sa mère. Eux ont ce « bonheur » dont je lui ai confirmé que s'il en ressentait lui-même un trouble, c'était signe d'une intuition juste touchant la loi humaine de l'inceste interdit.

Moi : *L'histoire que tu me racontes, ça ressemble un peu à Adam et Eve ; c'est le défendu et il est très tentant. Est-ce que tu connais l'histoire du paradis terrestre d'Adam et Eve ?*

Lui : *Si je la connais !* (A ce moment-là, il se met à me la mimer. C'est la première fois qu'il s'anime, jouant les trois personnages, dont lui représenterait l'arbre entre Adam et Eve.) *Oui, alors si je la connais ! Il y a là Adam* (à droite) *et puis il y a là Eve* (à gauche. Lui, entre les deux, serait donc l'arbre, mais il n'en parle pas). *Alors « il » voit* (qui il ?) *à droite un verre de bière* (côté Adam, verre de bière, liquide) *et puis à gauche il voit un sac à pain ou vin* (sac à pain, ou à vin, la forme, c'est aussi les espèces sacramentales du culte catholique). *Alors et puis, il a envie de lancer des boules de neige sur l'arbre.* (Il fait une boule et dit qu'il la lance sur un arbre qui est figuré pour lui par la fenêtre.) *Peut-être le démon* (il s'interrompt un peu), *le démon il se dit : « Ils savent bien que je suis plus méchant que les autres et comme j'aurai de la joie. Eh ben tant pis, je vais m'en donner à l'embêter. » Peut-être quelquefois, il se cache dans un arbre.* (Les autos, les marmottes.) *Et puis quelquefois c'est dans la forme d'une fumée de cigarette ou bien sous la forme d'invisibilité.* Et, tout bas : *Il y en a un qui sort de derrière l'arbre...*

tiens! trébuche! tiens! tu vas rater ton train! na! (Le train raté par la mère pour venir à la consultation.)

Moi : *Ça te fait penser à quelque chose ce que tu me racontes là.*

Lui : *Oui, j'ai vu un film. Il y avait deux démons, un sorcier, une sorcière qui faisaient des tas de méchancetés à tout le monde. Ça se passait sous Louis XIV. Les gens, cent ans après, ils voient un orage et puis il y a un arbre qui craque. Oh il y a longtemps que j'ai vu ce film.* (On se rappelle le « crac » de la sorcière, au début du traitement.) *L'arbre craque et puis il y a deux fumées qui sortent.* Il me raconte à peu près le film dont il se souvient et qui est « Ma femme est une sorcière ». (C'est évidemment moi, actuellement, la sorcière.) *Très souvent, dans les films comme ça, on voit la vie d'une famille depuis un temps où il y a très longtemps, un temps Louis XIV. Après, on les voit de nos jours. Dans un film de testament, il y avait un comte qui vivait comme ça, au temps de Louis XIV ; on le voyait d'abord, et puis on le voyait après, habillé dans ses descendants... C'est bête, je me souviens plus du rêve que j'ai fait, sinon je vous l'aurais raconté. Aujourd'hui* (c'est hier) *on avait fait un problème de rectangle, et un problème de carré ; eh ben, j'ai tout compris, c'était tout bon. Heureusement, la maîtresse nous l'avait un peu expliqué, peut-être que si elle nous l'avait pas expliqué, je ne l'aurais pas compris. Moi, ce que j'aime à l'école, c'est quand tout le monde se tait, on entend les mouches voler, d'un seul coup. Les gens parlent, et puis, hop! tout d'un coup, tout le monde se tait. C'est le changement qui est marrant.* (Est-ce une allusion au silence qui survient entre les parents qui bavardent au lit et se taisent au moment des rapports sexuels ?) *C'est marrant aussi quand je vois un soldat.* (Fantasmes sexuels sur les soldats allemands.) *Je me demande comment il serait s'il était à cheval ?* (Les associations le conduisent bien à la scène primitive.)

Moi : *Tu veux dire s'il était à califourchon ?*

Lui : *Oui, je me demande... ça change les gens. Ce que j'aime bien avec mon camarade, quand je suis à califourchon, c'est de le faire tomber.* (On se rappelle que c'était son camarade qui montait sur son dos pour avoir du « courant », sous-entendu orgasme masturbatoire, en échange de cigarettes.) *On se croirait vraiment à la guerre. Après ça, il faut chercher une ambulance, il faut se faire soigner, et puis on est, on fait le mort.* Silence. *Moi, ce que j'ai bien aimé, c'est pendant la guerre, les Allemands l'ont emmené (e) au poste. Ses camarades étaient gentils, ils lui montraient des photos, leur femme et leurs enfants, et même les Allemands étaient gentils. Quand elle rencontrait des Allemands, vous savez, maman.* (Il s'agit donc bien d'elle.) *Eh bien, elle leur parlait. Et elle m'a raconté quand elle a été emmenée au poste. Qu'avait-elle fait ?* (C'est lui-même qui pose la question.) Tout bas : *Je crois qu'elle s'était attardée dans les rues le soir.* (On se rappelle la dernière séance sur « elmoru », le gros mot, les femmes du trottoir qu'on ramasse au poste de police.) *Maintenant, à n'importe quelle heure, on n'a pas peur qu'un bonhomme vous tire dessus. Les affamés, les malheureux, ma grand-mère m'a montré les cartes de réclusion* (sic) *qu'on avait pour manger. Ils étaient quand même sauvages ; ils gardaient les gens* (sic, gens mis pour aliments) *pour eux, et puis nous, très peu.* (Le cannibalisme amoureux.) *Dans le temps, mon grand-père, il fumait et maintenant, il fume plus. C'est marrant, ça fait encore trois fumeurs, mon père, le frère à mon pépé et mon pépé. Le frère à mon pépé, il fume la cigarette.* (C'est ce qui est mâle, et c'est associé au mal, au défendu, mais je ne dis rien et j'écoute.) *Mon grand-père* (c'est le nom qu'il donne au grand-père maternel), *et mon pépé* (le nom du grand-père maternel), *quand ils étaient petits, ils se promenaient tout nus, et leur père, il les a fouettés avec des orties... Moi, j'aime donner à manger aux poissons.*

On se rappelle les Noirs tout nus dont parle la mère, et elle-même, nue devant ses enfants et ses enfants qui devraient en faire autant. La nudité est idéalisée, ordonnée du côté de la mère, et interdite du côté de la lignée Bel.

Je crois que Dominique est en train de prêter aux autres quelque chose qu'il fait, dont il a un grand sentiment de culpabilité. Je pense qu'il me parle de vomissements (donner à manger aux poissons, mal de mer) dus au fait d'avoir fumé en cachette; et, en même temps, du délice de jeux sado-masochiques, ou du fantasme de mériter une punition sadique, délice auquel il ne peut pas atteindre en famille car il a une mère qui ne gronde pas, un frère idem, un père très doux et lointain. C'est chez le grand-père et la grand-mère maternels (pépé et mémé), que la grand-mère parlait toujours de le mater. (Les Noirs du grand-père, entrepreneur, étaient battus sur leurs corps nus.) Si on l'avait maté, dit mémé, il ne serait pas devenu comme il est devenu maintenant. C'est, d'autre part, chez le grand-père et la grand-mère paternels, qu'il y avait le grenier et les jeux de tuyau défendus et les permissions à demander. Tout cela est en filigrane dans son discours et dans mon écoute. Il cherche chez les grands-pères un soutien à son narcissisme garçonnier anal. Mais, aussitôt après avoir parlé d'aimer donner à manger aux poissons, il enchaîne : *Seriez-vous été* (d'habitude, il parle fort bien), *seriez-vous été dans le lion de Belfort ? On peut grimper dedans.*

Moi : *Dedans ?* (Belfort, c'est le lieu des études de sa mère au retour d'Afrique. « Bel » — son nom, « fort » — soldats.)

Lui : *Oui, on peut sortir par la bouche, et puis on peut sortir par le derrière. Alors, c'est comme si on était du rendu, ou comme si on était du caca.* (C'est l'identification du corps propre à une émission corporelle.) Il rit à peine. *Et puis, vous savez, en dessous du ventre, il a une flèche qui montre l'Allemagne et qui dit : Les Allemands ils passeront pas.* (Etre un objet partiel oral, anal, phallique, qui empêche les rivaux séducteurs allemands, grands, blonds, comme les Bel, et pourtant ennemis.) *Ça serait bien si les gens mettaient un canon dans* (sic) *leur toit* (dans leur toi ?), *et s'ils tiraient sur les ennemis. Un camarade, il m'a raconté, un Italien appuyait sur un bouton d'une machine, ça arrêtait le moteur des avions et ils tombaient. Ils faisaient ça pour les avions allemands.*

Moi : *Tu crois ?*

Lui : *Ma mère, elle m'a expliqué que les Italiens, ils étaient contre les Allemands, neutres (?), et après contre nous. Pourtant, les Italiens, quand on les voit, ils sont pourtant gentils. Ma mère m'avait dit qu'ils étaient avec les Allemands, et moi dans ma tête, je voulais pas le croire. Mussolini, si ça se peut, c'est peut-être lui qui a voulu se mettre avec les Allemands. Hitler, ma mère m'a dit qu'il était très, très intelligent, mais qu'il avait l'esprit du mal. Ce qu'ils ont fait de pas bien en Espagne, c'est qu'ils ont trouvé quelqu'un qui était caché pendant longtemps, et puis ils l'ont trouvé et ils l'ont tué.* (Nous étions la semaine de l'exécution de Grimau. L'oncle de Dominique a disparu à la frontière espagnole.) *Les Américains, quand ils ont vu qu'il y en avait un qui allait perdre, eh ben j'ai appris moi, l'histoire du début de l'Amérique avec la France, eh ben ils ont décidé de venir aider les Français. Voyez, ça m'amuse de sculpter avec le crayon, c'est plus facile que de sculpter sur du marbre. Il a la tête un peu fine, tout à fait comme un berger allemand. Ah vous voyez, moi je trouve que je l'ai réussi.* (Son modelage du chien [1].)

Moi : *Ton animal a, en effet, une tête très réussie, mais il n'a qu'une moitié de corps, une moitié dans le sens du volume. La tête semble d'un chien d'une taille double à celle qui correspondrait aux proportions du corps; il n'est qu'une moitié aussi dans le sens longitudinal, puisqu'il est comme un presse-papier en haut-relief, couché, et le corps coupé dans le sens sagittal, de sorte qu'il n'a que deux pattes, avant et arrière droites, une tête et une queue en volume.* Le lecteur s'étonne peut-être des mots que j'emploie pour parler à Dominique. Je fais toujours ainsi avec mes jeunes patients.

Lui : *Oh alors ça, je n'avais pas vu!* Il voudrait l'arranger.

Moi : *C'est bien, ça ne fait rien, ça veut sûrement dire quelque chose. Tu m'as dit tout à l'heure que tu étais têtu, et tu vois, le chien, il a une tête qui est très importante, il est têtu. Et voilà, quand on est têtu, peut-être qu'on a beaucoup de choses dans sa tête, on veut être grand, avoir tous les droits des grands, des hommes, de son père, mais on n'a pas tout à fait le corps d'un grand. Là, ce n'est pas une personne, c'est un chien. Alors peut-être qu'il y a quelque chose dans ton cœur qui ne voudrait pas devenir une personne et qui préfère rester comme une moitié d'animal bien sage, couché contre la terre, comme un chien couché dans sa niche. C'est comme si la terre lui avait pris une moitié de corps. Un animal, ça ne parle pas,*

---

1. Voir p. 130, fig. 15.

et quelquefois quand toi tu parles, tu ne dis pas ce que tu penses;
ça serait plus commode de ne pas parler. Il voit tout le chien, il a
des yeux, des narines, des oreilles, une gueule très bien faite, énorme;
il entend tout, flaire tout, mais il ne le dit pas, et aussi, il ne peut
pas agir puisqu'il n'est pas entier. Toi aussi, tu as des idées et tu
gardes ce que tu penses. On continuera à travailler la prochaine fois
pour mieux comprendre ce qu'il y a dans ton cœur qui ressemble
à ton modelage, à la fois grand et petit, qui sent et entend, qui a
une tête et une queue de grand, mais ne peut pas le dire et ne bouge
pas.

Dixième séance : 7 juin

2 semaines après la précédente

J'aperçois, dans la salle d'attente, la mère qui n'a toujours rien à me dire; elle me fait un signe très aimable, et Dominique entre avec moi dans mon bureau. La fenêtre est ouverte, et le bruit extérieur nous gêne. Je demande à Dominique de la fermer. Elle est difficile à fermer; il essaie, il cherche, il n'y arrive pas. Il s'agit d'un immeuble ancien, avec des fenêtres métalliques qui ne sont pas d'un modèle courant. Je vais avec lui et je lui fais palper des doigts le profil du battant gauche et le profil concave correspondant du droit, qui doivent pénétrer l'un dans l'autre. Un levier ensuite vient maintenir le tout. Il est ravi d'avoir compris la complémentarité des formes à co-apter, et ferme lui-même la fenêtre, très adroitement.

Il revient s'asseoir, et je verbalise pour lui cette fermeture de fenêtres, à l'aide des expressions connues de côté femelle et mâle de la fermeture, et la façon dont il en a eu une illumination : en saisissant au palper la complémentarité des formes, il a compris seul, ensuite, comment fermer pratiquement la fenêtre et faire jouer le levier de fixation. Il serait resté devant un problème pratique insoluble sans mes explications verbales, sans mon aide manuelle à ses mains passives, ses yeux ne sachant pas suppléer aux expériences tactiles. C'est l'expérience pratique sensorielle, et la verbalisation du concept de complémentarité formelle génitale, qui l'ont éclairé [1].

---

1. Une verbalisation de ma part s'imposait non seulement pour lui faire intégrer l'expérience sensorielle, mais pour que (mes mains guidant ses mains et les aidant à palper) ce corps à corps — le seul d'ailleurs au décours de ce traitement — ne soit pas ressenti comme tentative de séduction.

15

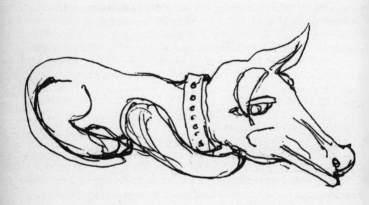

Dominique est très agité et très excité par la mort du pape. Il croit que je suis allée à Rome pour un congrès. Au centre, on avait dû parler de mon absence pour la séance prévue qui, de huitaine, avait été reportée à deux semaines.

Il me demande si j'ai vu le pape. J'élude la réponse. Il me demande si j'ai vu une statue de César. (Il ne me dit pas une statue à cheval) : *une statue de César, où il est beau.*

Moi : *Comment est-il ?*

Lui : *Il est à califourchon sur son cheval.*

Moi : *Oui, il est beau.* (Nous voyons comment cette séance enchaîne immédiatement avec la précédente : l'approche de la scène primitive, les fantasmes œdipiens peut-être, sexuels phalliques, génitaux sûrement.)

Il reparle du pape, disant que son frère et sa sœur s'étaient moqués de lui, parce qu'ils se moquent de lui « *quand il croit les choses* », et on lui avait dit que le pape était mort, et puis après on le voyait qui revenait et qui venait à la fenêtre (justement, nous venons de fermer la fenêtre, je le lui fais remarquer), pour bénir les gens. (Il esquisse le geste, s'identifiant ainsi au geste du pape). Alors, son frère et sa sœur lui avaient dit qu'il était vraiment mort, mais qu'un savant américain l'avait ressuscité, « *et alors, moi, je ne savais pas s'il fallait les croire ? Je croyais bien qu'ils se moquaient de moi... je ne crois pas qu'on peut ressusciter les morts. Mais alors, qu'est-ce que ça veut dire qu'il était malade et puis qu'il était de nouveau bien, qu'il était de nouveau malade, et puis qu'il est mort, comme s'il était mort deux fois ?* »

Je lui explique la réalité des faits historiques, et, comme sa mère recommandait toujours, lorsqu'ils étaient jeunes, « de leur dire la vérité », je pense qu'en effet cet enfant a besoin de connaître la réalité. Il y avait eu une amélioration considérable de la santé du pape, que l'on avait cru mourant, et qui, en effet, était réapparu à son balcon pour bénir la foule, avant sa rechute brusque et sa mort en quelques jours.

Lui : *Ah ben, maintenant, je comprends. Moi, maintenant, je ne veux pas qu'on se moque de moi, toujours parce que je comprends pas tout de suite.*

Il me tient ensuite un discours sur les papes, que celui-ci était bon pour tous; que vers le ve et vi^e siècle, il y a eu des papes français, et puis il n'y a eu que des papes italiens pour qu'il n'y en ait pas deux; et puis Pie XI, Pie XII et Jean XXIII enfin. (Il a tout à fait potassé, pourrait-on dire, la question papale et a retenu certaines séquences de l'histoire des papes qu'il a pu entendre et voir à la télévision à laquelle j'apprends qu'il s'intéresse maintenant, alors qu'avant ça l'embêtait). Il me dit ce qu'il a déjà vu en Italie une fois, quand ils étaient revenus d'une excursion au Grand Saint-Bernard (Bernard, le nom du frère disparu du père). Il me dit que c'était juste un petit village de la frontière (Bernard a disparu près de la frontière espagnole); que ce qui l'avait frappé, ce sont les portes de magasins avec des grands chapelets de toutes les couleurs qui ferment les portes. (Nous savons que c'est au nom du catholicisme que le père, la mère et le frère justifient la peur de la fréquentation des filles.)

Il se tait, puis : *Moi, j'aimerais bien être fermier.*

Moi : *Tu viens de me parler des boutiques d'Italie et maintenant tu me parles de ton désir d'être fermier.*

Lui : *C'est parce que je pensais qu'il faisait très chaud en Italie, qu'il y avait des mouches, que c'est pour ça qu'il y avait des rideaux qui les empêchent d'entrer dans les magasins; mais j'aimerais être fermier; et puis quand il fait chaud, ça m'a rappelé qu'il faisait chaud, et puis qu'il y a aussi des mouches qui agaçaient les vaches.* Il se tait puis : *Je suis content parce que je vais avoir des palmes et un masque. Maman m'a promis et mon pépé promis aussi, parce que maintenant je travaillais bien; alors avec les deux, ce qu'ils me donneront, je pourrai nager cet été à Saint-Raphaël, et peut-être pêcher des poissons sous l'eau.*

Moi : *Saint-Raphaël ?*

Lui : *Oui, quand ma sœur voulait m'apprendre à nager, eh bien, je ne pouvais pas parce que je repliais toujours les pieds comme si j'étais une grenouille ; mais maintenant sûrement je pourrai. Avant, je me disais, je ne sais pas nager, je vais me noyer. Mais maintenant, je sais que je pourrai nager. On va à Saint-Raphaël.*

Moi : *Qui on ?*

Lui : *Ben, tous les cinq, et puis papa, maman. Je vais vous montrer.*

Il me fait le croquis de Saint-Raphaël, assez bien exécuté. Moi qui connais la région, je reconnais sur son plan bien proportionné ce qu'il veut me montrer. Ensuite, le croquis de la caravane, c'est-à-dire leur roulotte-camping. Le plan est très bien proportionné. Les parents ont un grand lit à demi escamotable. Il y a quatre couchettes, deux à deux superposées, pour les enfants. Lui est couché en dessous de sa sœur, et son frère est couché en dessous d'une couchette qui sert à déposer des objets. Il me raconte que son père a deux voitures différentes, une pour son travail, une pour tirer la roulotte, et qu'ils sont très fiers parce que pour tirer la roulotte de camping, il a acheté une Buick qui a appartenu au duc de X... Silence prolongé.

Moi : *Eh bien, tu ne me dis pas grand-chose aujourd'hui.*

Il est réticent, et puis, il se décide : *Avec ma sœur, ça va. Avec mon frère, ça ne va pas très bien.*

Moi : *Et alors ?*

Lui : *Alors, c'est maman qui n'est pas contente. Mon frère, il est très snob, il a toujours des petites histoires, mon frère. Il est toujours à raconter comment ma sœur elle doit s'habiller : il ne faut pas s'habiller comme ci, il ne faut pas s'habiller comme ça. Il veut commander ma mère. Elle n'a pas le droit de mettre les robes qu'elle veut; alors ma mère lui dit de se mêler de ses oignons. Et vous, vous trouvez pas qu'elle a raison ?*

Moi : *Si, tout à fait. Ce n'est pas à un fils de commander le choix des vêtements de sa mère; tu sais ce que je t'ai dit déjà, la mère n'est pas faite pour ses fils, elle est faite pour plaire à son mari, pour plaire aux hommes de son âge. Mais tu me parlais de ton frère ?*

Lui : *Oui, voilà. Moi, très souvent, avec mes copains, ils passent. Alors, ils voient la chambre de mon frère et on rentre dedans automatiquement. On regarde, on sort un livre, on touche un peu. Un jour, un camarade avait apporté un disque, alors on a été le faire marcher dans la chambre de mon frère; mais on n'a pas trouvé son appareil, parce que mon frère il a un appareil à tourner les disques, et puis il a une guitare, et puis il a tout ce qu'il lui faut. Mais moi, j'ai pas. Et alors, mon père il était justement là et il a dit « Venez », et il l'a fait marcher dans son bureau.*

Moi : *Ton père a un bureau et il a un électrophone ?*

Lui : *Oui, mais quand papa n'est pas là, il ferme la porte à clef. Et puis, même quand il est là, quand il travaille, il ferme la porte à clef. Vous comprenez, il parle beaucoup à ma mère, il parle beaucoup de ses voyages; et lorsqu'il revient le soir, il a beaucoup de travail, alors, il faut pas le déranger... Je cherche un rêve que j'ai fait pour vous le raconter. Je me souviens de celui du chat qui miaulait. C'était pas ma mémé de Perpignan, c'était ma grand-mère.* (La mémé, c'est celle de l'Est, la grand-mère, celle du Midi. Il confond de nouveau par un lapsus le lieu géographique. L'aïeule du Midi se nomme grand-mère, l'aïeule maternelle, de l'Est, mémé.)

Moi : *Tu m'avais pourtant dit que c'était ta mémé de Perpignan, la même qui regardait le portrait de ses deux fils morts, le petit et le grand, la mère de ton père.*

Lui : *Oui, oui, peut-être je vous avais dit ça, mais je m'étais trompé, c'est la grand-mère, la mère à maman, on l'appelle mémé, elle vit dans l'Est.*

Moi : *Pourquoi t'étais-tu trompé ? Je ne crois pas que tu t'étais trompé. Je crois que c'était plus fort que toi de les mélanger...*

Lui : *Alors, elle voulait pas que j'aille dans le grenier, elle voulait pas. Et elle disait : « Veux-tu ! »*

Moi : *Quel grenier c'était ?*

Lui : *C'est un autre souvenir, mais c'est un souvenir du grenier de la mémé de V... que maintenant je me rappelle, pas à Perpignan;*

*on dit Perpignan, mais c'est V..., c'est pas loin de Perpignan, un
tout petit village, alors c'est plus simple on dit la ville d'à côté.*

Il n'est plus délirant et il raconte des souvenirs en précisant
bien de quelle grand-mère il s'agit. Il s'agit de deux souvenirs de grenier; pourtant, ces deux souvenirs sont en deux
endroits différents, associés à deux aïeules différentes. Il est
situé dans le temps et l'espace, et il sort de sa confusion des
aïeules, des familles.

Lui : *Voilà, mon grand-père, celui de V..., le papa à mon père,
il est général en retraite. Alors, dans le grenier, il y a des malles
avec ses habits, ses habits de militaire, et moi, avec mon frère et
ma sœur, c'était défendu, ma grand-mère voulait pas, et on avait
mis la cape à mon grand-père.*

Moi : *Qui on ?*

Lui : *C'était mon frère qui l'avait mise; il se prenait pour un
général, et moi j'étais son soldat. On s'était bien mis d'accord pour
rien dire; et moi j'étais tout petit, et j'ai dit sans penser, à ma
mémé : « Oh là là, ce qu'on s'est amusé dans le grenier et on a trouvé
quelque chose », et je me suis rappelé qu'il ne fallait pas le dire.
Mais j'avais trop dit. Et elle nous a dit : « Vous avez pas touché
aux affaires de votre grand-père au moins ? » Et puis alors, on a
été attrappés. Alors, mon frère, il était terriblement fâché avec
moi. Mon grand-père, il est général à deux étoiles.*

Moi : *Tu te rappelles que tu avais joué avec Bruno, chacun avait
une étoile ?*

Lui : *Ah oui, c'était très amusant, on était les shérifs. Et puis,
il y avait les cow-boys. Mon grand-père* (il enchaîne. Cette inci-
dente de moi n'était pas ce qui lui fallait), *mon grand-père a été
un chef de résistance, c'était du vrai; les shérifs, c'était pas du vrai.
C'est comme maintenant, qu'on dirait les flics avec les O.A.S. Il
était chef du parti de Perpignan, et il était le patron d'une cartou-
cherie à X... Ces cartouches-là, elles étaient destinées à l'armée.*
(Comme il parle bien.) *Il fallait pas trop fréquenter de gens
parce que quelqu'un pourrait être un espion qui raconterait les
choses.* (Associé à lui, qui raconte les choses faites au grenier,

et qui les ont fait « attraper » par la grand-mère.) *Un espion allemand qui aurait pu récolter cinq ou six cartouches.* (Il manipule de la terre à modeler, à ce moment-là, sans rien en faire de formel.) *Alors, sa tête était mise à prix, à prix d'or. Parce que mon grand-père, il était chef de résistance. Une fois, les pépés sont venus* (il veut dire probablement les Allemands, c'est un lapsus éloquent), *et mon pépé il est parti de l'autre côté du jardin! avec une échelle.* (Or, cet aïeul ne porte pas le nom de pépé, mais de grand-père.) *Et alors, les Allemands, ils ont été bien attrapés parce qu'ils ne l'ont pas trouvé. Il était passé par-dessus le mur et il avait ôté l'échelle. On pouvait pas savoir. Mon père aussi, il a été dans la résistance. Mon grand-père, il avait un vélo, il a fallu alors qu'il dise comment il était le vélo de mon grand-père.*

Moi : *Je ne comprends pas cette histoire de vélo.*

Lui : *Mon grand-père paternel était dans la résistance; un jour, mon père est allé pour le voir; il a fallu qu'il dise aux gens de la résistance de quelle couleur et de quelle marque était le vélo de mon grand-père pour qu'on le laisse passer.* (Pour que l'on ait foi dans son identité : c'est le fondement du symbole. On craignait que son père fût un espion qui se serait fait passer pour le propre fils du général.) *Mon père, il avait mis des bombes dans les boîtes à ordures des Allemands, et alors, vous comprenez, les Allemands.* (Et à ce moment, tout en restant assis, il mime les gestes des bras qui se balancent au rythme de la marche, tout en chantant et en rythmant son chant.) *C'est comme ça que ma mère m'a dit qu'ils marchaient, les Allemands.* (Les Allemands avec qui sa mère, jeune fille, avait sympathisé.) *Alors les Allemands, ils ont passé, et puis ils ont sauté. J'ai un disque de marche militaire, c'est de la fanfare.*

Moi : *C'est un disque de marche militaire allemande ?*

Lui : *Non, non, c'est un disque de marche militaire française. Il faut le faire marcher sur un magnétophone ; il est à moi, je n'ai pas de magnétophone.* (Il fait un lapsus.)

Moi : *Tu es sûr que c'est un « magnétophone » ?*

Lui : *C'est un électrophone, je ne sais pas ce que c'est un magnéto-*

phone, mais je sais que ça existe. Je le garde (le disque de marche militaire), *même que je n'ai pas d'électrophone; et puis quand papa veut bien, alors je l'écoute sur l'électrophone à papa, parce que mon frère, il veut jamais que je l'écoute avec le sien. Il le met en panne quand il n'est pas là pour qu'on s'en serve pas.*

Ce qu'il y a d'intéressant dans cette séance, c'est le ton tout différent de l'entretien. Cet entretien n'a absolument rien de délirant. Il y a autocritique. De plus, Dominique, maintenant, me regarde tout à fait en face en parlant. Il prend quelquefois un air un peu gêné lorsqu'il n'est pas sûr de quelque chose qu'il raconte, ou quand je lui dis ne pas comprendre ce qu'il me dit et qu'il veut absolument préciser sa pensée pour moi; mais, de nouveau, il me regarde en face dès qu'il a trouvé ce qu'il veut dire, ou comment le dire, en comblant les lacunes de son premier récit trop elliptique pour que je le comprenne.

On voit ce qui s'est tout à fait transformé : c'est-à-dire le droit à l'agressivité envers le frère, bien que la mère n'aime pas beaucoup ça; la possibilité de critique et de combativité à l'égard de ce frère; l'identification aux hommes — geste du pape, ou geste des Allemands —, la présentification du Moi idéal par la personne du père et du grand-père paternel. Il y a aussi reconnaissance de la castration justifiée par le père. Dominique accepte les frustrations, — la porte fermée — lorsqu'elles viennent du père et non plus du frère. Il justifie que l'on ne puisse pas faire ce que l'on veut en l'absence du père avec ses affaires personnelles, il accepte que la mère appartienne plus intimement à son mari qu'aux enfants. Quand le père a peu de temps, c'est pour sa femme qu'il est là, et pour son travail. De plus, il y a toute cette valorisation de la lignée paternelle. Nous comprenons maintenant ce qu'il y avait de troublant pour l'enfant dans les dires sympathisants de la mère sur les Allemands, gens très bien, travailleurs et autoritaires, racistes et colonialistes comme son grand-père maternel; et aussi ce qu'il y avait de troublant dans le fait qu'elle a été un soir arrêtée par les Allemands, grands, blonds, comme les Bel et qu'elle ait trouvé très amusant de converser avec eux; ces Allemands qui avaient failli faire mourir son grand-père paternel. Nous comprenons son lapsus quand il a parlé des pépés qui poursuivaient le grand-père; le pépé aux mœurs « nazies » avec les Noirs, c'était vraiment en lui la lignée maternelle. N'oublions pas qu'il est le seul à avoir « racé », comme on dit, sur ce grand-père maternel. Tout a contribué à forclore en lui le désir d'identification aux porteurs masculins du patronyme Bel : ce qui a détruit la vertu édificatrice des désirs œdipiens.

Il est intéressant de voir aussi qu'il a pu faire un plan lisible de la ville de Saint-Raphaël, un plan de leur roulotte de camping que j'ai fort bien compris. Il n'y a qu'une seule chose à noter à propos de son dessin : au lieu de prendre soit une place différente sur la feuille de papier, soit une autre feuille, pour dessiner le plan de la roulotte, il a gardé la même feuille et il a superposé une partie du plan de la roulotte au plan de la ville, et cela sans paraître s'en apercevoir. La première image était pour lui imaginairement annulée, au point qu'elle ne gênait pas, pour lui, le graphisme ni la lecture de la seconde qui s'y superposait. Ne serait-ce pas là sur une représentation de l'espace ce qui s'est passé pour lui quant au temps, la confusion de valeur phallique des signifiants paternel et maternel masculin et féminin, et la confusion entre Allemands nazis racistes et Français résistants, entre électrophone et magnétophone.

Les deux parties intéressantes de cette séance sont dès lors les moments où il parle du pape et s'identifie à lui, en ébauchant un geste de bénédiction qu'il a vu à la télévision, et celui où il dit son admiration pour la statue équestre de César. Ce n'est plus, cette fois-ci, un Panthéon de Napoléon des Invalides associé à sa mère[1], c'est un beau général à califourchon associé à son père.

Or, nous savons ce que représente de sexuel le mot « califourchon » pour cet enfant qui couchait dans la chambre de ses parents jusqu'à la naissance de sa petite sœur; enfant qui

---

1. Cf. p. 89.

avait peur des manèges et des bicyclettes. Nous connaissons ses jeux, qui consistent à porter sur son dos un camarade pour se donner des excitations sexuelles masturbatoires (un courant qui passe comme dans la queue de la raie). Et il y a les deux moments où il mime, avec le tronc très vertical et les gestes de la marche (il est pourtant resté assis), les Allemands (valorisés par la mère) qui vont sauter par l'effet des bombes que le père a mises dans leur boîte à ordures.

N'oublions pas « elmoru », le gros mot pour injurier ces femmes qui vont la nuit au poste. La pénétration dans la mère pour y déposer la semence qui a donné une petite sœur, est vraiment ce qui a fait exploser chez l'enfant la première structure; celle du petit homme sauvage[1] qui s'était rendu maître de sa mère esclave, face au père, lui aussi vaincu jusqu'au moment où avait surgi le témoignage de l'effet de fécondité paternelle de ses prérogatives équestres au lit conjugal. On se rappelle que les Allemands voulaient « tout avoir » pour eux, que le grand-père maternel était un homme qui se conduisait, nous dirions en raciste, en Afrique, et que la mère trouvait tout très bien de ce que faisaient les Allemands, y compris l'intelligence d'Hitler, merveilleuse, sauf qu'il était « pour l'esprit du mal ».

Notons aussi le moment de cette séance où Dominique dit : « on » avait mis la cape de grand-père; et ce « on », c'était son frère. Lui, n'était que le soldat de son frère général, mais soldat espion; la sœur jouait un rôle de comparse passive. Nous avons vraiment là un aperçu panoramique de ce qui faisait, dès 5 ans, la confusion de Dominique, sans repères personnels, sans repères corporels, ni repères sexuels (concernant le désir), de sa virilité.

Nous voyons comment les idéaux concernant les manifestations de la valeur virile sont appréciés par la famille maternelle, en opposition aux idéaux de la famille paternelle. Nous voyons comment, dans le flagrant délit de lèse-majesté grand-paternelle, la pseudo-soumission inculquée par la mère a été tournée en moyen d'espionner et de faire prendre le

---

1. On se rappelle « le sexe du bébé qui peut éclater ».

frère aîné, selon une ruse de guerre à la Pyrrhus : seule manière d'exprimer les pulsions sexuelles sadiques rivales à l'égard du frère aîné, mais désœdipisées. Nous voyons aussi comment Dominique sort de la soumission masochiste à laquelle l'avait acculé sa crainte phobique d'une castration magique prégénitale, de la part de son frère et de sa sœur.

Ce n'est que par les dires et la gestualité familiale signifiante qui ont accompagné l'apparition au monde et le développement de cette petite fille, sa sœur, que Dominique a pu mesurer l'immensité de son manque : son absence de valeur, non pas relationnée à la virilité adulte ni à la puissance paternelle adulte, mais relationnée à la toute-puissance magique et fétichique phallique de ce bébé-fille, dépourvue de pénis, objet partiel de la mère (elle l'est encore maintenant), et reconnue nimbée de la valeur de phallus présentifié, synonyme de joie pour les deux lignées dont elle était la première fille tant désirée depuis longtemps.

A la naissance de cette petite sœur, il s'est passé quelque chose de très important aussi pour le grand frère Paul-Marie. Lui aussi, je pense, a été traumatisé par la naissance de la sœur, et par ses conséquences dans la dynamique du groupe familial, en particulier dans la dynamique sexuelle du couple parental. Paul-Marie était en effet confirmé dans son illusion œdipienne fantasmatique d'avoir un enfant de sa mère par la naissance de sa sœur : cet enfant, que, resté seul avec la mère, hors les passages éclairs de son père, ils attendaient tous les deux. Que ce soit en s'identifiant à son père ou en s'identifiant à sa mère, et à condition de calquer leurs comportements de phallisme anal et urétral, en donnant soins, direction, et sécurité tutélaire, il pouvait admirer, adorer cette petite sœur phallus. A condition aussi de mêler sa voix au concert familial, admiratif pour l'esthétique du corps des filles, en scotomisant obsessionnellement leur sexe et naturellement, par conséquent, le sien. Paul-Marie est traumatiquement engagé dans une structure homosexuelle passive qui lui réussit assez bien jusqu'à ce jour, malgré des inhibitions scolaires ; à 18 ans, il dit (approuvé en cela par ses géniteurs) qu'il ne comprend pas que l' « on » puisse avoir du plaisir

avec les filles ni coucher avec elles. Il admet, à son corps
défendant, l'acte sexuel, nécessaire pour engendrer des
enfants, et estime fort regrettable ce conditionnement technique fâcheux de la procréation.

Le désir du corps à corps est inavouable, que ce soit celui de
la compétition de deux corps propres dans la lutte, ou celui de
l'érotisme. Un seul désir est valorisé, l'amitié masculine dans
l'écoute admirative de propos philosophiques, et pour l'érotisme, c'est le voyeurisme de la beauté impersonnelle du
« châssis femelle ». Pour Paul-Marie, un farcissage de style
oral, mais sans joie, conditionne l'érotisme refoulé, nécessaire pour produire, chez les femmes, ces exonérations matri-
cielles de choses vivantes, tubes digestifs à pattes, qu'on
appelle des enfants. Paul-Marie est amoureux des jeunes
enfants extra-familiaux. L'érotisme non caché de cette attirance est confirmé par l'obligatoire rejet de ses frère et sœur.
Il les tient à distance; il vit à la maison replié sur lui-même,
ne les laisse ni parler, ni toucher à ses affaires personnelles.
Il se refuse à commercer avec eux : les « grands » seuls sont
dignes d'échanges interpersonnels. Quant aux filles, quels
que soient leur âge et leur taille, elles sont un danger. Bien
sûr, au moment où Paul-Marie a 5 ans, au moment de l'arrivée
de la petite sœur, il n'explicite devant personne, pas plus
ses parents que Dominique, le drame inhibiteur pour
lui du développement de l'éthique, la forclusion de son
Moi-idéal génital paternel court-circuité par la confusion
avec le Moi-idéal maternel homosexuel anal passif. Ce dernier est suractivé par la réalisation magique de la pseudo-
paternité fraternelle, sans castration donnée par le père : où,
de plus, les fantasmes de paternité incestueuse sont presque
légalisés par les dires du père et de la mère.

J'ai souvent décrit la situation imaginaire du garçon de
3 à 7 ans. Il désire, indépendamment du conflit œdipien
auquel il peut échapper longtemps en l'absence d'un père,
par exemple, recevoir et porter un enfant. Il s'agit d'un
espoir de parturition anale ou urétrale. Cette conception
découle d'un fantasme dipsophile, résultant de biberonnages
ou de coïts, pénétration perfusante. Ces fantasmes sont éla-

borés en référence aux comportements techniques coïtaux humains ou animaux observés. Mais ce sont toujours des fantasmes à buts de jouissance narcissique. En même temps, ils permettent une apparence d'humanisation, par ce qu'ils entraînent de mimétisme au comportement de la mère ou du père vis-à-vis de cet objet fétiche, l'enfant présent. Tout cela est un moyen d'échapper à la castration naturelle (qu'est la castration primaire), moyen inhérent à la structure perverse polymorphe de l'enfant. C'est aussi un moyen de ruser par l'imaginaire à l'égard de la castration culturelle ou œdipienne qui impose la loi sociale du tabou de l'inceste[1].

Il y a eu traumatisme pour Paul-Marie parce que la naissance de sa petite sœur lui octroyait toutes les facilités et autorisations parentales de croire ses vœux imaginaires magiquement réalisés. Sa mère la lui confiait; il pouvait agir en grand frère puissant, et il partageait avec sa maman, le père n'étant jamais là, lit ainsi que joies et soucis de la paternité. Elle dit elle-même que sa maturité — sa pseudo-maturité verbale — provient de ce qu'elle l'a toujours considéré comme son compagnon, à qui elle confiait tout, toutes ses pensées et tous ses soucis.

Pour Dominique, pendant ce même temps où son frère aîné se figeait sur des positions structurales pré-œdipiennes passives, tout s'est effondré de ce qui faisait son monde et qui assurait sa cohésion. Tout s'est effondré jusqu'aux racines du narcissisme masculin lié à son schéma corporel. A défaut du père peu présent, Paul-Marie était là; mais Paul-Marie ne pouvait être le support d'un pré-Moi-idéal. La condition nécessaire pour la personne imago de cette instance, est qu'elle soit génitalement dynamique et génitalement engendreuse de l'enfant qui vient de naître. Cela veut dire qu'elle doit être dynamique dans son image de corps génital et qu'elle doit être non seulement la compagnie élue de la

1. La castration naturelle, appelée habituellement castration primaire, résulte de la réalité monosexuée et mortelle du corps humain. La castration culturelle n'a de sens structurant que si, auparavant, le sujet a valorisé le géniteur de son sexe au point de vue social, valorisé l'érotisme et valorisé enfin la fécondité humaine.

mère, mais encore éventuellement fécondatrice, en tout cas
perçue non seulement comme complémentaire de la mère
mais comme investie par la loi des prérogatives de maître de
céans. Donc, Dominique, qui cherchait un support à son
identité masculine en structuration, ne trouvait que danger
de déstructuration. Au lieu d'un modèle qui le soutienne
dans le génie de son sexe et le valorise dans ce sexe, il ne
trouvait que Paul-Marie, mauvais maître, adynamique. C'est
en Bruno, le jeune fils du couple de la tante paternelle et de
l'oncle Bobbi, qu'il essaya de trouver un répondant à son
besoin d'un modèle dynamique. Pour survivre, Dominique
devait conserver à sa libido une valeur dynamique minimum.
Paul-Marie, le modèle, rival et complémentaire affectif de la
mère, s'était arrêté au phallisme anal; Dominique n'avait
plus que le phallisme oral, le jargonnage et le langage corporel de sa relation au monde, qui existaient avant la naissance de Sylvie. Paul-Marie était célibataire d'option, par le
fait même de leur jumelage (jumelage nouveau dans la même
chambre), jumelage dérisoire comparé au jumelage avec la
mère. Dominique devint « le jeune frère », chose étrangère,
plein de dépit amoureux incestueux, dans un corps dévalué
et dégradé par la régression. Et les « jeunes frères [1] » Bel
étaient morts tous les deux. C'est la petite sœur au sexe sans
pénis qui était dès lors la plus valeureuse dans cette famille.
Le père, pourtant muni d'un pénis et qui l'avait prouvé en
donnant un bébé à sa femme était tout d'un coup moins
important pour la mère que sa relation de dépendance à ce
bébé. Moins important aussi, le père le devint pour Dominique, régressé sur des positions de libido orale du fait que
la mère, avec ses deux mamelles phalliques, nourrissait ce
bébé téteur qui « la ravissait ».

De plus, pour Paul-Marie, Dominique, avec ses réactions
d'adaptation à l'épreuve complexe qu'il était en train de
vivre, était maintenant une complication dans la vie pratique
en famille et dans la vie publique en société. Dominique
explicitait seul, par son comportement, la révolution fami-

---

1. Les oncles paternels.

liale et la modification dynamique du groupe. Il était celui qui déshonorait les deux lignées par ses pertes d'excréments, par ses révoltes et ses rages, qui dévalorisait la fonction du frère. Il donnait le « mauvais exemple » à la petite sœur et cependant, fait curieux, leur mère continuait à s'intéresser à lui; il continuait, ce Dominique, à être reconnu pour fils par le père, et il commençait à intéresser la petite sœur.

C'était vraiment un gêneur pour Paul-Marie. Par fraternité, comme dit la mère (je croirais plutôt pour tenter de recevoir la salutaire castration par ce biais), Paul-Marie accepta de jouer le rôle du grand frère généreux, trop tolérant.

Dominique n'a jamais été à lui-même. Dès sa naissance, il a été handicapé, pourrait-on dire, par son aspect physique, apprécié à un niveau zoologique par la mère; handicapé aussi par la jalousie de son aîné à son égard : jalousie dont, quand il s'agit de Paul-Marie à l'égard de ses puînés, personne ne parle. Dominique a toujours été parasité par sa mère et par son frère aîné; fétichisé par sa mère en tant que réplique de son père à elle et porteur de pénis dont elle avait la propriété, consolation en absence du pénis de l'époux; fétichisé par son frère en tant qu'objet partiel de la mère, à nourrir, à protéger, à prendre comme voyeur de comportements exemplaires. Jusqu'à l'apparition de la sœur, ce n'est qu'en tant que fétiche phallique que Dominique a trouvé valeur, été apprécié, par le couple jumeau mère-grand frère. Il a cependant pu avoir l'impression d'être le substitut valeureux du père, soit parce que c'est à partir de sa naissance que le père a pris cette situation bien rémunérée qui a fait de lui un « nomade », soit parce que sa chaleur animale réchauffait la mère. Dominique se refusait moins à aller dans le lit maternel que ne le faisait le grand, trop « prude ». Il était aussi mis à l'honneur, comme dit Mme Bel, à cause de sa grande gentillesse et de son élocution précocement parfaite; un petit perroquet qui répétait les phrases de sa mère. Dominique a été aliéné, privé de sa liberté, de son autonomie, malgré des comportements apparemment autonomes et bien qu'il n'ait pas eu à demander de permissions, comme il le souligne lui-même, alors que chez sa grand-mère, il fallait demander des permissions. Il a été l'objet de remplacement du manque pénien de la mère, manque auquel elle n'est pas encore faite : l'habillement de Mme Bel, fort décent, marqué de goût provincial, datant plus de la mode passée de sa jeunesse que de l'époque actuelle, est toujours composé de manière que des accessoires, chapeau, souliers, gants, sac à main, ajoutent une note masculine.

N'oublions pas qu'avoir en Mme Bel une fille a fait le désespoir de ses deux parents, qui ne désiraient qu'un garçon. Dominique a été le substitut du pénis centrifuge [1] de la mère, pendant que Paul-Marie était l'alterego, sorte de jumeau de sa mère, compagnon élu de celle-ci, exactement au même titre que le mari, à part les coïts à but fécondateur, dont le père a les prérogatives de droit. Le mari, quand il est là, est un homme maternant et considéré par sa femme comme un remède à ses phobies de contacts sociaux. (« Ma femme est un ours, mais chez nous, c'est la maison du Bon Dieu ».) Ces phobies sont dérivées de la relation mutilée de cette femme à sa mère qui la rejetait et à son père qui l'a méconnue complètement jusqu'au jour de son mariage, à partir de quoi c'est son gendre qu'il préféra à sa fille (prudence contre-œdipienne du père de Mme Bel ?).

Jusqu'à la naissance de Dominique, M. Bel vivait tous les jours au foyer. Dominique, apparemment bien adapté, ignorait le rôle de fétiche qui était le sien. La révélation lui en vint quand sa mère, après l'avoir abandonné pour mettre au monde un autre semblable supposé, mit au monde un rejeton, plus vrai, plus « BEL » (belle), Sylvie, qui détenait toutes les qualités, tous les pouvoirs. Il put se sentir cédé, comme un jouet désaffecté, par sa mère à son frère aîné en passant par la grand-mère paternelle. Ce qui faisait la règle du jeu, avant la naissance de la petite sœur, et qui était de parler

---

1. J'ai, dans mon travail sur « La libido et son destin féminin », in *la Psychanalyse*, n° 7, (P.U.F., 1964), décrit l'envie du *pénis centrifuge* comme l'objet partiel imaginaire soumis à la *castration primaire*. L'envie du *pénis centripète* est désir prégénital féminin d'objet partiel appartenant au père. Les fantasmes qui soutiennent les jeux à la poupée, le fantasme d'un enfant incestueux du père en sont le substitut. Ce désir centripète chez la fille, après la liquidation œdipienne, fait *partie intégrante du désir génital* pour un partenaire aimé.

bien pour être écouté de maman, et aussi de forcer son attention afin de s'interposer entre elle et le grand frère, cette règle du jeu était complètement modifiée. Du jour de la naissance de sa sœur, Dominique a perdu ses références; il s'est découvert un corps laid en se comparant à sa sœur, pas du tout gagnant en valeur au jeu rival de la passivité sphinctérienne et du mutisme, avec une intelligence nulle en comparaison de son frère, et sans ami, sans recours. Ses grands-mères préféraient Paul-Marie. Mais Dominique s'est trouvé embarrassé de son existence pulsionnelle sans valeur reconnue dans son corps et dans son sexe. Il a subi une complète dénarcissisation. Sa propreté sphinctérienne, tout autant que sa verbigération n'étaient pas l'effet d'une maîtrise et d'un accès symbolique assumés, mais d'une dépendance mimique aux rythmes de sa mère, en laquelle il vivait le plaisir anal et le plaisir oral de l'accueil qu'elle leur faisait, accueil pour lui érotisé, mais, hélas! pour elle aussi. Sa pseudo-maîtrise sphinctérienne (relative d'ailleurs) était signée de plaisir réel, qui tendait à devenir incestueux. La loi que Dominique avait rencontrée n'était pas du tout la prohibition de l'inceste, loi sociale. Il n'y avait eu pour lui d'autre interdiction que celle d'être sale et d'être libre, dans le sens où être libre signifie libre de ses rythmes végétatifs expulsifs, libre de ses mouvements, libre de sa combativité (comme il le dit de sa sœur, de ses « va-et-vient » à l'école et au jardin, culture et nature). Lui, il ne pouvait que tenir le ballon (alias sein de sa mère), ou se fantasmer faisant le bébé c'est-à-dire comme sa mère avec un ballon-bébé dans les bras, après l'avoir tenu dans le ventre, tenant un ballon et faisant le tour du jardin, non pas en échangeant avec d'autres ce ballon, mais en le thésaurisant dans ses bras[1].

A partir du moment où ses phrases perdaient un sens personnel pour Dominique (qui ne se sentait plus être personne

---

1. Nous savons tous que ce mode de jeu de ballon — le prendre pour le garder et ne pouvoir le lâcher — est le mode enfantin du jeu qui caractérise le petit d'homme des deux sexes avant trois ans — il en sort en lançant le ballon à qui il « aime », dans un jeu qui est commerce langagier soumis à des règles.

pour personne), il ne pouvait plus faire passer dans ses mots l'expression des expériences sensorielles qu'il vivait. Aussi le coït des parents, auquel il avait auditivement et visuellement assisté, pouvait-il être interprété comme des jeux de « califourchon » et d'agaceries à la mère « vache » (rappelez-vous les mouches invisibles qui agaçaient la vache dans les premiers fantasmes), ou encore des jeux de monte d'animaux comme à la ferme, ou des jeux de relations de tuyaux remplisseurs (tel le plombier du petit Hans), mais que lui il appelait jeux de femme : donner du lait à une femme qui elle, dans le même moment, allaite un bébé. « L'effet » ballon-grossesse, suivi de l'apparition du bébé, ces choses n'avaient pas été voilées verbalement à l'enfant. La mère, qui avait souffert de son ignorance des choses du corps et du sexe jusqu'à son mariage, voulait avoir des enfants sachant, comme elle dit, les réalités de la vie, au lieu de les ignorer. Or, Dominique, s'il avait pu voir ou entendre le coït de ses parents, n'avait pas pu, sans les mots de sa mère, établir une relation entre les sensations qu'il éprouvait à ce spectacle et la joie de la mère, d'être la compagne mieux chauffée au lit par son mari que par ses enfants, et d'en porter le fruit valeureux reçu dans le coït fécondateur : car, cela, elle ne l'avait pas « dit ». Le « dire la vérité » sur la grossesse et sa physiologie avait été verbalement relié par la mère au « cœur » de la seule maman, c'est-à-dire déclaré parthénogénétique dans des paroles sybillines, où les corps « nus des Noirs » et « les femmes qui sortent le soir et qu'on emmène au poste » pouvaient être associés. Si le gros ballon du corps maternel a remplacé le chou allégorique des fables et des chansons, l'intervention du père en tant que géniteur aimant ou mari aimé et désiré, cogéniteur d'un enfant conçu par ses deux parents et se développant à l'intérieur des entrailles de la mère, n'avait jamais été évoquée. Si bien que Mme Bel jouant, comme elle dit, dans le comportement social et familial, le rôle du père et de la mère, « ses enfants ne voyaient donc pas de différence entre leur père et moi, entre la présence ou l'absence de leur père ». Du moins c'est ce qu'elle veut absolument qu'ils pensent; c'est ce qu'il faut avoir l'air de croire pour sécuriser maman. Le petit Dominique est habilité à croire que le fonctionnement créatif humain générateur est privilège des femmes, et dû au fait soit de l'ambiance, soit d'un fonctionnement de type digestif — oral, anal —, soit de la magie d'un personnage invisible, ou d'un serpent caché dans le corps végétatif[1]. Quant à son observation des jeux de corps des parents dans le lit, alors qu'il était éveillé ou endormi, et qu'il jalousait la présence de son père, nous savons qu'il rusait alors en obligeant sa mère à venir vers lui et réussissait à la rapter au père. L'enfant peut interpréter les comportements corporels des parents au lit comme des jeux de califourchon, ou des jeux d'embrassements, de perfusion, de distribution d'essence, c'est-à-dire des jeux gestuels d'objets partiels comme il en a avec ceux de son âge; mais non comme des expressions d'amour de personne à personne. La conséquence créatrice génitrice n'est alors qu'un cas particulier d'effet de remplissage, mais non un événement symbolique.

Bref, le rôle du père est tout à fait forclos pour Dominique. Ce n'est que par tous les dires qui ont accompagné l'apparition au monde et le développement de la petite fille que Dominique a pu mesurer l'immensité de son impuissance à se faire reconnaître, par quiconque, comme « allant devenant homme ».

L'entrée dans une névrose obsessionnelle grave au moment de la naissance de la sœur, est devenue régression à un état psychotique quand tout espoir d'évolution a été refusé.

L'attente de la croissance, qui est le fantasme consolateur de toutes les blessures narcissiques et de toutes les impuissances de l'enfant — « Quand je serai grand » (comme le fantasme du temps à venir est le fantasme consolateur des adultes : « Quand j'aurai le temps ») —, n'avait plus de sens pour Dominique puisque d'une part le temps n'avait pas ramené l'oncle (s'il-vit : le frère du père) et que, d'autre part, s'éloigner d'elle n'avait pas fait mourir la petite sœur rivale.

1. Cf. p. 122, l'arbre (lui), entre Adam et Eve, et qui lance une boule de neige dans la fenêtre, en association à la tentation du démon caché dans l'arbre.

Bien au contraire, pendant l'absence du garçon, elle avait conquis des armes culturelles, le savoir scolaire valeureux que Dominique, malgré ses efforts, n'arrivait pas à conquérir. Quant à l'espoir de recevoir aide et assistance de son aîné, il n'y fallait pas songer et, à 8 ans, il ne restait plus à Dominique que la dépression anaclitique secondaire, phobique de tout changement.

La fuite passive de tous les émois de désir devint la seule conduite économique pour préserver ce qui restait du narcissisme chez Dominique entre 4 et 6 ans, réduit qu'il était aux positions orales, anales et urétrales passives. Pour cette économie fermée sur elle-même, toute rencontre dans le temps et l'espace, si elle était perçue ou reconnue imminente, était fantasmée imminence de mort ou de morcellement en chaîne.

Aliéné à son corps squeletto-musculaire propre, après avoir été un fétiche qui, depuis, avait été remplacé par sa sœur, il échappait alors à toutes réalisations motrices volontaires, impliquant un sujet dans un corps autonome.

Dominique-sujet est situé dans un monde paranoïaque passif. Il nie sa séparation du corps de la mère et vit fantasmatiquement incestueux, induit et inclus dans sa mère, et dans un univers qu'il voue à l'immobilisme. Afin de conserver un fonctionnement pénien urétral incontinent, il se fantasme une confuse appartenance aux références spéculaires des corps des mammifères, auxquels il associe les caractéristiques anatomiques péniennes de ses parents : « les vaches en ont quatre ». Il vit en somnambule. Il nie les références distales, tactiles et oculaires que son corps lui fournit par des perceptions non reconnues valables.

Il nie que le concernent les sensations cœnesthésiques du fonctionnement végétatif de son bassin, les besoins de faim ou l'instinct de conservation. Cette forclusion entraîne la négation du sens de l'observation et la perte du sens des relations existant entre signifié et signifiant. S'il semble n'avoir pas perdu la parole, en fait, il ne garde qu'un pouvoir de verbigération de style masturbatoire, où il jargonne et délire, sans échange avec autrui, sans questions posées, langage tout au plus destiné à produire des effets magiques dans les oreilles d'autrui. Il ignore de plus en plus direction, espace, temps. Non situé dans son corps, il en porte une image fantasmatique abstraite et aussi étrangère à l'homme qu'à l'animal. Il les objective dans ses modelages et ses dessins stéréotypés, avec ce qui lui reste de pouvoir manipulateur, métaphorisé de l'érotique labiale et anale, symbolisation du fait du déplacement de cette érotique sur ses mains, appendices d'échange de bouche à mamelle ou d'anus à fèces; quant à son pénis, il a pris sens de tétine [1]. On voit Dominique, au début du traitement, projetant ses désirs de réussite dans le corps humain d'une fillette, la fille de sa tante paternelle, sa presque jumelle d'âge, laquelle est confusément pour lui sa sœur, la sœur de son père, et sa mère à la fois.

En échappant à la conscience de son corps sexué, il échappe à la menace de castration primaire, ainsi qu'aux affres du complexe de castration lié à l'attraction et au corps à corps œdipien coupable. Les supports masculins de ses fantasmes sont dévalués sinon quant à la forme phallique, du moins quant à la valeur érotique et à la valeur éthique érectile et génitale. Tout ce qui se rapporte à l'appareil génital érectile masculin et à son fonctionnement génital spermique est forclos. Il n'y a jamais eu de mot, en famille, qui ait signifié le sexe : « popo » étant le seul signifiant de tout bassin, et de tout fonctionnement excrémentiel ou sexué des garçons comme des filles, le seul mot, avec « pis », que Dominique ait à son usage, concernant le bassin et le sexe de l'homme [2].

Si la régression, maintenue par la naïve, sinon coupable, connivence de l'entourage à des manifestations passives orales, anales et urétrales, induit Dominique en tant que sujet à porter masque de fantôme, c'est d'un membre fantôme de sa mère qu'il s'agit, disparu sans qu'on sache où, comme le membre fantôme de sa grand-mère paternelle, l'oncle (celui dont on dit : s'il-vit), disparu au moment de sa naissance,

---

1. Cf. séance où il a modelé une boule prolongée par une tétine et une bande de Mœbius, p. 96.
2. Celui-ci confondu avec les seins des femmes, les mamelles des vaches. Cf. p. 92.

lui sert de seul repère symbolique; c'est pourquoi il aime avec un drap se déguiser en fantôme.

La séance qui marque la résolution de l'aliénation aveuglante est celle où il apporte les trois présentifications de raie fantasmatique, la raie étant à la fois le signifiant de la fente fessière, allégorie de « poisse[1] » sexuelle et de courant libidinal érogène. Il y a la raie à mâchoire active protrusive, celle à mâchoire béante passive, et, la plus terrifiante, la troisième, la raie dite bouclée, associée à la sœur aux cheveux ondulés, qui porte au dégoût par ses boutons, les boutons mamellaires et clitoridiens, et qui produit un courant de queue électrique foudroyant, une présence énergétique insolite et mortifère ressentie dans la verge. C'est à cette cinquième séance que le sexe forclos de Dominique lui est rendu dans les dires de la séance, laquelle (il n'y a pas de hasard) a apporté à l'analyse, sur son initiative, par les dires du frère et de la mère, la compréhension de la structure inconsciente du frère (à idéal du Moi homosexuel passif) et de la mère (pré-œdipienne et froide de corps au lit; cette angoisse phobique de froid justifiant sa fixation pédérastique incestueuse inconsciente à ses propres enfants, substituts de son pénis centrifuge non renoncé, seulement déplacé sur le corps de ses enfants et sur le pénis perfuseur fécond de son mari.

Les sixième et septième séances ont posé le problème de l'Idéal du moi par rapport au comportement pré-œdipien qui s'oriente à la fois vers la négation de la castration primaire, et vers l'évitement du conflit œdipien génital lié à l'interdit de l'inceste et à la castration du fruit désiré de l'inceste.

Connaître l'échelle des valeurs dans l'ordre phallique, c'est une question d'ordre éthique.

La solution économique serait de rester pervers passif. Chacune des questions oblige, si elle ne reçoit pas une solution par la pose de l'Œdipe et l'angoisse de castration génitale, à un compromis dans l'image du corps, compromis d'âge et

---

1. Cf. son fantasme du sexe collé à la mère.

d'espèce, à une méconnaissance du corps et du lieu érogène électif de l'expression sensée des pulsions sexuelles.

C'est avec la huitième séance, datée de mai[1], que l'on peut voir reconquise l'image du corps humain masculin dans son intégrité, et les instances de la personnalité de Dominique — Ça, Moi, Idéal du moi, — axées dans des positions œdipiennes progressivement acceptées, après une longue hésitation entre l'éthique homosexuelle et l'éthique hétérosexuelle. D'aucuns s'étonneront d'une telle modification dynamique obtenue en un nombre de séances si réduit. J'ai l'expérience de cas semblables dans leur déroulement, menés au rythme plus classique de deux à trois séances par semaine; et je dois dire que, si par ce rythme le travail est facilité pour le psychanalyste, il n'est pas toujours meilleur ni plus profond, ni plus rapide dans le temps pour le psychanalysé psychotique.

Comme aucun être humain ne ressemble à un autre, il est impossible de juger de la valeur identique des deux techniques. Quant à moi, je préfère, pour sa facilité peut-être, la technique à plusieurs séances par semaine. Il faut dire aussi que, sans l'acquis dû aux psychanalyses menées à ce rythme classique, je n'aurais peut-être pas le même style d'écoute. Or, c'est l'écoute de l'analyste qui, dans la relation transférentielle, appelle le discours véridique, à travers les nécessaires résistances transitoires et à mon avis *ce n'est pas l'interprétation des résistances qui libère le langage véridique,* d'autant plus que, je le pense, *les résistances sont toujours du côté du psychanalyste quand celles du patient ne peuvent être surmontées.*

Dans le cas de Dominique, des conditions sociales, soi-disant pécuniaires, temporelles et géographiques ont déterminé le rythme maximum acceptable pour la famille. Il était prévu primitivement des séances à quinzaine; mais les intempéries, les petites vacances scolaires et des difficultés matérielles diverses justifiant les résistances des parents, n'ont pas permis à la mère de respecter ce rythme. Les séances étaient au moins d'une heure, souvent un peu plus, et Dominique

1. Voir p. 113.

s'est montré, après les résistances du début, très coopérant, particulièrement et délibérément concerné par son analyse. Il est probable aussi que la psychothérapie psychanalytique ébauchée à 6 ans a laissé à Dominique et ses parents un transfert négatif sur ce mode de traitement : cette situation transférentielle intensément émotionnelle a pu se relayer immédiatement sur ma personne, permettant la mobilisation très rapide des pulsions, comme on a pu le voir. Il y a eu aussi l'âge, avec la poussée libidinale de la puberté, et le déjumelage d'avec le grand frère qui a modifié le monde extérieur de Dominique, à l'avantage d'une psychothérapie, réellement psychanalytique, c'est-à-dire de reviviscence des pulsions archaïques dans le transfert et de castration opérationnelle qui permet les sublimations scolaires et sociales.

L'avantage incontestable d'une psychothérapie d'échange émotionnel intense mais à rythme espacé, c'est l'importance qui est conférée à chaque séance et son caractère libidinalement très spécifique d'étape, dont le discours et la gestique circonscrivent spectaculairement la question posée, d'elle-même retournée sous toutes ses faces. Le sujet s'y confronte. On peut dire que dans les traitements à rythme espacé de séances, l'évolution ne va ni plus ni moins vite que dans les traitements à rythme de séances fréquentes; mais la densité émotionnelle et signifiante de chaque séance est beaucoup plus patente que dans les séances rapprochées. Enfin, un avantage certain est le moindre assujettissement des parents au traitement de l'enfant, donc une moindre accentuation pour le sujet des bénéfices secondaires régressifs de la maladie et du traitement. Une certaine distance est laissée aux parents, une autonomie qu'il leur est loisible à eux d'utiliser aux fins justificatrices de leurs critiques et de leurs résistances. Il est certain qu'un traitement qui implique une assez grande frustration du sujet met beaucoup d'atouts dans le travail du transfert. Cela vaut bien la difficulté accrue pour le psychanalyste, qui doit être particulièrement présent à tout ce qui s'exprime, disponible à entendre ce qu'il ne comprend pas et à le retenir, à percevoir vite et accepter en en comprenant la valeur positive pulsionnelle les expressions de résistances.

Quant à l'interprétation ou à l'intervention à valeur interprétative, elle paraît nécessaire à peu près à chaque séance, alors que dans les traitements à rythme fréquent, elle est généralement plus rare : l'inutilité de l'intervention à chaque séance provenant alors d'une part de ce que le sujet a le temps, n'étant pas sous la pression des pulsions inconscientes comme dans les séances espacées, de développer les articulations entre ses associations, et d'en saisir (pré-consciemment et souvent consciemment) seul les résonances transférentielles en les ramenant à leur origine; d'autre part, les points nodaux des conflits sont abordés, en général, selon un tempo beaucoup plus lent.

Onzième séance : fin juin

3 semaines après la précédente
(dernière séance de l'année scolaire)

La mère veut me parler, hors de la présence de Dominique. Il acquiesce volontiers. La mère dresse le bilan de l'année scolaire.

A l'école, le directeur et la maîtresse sont très contents. Dominique a fait énormément de progrès. C'est même celui des élèves dont ils sont le plus satisfaits ; le directeur pense que c'est parce qu'il a bénéficié d'une psychothérapie. Dominique a maintenant 15 ans révolus ; cependant, le directeur conseille, plutôt que de le mettre en classe d'apprentissage, de lui permettre encore une année en classe de perfectionnement. Il accepte de le garder. Le retard scolaire doit, à son idée, se combler complètement au cours d'une seconde année. Dominique sait maintenant convertir les fractions. Il connaît les unités de surface. Il fait des règles de trois. Le directeur compte sur lui pour passer le certificat d'études l'année prochaine. De son caractère, le directeur est aussi très content. Dominique s'est montré un peu dissipé au cours de l'année, mais il a suffi de le reprendre pour que son attitude appliquée domine. Le directeur dit qu'il y a dans sa classe des enfants qui auraient bien besoin de psychothérapie mais « vous savez ce que c'est, les parents ne veulent pas ! » ; le pire ce sont les enfants qui ne veulent ou ne peuvent même pas écouter. Ils embarrassent la classe par un bruit permanent.

— En famille, poursuit la mère, je peux dire que le gros changement, c'est qu'il vit au même plan que nous.

— Que voulez-vous dire ?

155

— Il s'intéresse à tout, il écoute, questionne, répond, se mêle à la conversation; il s'intéresse aussi beaucoup à la télé bien qu'il ne comprenne pas toujours; mais d'autres fois, c'est lui qui nous fait remarquer des choses qui nous sont passées sous les yeux et auxquelles nous n'avions pas prêté attention. Et puis, dans la rue, il fait partie de la famille; avant, il marchait toujours seul à dix pas devant... ou derrière, comme s'il ne voulait pas avoir l'air d'être avec nous.

— Et son frère et sa sœur?

— Ça va, il ne se laisse plus faire, les autres avaient pris l'habitude de se moquer de lui. Maintenant, il ne se laisse plus raconter des balivernes. Il critique ce qu'on lui dit. Mais, voilà, Docteur... il y a quelque chose qui m'ennuie...

— Quoi donc?

— C'est mon mari... Il dit que nous perdons notre temps et notre argent. Il pense qu'on devrait le mettre en apprentissage pour les arriérés, que nous perdons de l'argent tout à fait inutilement. Mon mari trouve qu'il n'y a aucun changement, ou presque pas, que c'est l'âge qui vient; c'est tout. Ces voyages à Paris, ces séances, il ne voit pas comment des paroles, ça peut changer quelque chose. Lui, il dit : tant que la chirurgie n'aura pas trouvé à guérir ces enfants-là, on n'aura rien fait. Pour lui, Dominique est un anormal. Il faut l'accepter et c'est tout. Je ne sais pas si je dois suivre ce que disent le directeur et la maîtresse ou si je dois faire ce que veut mon mari. Qu'est-ce que vous en pensez?

— Je pense seulement que, quoi qu'il fasse l'année prochaine, il devra continuer son traitement...

— Oui, c'est mon avis aussi. Et vraiment, à la maison, il ne gêne plus du tout... Je suis bien embarrassée... Ce qui m'ennuie, c'est qu'il est encore trop bon, il fait des échanges de dupe, il se fait rouler par les autres et il est content. Moi ça me fâche. En classe aussi, c'est le directeur qui me l'a dit, je m'en étais doutée, mais Dominique m'avait dit que non. Il y a des gamins qui l'ont attendu à la sortie avec des branches d'épines et qui sont tombés sur lui. Le directeur m'a dit que ce sont les mauvais éléments de la classe; comme Dominique est très attentif et qu'il a de bonnes notes, il est

jalousé. Et puis, il y a aussi ceux du cours complémentaire;
ils se moquent de ceux de la classe de perfectionnement, ils
les appellent les fous; ce n'est pas commode ni pour les
maîtres ni pour les enfants. Dominique m'avait dit que c'était
rien, qu'il avait glissé dans un buisson, mais j'avais bien vu
ses jambes arrachées. Mais pour rien au monde il ne cafar-
derait. Quand je lui ai dit qu'il m'avait menti et que les
camarades qui lui avaient fait ça avaient été punis par le
directeur (qui me l'avait dit), il m'a répondu : « Ça, c'est pas
mentir, ça ne doit pas être répété, les choses pas bien. » Ce
qui m'étonne, c'est la première fois que j'entends Dominique
se soucier de l'avenir. Il dit qu'il voudrait apprendre un
métier.

— Probablement certains de ses camarades quittent la
classe de perfectionnement pour un apprentissage ?

— Oui et c'est ce que mon mari voudrait qu'il fasse, mais
sa maîtresse dit qu'en restant un an de plus, il aurait sans
doute un certificat; en tout cas, s'il ne l'obtenait pas, il en
aurait l'acquis et serait beaucoup plus capable d'entrer dans
un apprentissage en meilleure condition. Déjà maintenant,
elle le trouve beaucoup plus réfléchi et intéressé à la classe
que ne le sont ceux qui vont aller en apprentissage. Elle dit
que ce serait dommage.

— Et lui, Dominique, que dit-il ?

— Il dit qu'il aime bien la classe et que si son père voulait
bien aussi, il aimerait essayer d'avoir son certificat, mais, vous
comprenez, pour lui il ne peut pas y croire! ce serait un
miracle. Il s'est toujours cru incapable.

L'entretien se termine sans que rien ne soit décidé et sans
que j'aie donné à la mère le conseil demandé.

Entre Dominique. Je lui résume le contenu de l'entretien
que sa mère a eu avec moi — la question rester à l'école ou
entrer en classe d'apprentissage — et je dis aussi savoir par
sa mère que son père trouve que le traitement ne sert à rien.
J'ajoute que c'est la dernière séance de cette année et que

j'espère que nous nous reverrons pour continuer à la rentrée prochaine, quoi qu'il fasse : école ou apprentissage. Puis, je l'écoute.

Lui : *Cet été, comme je vous l'ai dit, on va à Saint-Raphaël, mon père viendra quinze jours et puis il nous laissera et viendra nous rechercher. Moi, ça me plairait d'aller travailler dans une ferme ; ça m'ennuie un peu de rester à Saint-Raphaël quand mon père n'y sera pas avec ma mère, mon frère et ma sœur. J'aimerais mieux repartir comme mon père et aller chez mon cousin à la ferme. J'aime ça comme métier, la ferme... Je pense à deux métiers et je ne sais pas choisir encore, fermier ou bien garagiste, s'occuper des autos, les laver, les réparer, donner de l'essence. C'est un peu comme s'occuper des bêtes ; j'aime ça.* Il se tait... puis reprend : *Voyez, ça ne m'étonne pas que ma mère elle vous ait dit ça de mon père. Il ne l'a jamais vraiment dit à moi, mais je pensais bien qu'il pensait que ça ne sert à rien que je vienne ici, parce que ça coûte de l'argent, vous savez. Moi aussi avant, je croyais que ça sert à rien, mais moi, voilà, je pense que ça sert beaucoup à quelque chose. C'est ennuyeux pour papa que ça coûte cher, et puis pour maman aussi. Ça la dérange de ce qu'elle a à faire de m'accompagner. Elle dit que je ne saurais pas venir seul, mais c'est pas vrai, je saurais très bien. Mais elle dit ça, vous savez, les mères... et puis elle est très contente de venir à Paris.*

Moi : *Elle te l'a dit ?*

Lui : *Non, je le vois bien. C'est ma sœur qui n'est pas contente, elle dit qu'on en fait trop pour moi, et mon frère, il dit que je serai toujours un crétin.*

Moi : *Et toi, qu'est-ce que tu en penses ?*

Lui : *Moi, ça va très bien, je suis content. L'école, maintenant, je comprends tout. Les autres, ça m'est égal qu'ils m'embêtent, j'y fais pas attention... Qu'est-ce que c'est des coups ou des jambes égratignées. Je suis pas une fille ! Et puis, avec les copains, on s'amuse bien. Je m'entends bien avec mon frère, vous savez, et avec mon père aussi. Mon frère, c'est le grand maître du déguisement.*

Moi : *Du déguisement ?*

Lui : *Oui, je veux dire les habits, ce qu'on doit mettre ou pas mettre, ça, ça l'intéresse. Mon père aussi. C'est comme des couturiers ; ils pensent à ça, eux, c'est drôle, vous ne trouvez pas ? Moi, ça m'est égal comment je suis habillé... J'ai un beau tricot, vous ne trouvez pas ?*

Moi : *Si, c'est vrai.* (C'est un pull du genre norvégien, avec des dessins tricotés représentant des rennes.)

Lui : *C'est ma mère qui l'a tricoté, c'est un dessin que ma grand-mère lui a envoyé. Elle l'a trouvé bien.* Il baisse le menton et regarde son pull.

Moi : *Tu aimes aussi ce qui est beau.*

Lui : *Mais mon frère, c'est les vêtements, les coupes des costumes, des manteaux, des robes de femmes, tout. C'est pas les pulls, ni les tricots qui l'intéressent.* Pause. *J'ai été voir l'exposition de Salvador Dali, vous connaissez ?*

Moi : *Dis-moi ce que tu en penses, toi.*

Lui : *C'est un peintre connu. Moi, ça m'a plu assez, mais j'ai remarqué que partout il y avait des trous et puis des tiroirs dans les gens, des trous et des tiroirs ; on dit que c'est un peintre original.*

Moi : *Et toi ?*

Lui : *Moi, j'aime ce qu'il fait, mais pas tant que ça les trous et les taches qu'il fait exprès. Mais il y a vraiment des idées bien aussi, mais pas les tiroirs...* Il se tait et fait du modelage. *Voilà !... Voilà un homme qui est très très très malade... Dommage que vous n'ayez pas la télévision... Celui qui fait gagner à son maire une voiture...* (un des jeux actuels à la télévision).

Moi : *Raconte.*

Lui : *Oui, c'est lui qui répond bien et c'est son maire de son pays, c'est pas sa mère, ça s'écrit pas pareil, c'est un homonyme je crois que ça s'appelle, c'est m-a-i-r-e et c'est un homme, ça pourrait être une femme et ça s'appellerait encore un maire, c'est un titre alors ça ne change pas. Alors, il a de la veine son maire, il fait rien que d'être maire du pays et il a une voiture si on répond bien. C'est une bonne idée et c'est très amusant à la télé de le savoir à qui saura le mieux.*

Moi, j'aime bien quand ils gagnent. Silence. *Moi, ça me plairait d'aller dans une ferme.*

Moi : *Maintenant que tu as 15 ans, tu pourrais y aller, même en vacances pour y travailler.*

Lui : *Je l'ai bien dit à maman, mais elle dit que je suis trop jeune.*

Moi : *Mais tu étais bien allé chez l'oncle Bobbi quand tu étais plus jeune.*

Lui : *Ah oui, mais c'est parce que je ne pouvais pas suivre l'école.*

Moi : *Tu pourrais peut-être y aller cet été si l'oncle Bobbi voulait bien de toi ?*

Lui : *Oui, j'aimerais ça. L'oncle, il est marchand de bestiaux, lui ; à côté il y a la ferme et c'est lui qui est le fermier. Il y en a d'autres qui l'aident parce que pour vendre et acheter les bestiaux, il ne peut pas rester à la ferme tout le temps et il y a à faire tout le temps... La tante, c'est la sœur à mon père, elle s'occupe de la maison. C'est à Elmoru.* (C'est donc un nom de pays cet Elmoru apparu un jour pour amener le problème de la mère, peut-être femme délinquante, qu'on raflait la nuit et qu'on a amenée au poste, sous l'occupation, parce qu'elle était dans la rue après le couvre-feu.) *Ils ont trois « fermes », non, deux fermes et un château. Ça s'appelle Trois Fontaines. C'est le nom du château. Le château, c'est aussi une ferme. Ça fait trois fermes, alors il y a du travail. Oui, il voudrait sûrement bien de moi. Je ne sais pas si je pourrais m'en aller de Saint-Raphaël, si ma mère et mon père voudraient. Ma mère, elle veut jamais qu'on la quitte, mon père, lui, ça lui est égal. Il voudrait bien je crois. Mais il faudrait encore payer un voyage, c'est cher. Avec l'auto, c'est pas cher, mais le train, c'est cher.* Il se tait. Il continue son modelage. *Ce bonhomme-là, vous voyez, il est malade.*

Moi : *Ah ?*

Lui : *Il a une maladie de cœur d'enfance. On l'emmène à l'hôpital, on lui fait une piqûre au bleu* (souvenir d'hématome de piqûre intraveineuse, ou de la maladie bleue du petit cousin mort quand Dominique avait huit ans ?) *au coude gauche.* (Il mime une piqûre à la saignée du coude gauche.) *Voilà. Puis on va lui faire une opération pour le guérir.* (Il ouvre de haut en bas le corps du bonhomme modelé et met un crayon jaune bien au fond de cette fente médiane sans en dire un mot.) *Vous aimeriez avoir la télévision ?*

Moi : *Tu penses que je devrais l'avoir ?*

Lui : *C'est souvent très intéressant, on met des rivets* (?) *pour empêcher que le ventre se referme...* (Il fait de même)... *oh là là, qu'est-ce qui se passe dans son ventre ?... tiens, voilà le cœur* (il fabrique et met l'organe en modelage à sa place), *tic, tic, tic,* (il le dit tout bas en tapant avec l'index) *il bat... bon! les poumons* (il met deux organes en forme de poumons en place) *là!* Puis il fredonne l'indicatif de la 5ᵉ Symphonie de Beethoven (indicatif des émissions de la France libre pendant la résistance). *Poum, poum, poum, pôûm!...* et il bruite : *MMMMMMM... Mais qu'est-ce que c'est ! oh là là ! au départ il n'avait rien, et maintenant tout ça !* Il rit, *Je ne sais pas s'il va s'en sortir entier de cette histoire... Bistouri, mon bonhomme !* (Son père voudrait qu'il passe au bistouri.) De nouveau, indicatif de la 5ᵉ, puis bruits du cœur. *Bon, tout va bien !* Il se tait... puis : *Vous savez, nous avons vu à la télévision une opération à cœur ouvert.* Pendant ce temps, il a installé un vermicelle entouré d'un boudin en forme de cadre. *Ça, c'est les intestins, vous voyez.* (Très bien imités.) *Il faut un peu les soulever pour travailler... Il a le cœur un peu gros.*

Moi : *On dit ça aussi des gens qui sont tristes de quelque chose.* (Il semble ne pas avoir entendu. Mais peut-être s'agit-il de l'utérus, puisque les femmes enceintes, au dire de la mère, portent leur grossesse dans leur cœur.)

Lui : *Il faut en ôter une partie ; les gens qui ont trop de cœur, on se moque d'eux... ils sont pas comme les autres... c'est une maladie.* (Sa mère le dit trop bon, toujours dupé.) Tout le temps, il mime le bruit du cœur en fond de bruitage avec sa langue et il continue à « opérer ». *Oui, il avait le cœur trop gros, beaucoup trop gros. Mais il y a aussi plein de choses qui ne vont pas, ah s'il n'y avait que le cœur !... Mais il faut aussi l'opérer de l'appendice,*

*parce qu'il mange trop et ça va dans l'appendice, ça passait dedans...
ça aurait pu éclater.* (On se rappelle le sexe de l'enfant incestueux, fille ou garçon, qui éclate...) *Eh là! monsieur! vous êtes
alcoolique! Je vais me fâcher moi! Qu'est-ce que c'est que ça! Un
grand garçon comme vous!...*

Moi : *C'est un qui aime biberonner.*

Dominique rit aux éclats et dit : *Mais où donc ça se met tout ce
qu'il avale... il a rien... il lui faudrait un estomac... j'avais oublié
de lui mettre un estomac! Voilà, c'est réparé.* (Il a en effet formé
une petite forme de cornemuse très réaliste qu'il a mise en
place.) *Mais voilà, il a une partie de l'estomac perforée, l'alcool lui a
abîmé l'estomac, oh là là!...* Puis, très docte : *Cet homme a tenté
de s'empoisonner. Oh oh!... Il aura un estomac trois fois plus petit.
C'est comme ça.* (Il ôte une partie de l'estomac.) *Ça, c'est un peu
trop long...* (Il ôte encore un morceau de viscères.) *Bon, voyons...*
(Je remarque que sa voix est tout à fait normale aujourd'hui,
depuis le début, avec chute du ton sur les fins de phrases
pour la première fois.) *Et il a un poumon un peu plus gros que
l'autre, alors, là, il respire trop vite d'un côté, et ce poumon-là il ne
peut plus jamais lui servir. Il va falloir lui ôter, non seulement il est
bien trop gros, mais il est aussi rongé et il pourrait flancher; il
a un poumon entièrement rongé par un microbe. Eh... oui! il va
falloir quelque chose de vraiment moderne, une opération nouvelle.*
(Ce que son père dit qu'il faudrait trouver pour des enfants
comme lui.) *Cet estomac complètement rongé par l'alcool, ce poumon
rongé par le microbe et aussi le microbe a attaqué l'estomac à cause
de l'alcool, il ne se défendait plus contre les microbes. C'est le cancirus*[1]*!* Il rit longuement aux éclats. (Il jouit de son fantasme
sadique.) *Pour empêcher que ça continue, nous allons enlever le cancirus; ôter une bonne partie de la chair dans laquelle se trouve le
cancirus...* (Il œuvre dans les entrailles du modelage.) *Maintenant, voilà! on va refermer le ventre, on a retiré un poumon, on a un
peu rapetissé le cœur. Ça* (tous les bouts pris aux entrailles du
bonhomme), *c'est les déchets... à la poubelle! Nous allons lui
mettre un poumon en plastique, le sien était rongé par le cancirus.*

1. Cancre-virus; maladie d'adynamisme, prévalence des pulsions de mort.

Voilà, il est bien refermé, il n'a qu'à cicatriser. (Il chantonne.) *Mais voilà, si c'était tout, mais c'est pas tout. Il a eu la jambe brûlée en voulant sauver un homme dans un incendie. Voilà, arrangé, ça fait un vrai bonhomme. On recoud le tout... Va falloir ôter la peau malade, après on lui met de la peau de la jambe saine à sa jambe blessée ça s'appelle faire une greffe. Vous savez, c'est calé...*

Moi : *Ton père croit dans la chirurgie, pas dans la médecine.* (Il fait encore mine de n'avoir pas entendu.)

Lui : *La jambe va être tout à fait bien réparée. Voilà, tu peux te lever !* (Il met le bonhomme debout.) *Ça y est !*

Je veux arrêter la séance qui a duré son heure et lui souhaite de bonnes vacances.

Lui : *Est-ce que vous croyez que je peux aller chez mon oncle ?*

Moi : *Ne peux-tu pas lui écrire ?*

Lui : *Ah oui, c'est une bonne idée ! Mais mes parents, qu'est-ce qu'y diront ?*

Moi : *Tu verras bien. Est-ce mal d'écrire à son oncle pour lui proposer d'aller l'aider aux travaux de la ferme ?*

Lui : Il se prend alors la tête... *Oh, malheur ! J'ai oublié mon parapluie dans son ventre, il était accroché au portemanteau et malheureusement mal accroché ! Pourvu qu'il ne l'ait pas déjà digéré !...*

Moi : *Quel beau caca ça ferait !* (Il fait encore mine de n'avoir pas entendu, rouvre le bonhomme avec dextérité, retrouve tous les organes, les bouge délicatement et ressort le crayolor jaune qu'il y avait mis tout au fond, en premier, sans en avoir dit mot.)

Moi : *Ce jaune, c'est jaune clair comme le caca des bébés, comme le caca de ta petite sœur quand maman la langeait.*

Lui : *Oui, et elle arrosait de pipi !...* Il continue son jeu et dit : *Moi, j'avais cru que c'était un rivet...* (Le clitoris de la sœur ? résultat d'une association de la position de la femme au cours du coït à la position du bébé fille, sa sœur, dont on vient d'évoquer les soins auxquels, petit, il assistait.) *Mais voilà, c'était le portemanteau qui était au-dessus du ventre du malade et le parapluie, il est tombé dessus, non dedans. Oh là là, heureusement que je me suis aperçu...* Et il referme le tout et dit : *Voilà, il en est mort, bon débarras !* Il remalaxe le modelage et le remet dans la caisse à modelage, me dit au revoir.

Rendez-vous est pris pour la rentrée. Au départ, il interroge anxieux sa mère devant moi : *Je reviendrai encore après les vacances ?* — Bien sûr, dit la mère, tant que ce sera nécessaire. — *Bon, alors au revoir, madame Dolto.*

Que dire de cette dernière séance de l'année scolaire sinon que son style est plein d'esprit, que c'est à la fois une mise en boîte des médecins, de la fausse puissance du savoir, une admiration de la chirurgie, mais aussi une sorte de récapitulation de ce qui lui est arrivé à lui-même sous le couvert d'un biais clownesque, l'expression d'un sado-masochisme encore prégnant que peut représenter le bâton jaune mis au début dans le ventre de ce bonhomme ? Il n'en a rien dit au début; il ne l'a retiré qu'après coup, comme s'il s'apercevait à retardement d'un acte manqué. Or, visiblement, c'était du fait de ce bâton que le bonhomme était debout, après tant d'opérations sadiques et rectifiantes. Après son extraction, le bonhomme n'avait plus qu'à mourir. Est-ce une présentification de l'image du corps propre ayant « avalé » un parapluie (le frère guindé, à posture verticale raide, mis ici en place de père, et son Moi-idéal homosexuel passif périmé ?) Il est à observer que Dominique ne se maintient plus dans la posture faussement verticalisée d'un chien qui fait le beau (le Bel). Le « parapluie » est-il là pour signifier l'interdit de mouiller son lit (le Sur-Moi introjecté de ne pas montrer le fonctionnement urétral ?). S'agit-il de l'avidité orale pour le « pis » de la mère allaitant la sœur — cette oralité non marquée du tabou de l'anthropophagie (« Je croyais que les vaches elles en avaient quatre » — pénis —) ou plutôt du tabou du cannibalisme de l'objet partiel ? Est-ce la figuration du pénis paternel disparu dans la mère ou de l'imaginaire pénis maternel disparu dans le bonhomme (lui ou son frère) ?

Ce qu'exprime le modelage, serait-ce le traumatisme dû à la suractivation de la libido orale, que la scène coïtale entrevue, avant 2 ans et demi, dans la chambre des parents, avait provoqué, vue à travers son interprétation orale ? Serait-ce la participation à ce coït en tant que co-apté imaginairement au corps de la mère ? Je croirais plutôt que c'est participation perverse à la disparition (hallucinée en lui-même) du pénis paternel dans le corps de la mère, à une époque où Dominique ne se concevait pas comme séparable d'elle, ni elle de lui. C'était non pas le parapluie accroché au portemanteau (les manteaux valeurs pour le père et le frère), mais le pénis excrémentiel urétral qui, en érection ne peut pas mouiller le lit (parapluie), modifie sa forme et entre dans le ventre, associé au « portemanteau », la patère ? la mère-père, le père-mère ?

Visiblement, le Dominique de cette onzième séance continue d'être la personnalité originale qu'il restera; il a ses idées à lui — comme il disait de son robot —, mais il a gagné un dynamisme dont il fait profiter son (maire) (mère) et sa (père) (paire). Entendons celui qui, en lui, pense et celui qui agit. Il retrouve le chemin de l'autre social dans les échanges et dans le sens de la réalité, sans perdre sa vie imaginaire. L'extraordinaire adresse de ses mains, à cette dernière séance, m'a frappée, et l'exactitude dans l'observation, l'exécution des pièces anatomiques proportionnées et placées correctement dans le modelage. Cela fait présager, quelles que soient les acquisitions scolaires, une adaptation pratique manuelle exceptionnelle. A remarquer aussi, le rire libre, les mimiques naturelles et la voix non nasonnée, normalement timbrée et modulée.

Il est certain que va jouer maintenant la volonté du père de faire cesser le traitement auquel il dénie valeur ou plutôt qu'il trouve coûteux en espèces (onze séances seulement!).

C'est la première fois que Dominique a parlé d'argent, mais en même temps, il a parlé de la fortune de l'oncle Bobbi et de la sœur du père, cette sœur si avantagée. Le père n'a pas pu faire les études qu'il voulait, parce qu'elles eussent été trop coûteuses, a-t-il dit à sa femme. Il aurait voulu voir son fils aîné soutenir son narcissisme par la réussite d'études secondaires et supérieures : or, Paul-Marie a dû interrompre avant d'avoir son examen de fin d'études du premier cycle. De Dominique, pour se renarcissiser lui-même, le père a fait son deuil. Que vient-on lui faire encore espérer ? La médecine aurait suffi à conserver en vie son petit frère, avaleur de pièces détachées, la chirurgie l'a tué ; mais il ne croit que dans la chirurgie pour les enfants arriérés, dont fait partie Dominique, il n'en veut pas démordre.

Je pense que cette volonté du père, si elle s'oppose à la continuation de la psychothérapie, pourra être prise par Dominique comme un sevrage à mon égard, une séparation sans trop gros traumatisme : car Dominique est très positif à tout ce qui vient de son père, et pour sa structure, c'est à préserver actuellement. Je pense aussi que ce garçon reprendra tôt ou tard une psychothérapie, s'il sent des inhibitions ou des symptômes. Il est certain qu'il peut difficilement évoluer, hors la névrose, dans un milieu familial qui s'était si bien accommodé de sa psychose ; sa guérison et son retour dans le train de la vie doit poser de sérieux problèmes libidinaux à son frère et à son père, qui ne peuvent guère l'aider ni l'un ni l'autre.

Quant à la mère, au dernier entretien, debout, avant de partir, elle a parlé de reprendre une place dans l'enseignement, à mi-temps ; sa fille aura moins besoin d'elle. Elle désire s'intéresser à l'enseignement spécialisé, en identification aux personnes du centre qu'elle voit travailler et à la maîtresse de la classe de perfectionnement. « C'est un beau métier de s'occuper des déshérités », dit-elle. Tout ceci me fait penser qu'il n'est pas si mauvais que le père se montre un peu opposant à un traitement qui risque de modifier trop vite la totale dépendance de sa femme à la famille et à la maison, et de la remettre elle aussi dans le circuit des relations sociales.

Douzième séance : fin octobre

Au retour des vacances, Dominique ne fut pas présent à son rendez-vous. A la demande de l'assistante sociale (fallait-il conserver les rendez-vous suivants ?), la mère écrivit le 10 octobre, annonçant pour la semaine suivante une visite, qui serait la dernière selon le vœu de son mari. Le résultat atteint dépassant déjà l'espoir qu'on pouvait attendre de la psychothérapie, lui paraissait amplement suffisant. Je cite des extraits de cette lettre :

« Cet été, nous sommes restés à Saint-Raphaël deux mois. Il n'a donc pas pu aller à la ferme de son oncle. Dominique était parfaitement heureux et adapté. Alors que les autres années, il recherchait la compagnie des tout petits de 3 à 5 ans maximum, cet été il a joué avec des enfants de 12 à 13 ans sortant de 7e et 6e et tout a bien marché. Les parents, loin de le chasser avec le mépris qu'ils montraient les autres années pour lui comme pour les enfants en retard (assimilés à des monstres contagieux), m'ont fait compliment parce que ce grand garçon de 15 ans était si gentil et patient et avait une imagination extraordinaire pour faire jouer les plus jeunes que lui. Ils ne s'étaient pas aperçus de son retard ! C'est la première fois que cela arrive. Nous n'avons noté qu'un seul comportement anormal : les parents de ses amis l'ayant emmené au cinéma, j'avais remis un billet de 5 F à Dominique pour payer sa place. Brusquement, au milieu du film, il s'est souvenu de cet argent, il a dit à la dame : « Je n'ai pas payé ma place » et elle a répondu : « Cela ne fait rien, on verra en sortant. » Lui n'a pas compris que les parents avaient payé sa place, et il s'est senti coupable d'occuper une place non payée; à la sortie, voyant que personne n'allait payer sa place, il s'est glissé à la caisse où il n'y avait personne, a jeté son argent sur le comptoir et s'est sauvé rouge de honte, mais délivré parce qu'il avait tout de même payé. Le billet a sans doute été perdu, mais il était délivré, la conscience tranquille. Dans un sens, je suis contente de lui voir une honnêteté qu'on voit rarement chez les garçons de 15 ans, mais cela prouve qu'il n'a pas encore le sens de l'argent. Il a 30 F (3 000 francs anciens) par mois d'argent de poche, mais il ne veut pas le garder, craint de le perdre et me le confie. Il ne pense même pas à le dépenser. En classe, il refait, comme convenu, la même classe de perfectionnement avec son excellente maîtresse. Il en est très heureux. Les progrès de français sont indiscutables. L'orthographe gagne des points chaque jour. C'est le calcul qui reste encore le point noir. Il est d'une étourderie invraisemblable si on ne reste pas à ses côtés. Il dessine énormément, des personnages toujours en pleine action (cf. avec ses dessins antérieurs). Ce garçon qui paraît étourdi, note sur ses dessins les moindres détails qu'il a observés avec une exactitude invraisemblable. Personnellement, j'espère, comme le pensent le directeur et la maîtresse, qu'au bout de cette année, il sera au niveau de se présenter au certificat d'études (ce qui ne veut pas dire qu'il le passera); mais cela lui permettra d'entrer dans une école d'élevage ou d'agriculture qui demande ce niveau d'entrée (...).

« En ce qui concerne les rencontres avec vous, comme je vous l'ai déjà dit, mon mari estime que tout ce qui est médecine de l'âme n'est que « baratin ». C'est un homme d'affaires qui vit avec des chiffres et des machines toute l'année, qui, du reste, n'est à la maison que deux jours par semaine, et n'y a le temps que d'y réfléchir à son travail. Si l'un de ses fils avait été ingénieur, il l'aurait peut-être considéré avec intérêt; mais l'aîné n'est qu'un artiste (mépris total), et Dominique n'est pour lui qu'une source de soucis. Quant à Sylvie, pour lui, elle n'est qu'une fille, et cela n'offre pas tellement d'intérêt pour un homme comme lui, et il m'accuse en outre de l'avoir pervertie en en faisant une littéraire; or, les littéraires comme moi sont juste bons à faire de petits fonctionnaires besogneux. Mon mari est pourtant dans son travail un homme extrêmement intelligent et excellent homme d'affaires, mais ni actualité, ni lettres, ni arts ne l'intéressent. Il ne lit que des romans policiers et encore. Il a son univers, nous avons le nôtre. Mon mari juge que Dominique n'a aucune utilité à venir vous voir, puisque la soi-disant jalousie qui avait soi-disant détraqué son enfance était sans fondement, puisqu'en suivant les conseils donnés autrefois, on n'avait rien pu modifier. Donc, vu, classé, fini, on n'en parle plus. Mieux vaut, si on dépense pour lui, lui donner des leçons de calcul. Pour ma part, je vous suis profondément reconnaissante de tout ce que vous avez fait pour lui, car vous l'avez rendu sociable comme les autres. Je pense souvent qu'au lieu de vous amener le fils, c'est le père qu'il aurait fallu vous conduire pour en faire un père de famille normal! »

Jour de la consultation.

J'entrevois la mère à la salle d'attente où Dominique et elle se trouvent seuls. Je la remercie de la lettre dont je résume brièvement le contenu à Dominique, qui déclare à sa mère qu'il se doutait bien de ce qu'elle avait écrit.

Il entre avec moi dans mon bureau, me dit qu'il avait espéré reprendre aujourd'hui avec moi ses visites régulières, sa mère ne lui ayant rien annoncé, mais que cela ne le surprend pas; son père déjà n'avait pas voulu qu'il vienne l'année dernière. Je note ce qu'il dit (il parle avec une voix normale).

Lui : *Le fait que je sois venu ?... résultat : une année ou deux de plus à sa charge. Il paraît que, déjà, l'année dernière, j'aurais pu sans ce traitement qui m'a permis de rester à l'école, être placé définitivement et ne plus rien lui coûter. Il dit que pour ce que je pourrai faire, de toutes façons, mon retard n'est plus rattrapable et qu'il aurait*

*mieux valu qu'on n'essaie pas. Il dit comme ça qu'il faut admettre
l'infirmité incurable. Eh bien, moi, je ne dis pas qu'il n'a pas raison,
c'est mon père, je sais bien qu'il a pas tort non plus, on doit pas
dire ça de son père, et puis je l'aime bien. Mais je suis rudement
content d'avoir été soigné par vous... mais je le comprends... comme
je ne [1] serai jamais un ingénieur, c'est pas la peine de lui dépenser
son argent. J'en gagnerai bien assez (je le sais, je sais pas comment
je le sais, mais je le sais), et alors ça sera pas lui qui paiera si je
reviens vous voir. Mais c'est pas pour maintenant! patience!...*
Pendant tout ce monologue, son ton est absolument normal
et sa voix normalement posée, aucune agressivité dans le
ton.

Silence. Un temps. Puis, sur un ton voulu, différent du
précédent, plus haut, comme un épisode d'aventure conté
qu'on reprend, mais avec une voix normalement modulée,
Dominique enchaîne.

Lui : *Aujourd'hui, je vais faire de la conserve humaine! C'est très
méchant! Celui qui va s'aventurer là, c'est terrible ce qui va lui
arriver!* Il fabrique un bonhomme en modelage. *C'est un
promeneur tranquille qui reçoit un somnifère et tombe dans une
trappe où il entre dans une fabrique de boîtes de conserve. (Ça ressemble à une histoire qui aurait failli arriver à Tintin.) Au bout
de la suite de machines, il y a de la choucroute humaine.* (Il mime
de consommer et m'en offre, puis mime d'y trouver un
cheveu.) *Un cheveu blond! C'est une usine où on ne met en conserve
que des hommes blonds, les seuls aptes à la consommation et dont la
chair rivalise avec celle du cochon! En plus des blonds, dans cette
usine, on y enverra tous les embêtants, les per... cepteurs et les
mer... cédès.* (Il rit aux éclats.) *Et les directeurs d'école et les
curés!*

Moi : *As-tu entendu l'expression « bouffer du curé ? »*

Lui : *Non, jamais... je disais ça pour expliquer qu'on voyait des
points noirs dans la choucroute faite avec des blonds. C'est très*

---

1. C'est la première fois que Dominique emploie la forme négative « ne
pas », dans la suite, il ne l'emploiera pas régulièrement encore.

rigolo de jouer à se régaler comme des cannibales. Les cannibales, ils mangent les missionnaires, c'est des curés, ils trouvent ça bon. Mais là, c'est par hasard qu'un curé y est tombé, c'était pour les blonds.

Moi : *Toi, as-tu quelque chose contre les curés ?*

Lui : *Non, moi, je ne vais pas à la messe, mon père non plus. Il a trop à faire pour faire autre chose que s'enfermer à travailler ou à bricoler tout seul, le dimanche. Ma mère et ma sœur ne ratent pas leur messe du dimanche, elles, mais moi, ça m'embête. J'ai fait ma première communion et ma confirmation comme tout le monde. Même mon père qui était enfant de chœur toute sa jeunesse, même que le curé lui lavait les pieds une fois par an. Ça c'était rigolo, aussi c'est à cette messe-là, la nuit, à Pâques ou à Noël, ou les deux que j'aime aller. Il y a des enfants de chœur et on leur lave les pieds, mais moi, je ne l'ai pas vu. C'est mon père qui m'a dit. Ah oui, dans la choucroute, on leur ôte les souliers avant, aux hommes, parce que ce serait trop dur à hacher.* Il fait en modelage une silhouette de curé, parle de télé et des recettes de cuisine qu'un cuisinier y donne : *C'est un métier de femme qui se met au masculin.* Il fait à cette silhouette une grande queue et dit : *Voilà maître queue* et la lui coupe, puis enchaîne : *Il y avait une fois un bonhomme qu'un autre a obligé d'aller chez les Allemands. C'est un film ou comme un film.* Puis suit une histoire de femmes *embarquées par un Allemand, mais les autres avec qui il était, ne voulaient pas de femme. C'est des hommes à qui ils disaient mon amour, alors la femme, elle était furieuse et, finalement, un boulon s'est desserré à la voiture, ça aurait pu être l'homme qui aurait fait arriver l'accident, c'est lui qui avait essayé de défaire le boulon, mais c'est finalement un troupeau de moutons qui les a obligés tous à stopper. Alors on a vu un garçon qui embrassait une fille et alors tous ont dit, c'est un fou, faut l'abattre comme un chien, parce que eux et les Allemands, ils trouvaient que les filles, les femmes, c'est pas bien. Silence...* Fernandel, *dans un film, il avait trouvé la sœur à son copain, une fille très bien, il la pouponnait, consolait que l'autre était parti, et puis, il y en a un qui lui vient dessus* (il mime le doigt en avant vers la racine de mon nez) *mon père, il fait comme ça, des yeux effrayants quand on fait une*

*bêtise, et puis moi, vous savez, je faisais beaucoup de bêtises. Alors, il
lui vient dessus comme ça, et le lendemain il était devenu marteau.*
Et il se tait...

Moi : *Je pense que ce sont des histoires importantes autour de ta
façon de penser, différente de celle de ton père et de tes grands-pères.
Peut-être que celui qui a envoyé l'autre chez les Allemands, c'est
toi à ta naissance, tout se mêle à ton papa puisque ton père a pris
cette situation à ce moment-là et que ta mère pensait tout le temps à
lui qui l'avait quittée. Et ton intérêt pour les filles, tu crois peut-
être que c'est pas bien puisque ton père ne s'intéresse pas aux femmes
à ce qu'il te semble. Tout de même, il a fait des enfants à ta mère...*
Puis je me tais, lui aussi. Il semble n'avoir plus rien à dire.
Je regarde l'heure : le temps imparti à l'entretien est terminé.
Je le lui dis.
Lui : *Attendez ! Avant de partir, je vais vous faire les deux
boîtes de conserve.* Ce qu'il réalise en effet à toute vitesse, cou-
vercle ouvert, les remplit de même de débris de pâte à
modeler et les ferme. *C'est deux blonds en choucroute.*
Je lui dis en riant : *Ton père et ton frère.*
Il rit aux éclats et se lève. Je l'accompagne à la salle d'at-
tente, pour prendre congé d'eux.

Au départ, la mère s'excuse, veut me parler. J'acquiesce
et nous revenons tous trois dans mon bureau. « Alors, Docteur, vous acceptez de ne plus le revoir ? — Et vous-même ?
— Moi, il faut absolument que j'obéisse à mon mari. — Et
Dominique ? » Je me suis tournée vers lui. Dominique dit :
« *Moi, si c'était moi qui décidais, je reviendrais, je suis sûr que ça
m'aiderait encore, mais puisque papa il veut pas encore payer !* »
La mère intervient et dit : « Oh non, Docteur, ce n'est pas
l'argent qui fait dire ça à mon mari, pour lui, c'est du baratin,
comme je vous le disais dans ma lettre. Il dit qu'il trouvera,
si ça existe, un chirurgien qui lui fera l'opération qu'il faut ;
pour cela il paiera n'importe quel prix ! — Quelle opération ?
— Eh bien, l'opération du centre du calcul ! On dit que ça
existe. Il croit qu'à ça, voyez-vous, pas aux choses des mots. »

16

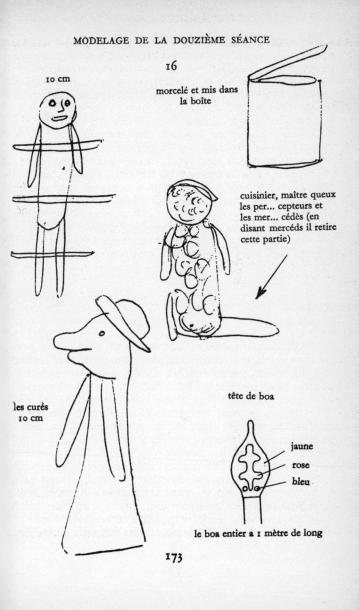

10 cm

morcelé et mis dans
la boîte

cuisinier, maître queux
les per... cepteurs et
les mer... cédès (en
disant mercéds il retire
cette partie)

les curés
10 cm

tête de boa

jaune
rose
bleu

le boa entier a 1 mètre de long

Pendant que la mère parle, Dominique sculpte un serpent de plus d'un mètre de long, en bleu, dont la tête est rouge à croix de Lorraine jaune (Lorraine comme sa mère ? ou la Croix de la libération, cf. l'indicatif de la B.B.C. ?).

Mais toi, dit-elle à Dominique, il faut dire, toi, ce que tu veux ?

Alors Dominique répond :

— *Je t'ai déjà dit que je pourrais venir tout seul.*

— Ça, je ne veux pas, je te l'ai déjà dit.

— *Alors, si tu ne veux pas, tu ne peux pas venir sans que tu désobéisses à papa.* (La mère me regarde, l'œil allumé, comme si elle le trouvait très rigolo.) *Mais si je pouvais venir seul, eh bien je viendrais tous les vendredis et ça me ferait du bien. Mais tant pis. Papa, c'est lui qui veut, eh bien, puisque Mme Dolto n'est pas fâchée, moi j'attendrai que je sois plus grand et que je gagne ma vie et je reviendrai pour devenir tout à fait bien, si je suis encore timide.*

C'est là-dessus que nous nous quittons.

POSTFACE

L'exposé de cette partie du traitement d'un enfant psychotique éclairera le lecteur peu au courant de la psychanalyse des enfants en milieu familial, sur les difficultés parallèles au traitement du sujet, difficultés dues aux tensions et menaces de rupture de l'équilibre établi dans un groupe familial dont les parents sont immatures affectifs ou névrosés. Les enfants sont annulés dans leur personne, pour faire partie de l'économie fragilement compensée de la dynamique libidinale inconsciente de la famille responsable : famille dont la loi impose à l'enfant de respecter l'autorité et de s'y soumettre.

Nous voyons que les séquelles des traumatismes psychiques, quoique ceux-ci soient absolument personnels à tel sujet particulier, ne prennent leur aspect spécifique qu'en tant que résultante dialectique des interventions constamment actuelles de la libido de chacun des membres du groupe.

On peut dire que les modifications narcissiques du sujet en cure psychothérapique sont, elles aussi, sources de questions posées au narcissisme des personnes à son contact. Lorsqu'un enfant est en traitement, toute sa famille présente vis-à-vis du psychanalyste des réactions transférentielles, concordantes ou discordantes, qui sont à prendre en considération.

On comprend, par un cas comme celui-ci, que la psychanalyse d'enfants impose une formation beaucoup plus longue que la formation à la psychanalyse d'adultes, contrairement à ce qu'on entend dire encore. L'écoute du psychanalyste ne diffère pas de l'écoute en psychanalyse d'adultes ; mais le rôle des parents, tiers payant et responsables de leur enfant vis-à-vis de la société, est prégnant dans le déroulement de la cure. Leur rôle affectif, présentifie, de ce fait, pour l'enfant le support du Moi idéal : support à respecter car il est intriqué à sa réalité actuelle et fait partie des puissances castratrices nécessaires.

Le rôle du psychanalyste, par le transfert, est de libérer l'idéal du Moi du sujet de sa dépendance au Moi idéal névrosant, mais non de se substituer aux parents. Son rôle est aussi d'analyser le Sur-Moi archaïque pré-œdipien, mais non de se mettre en travers des composantes de l'Œdipe en cours d'évolution.

Dominique n'est guéri que de sa régression psychotique. Est en cours une élaboration tardive des composantes de l'Œdipe. Son sexe est réhabilité pour son narcissisme, son corps propre en tant qu'humain aussi. Son sens critique s'exprime. Son affectivité est en communication avec les autres. Il a repris confiance en son avenir. Il assume son désir de libération, pour lequel il admet de temporiser — bien que fâché — au nom de l'autorité paternelle, si l'analyste, elle, n'est pas « fâchée » et ne se sent pas frustrée. Son état, encore non satisfaisant pour lui, son angoisse, il l'appelle son « encore timide ».

La liquidation de l'Œdipe, dans le cas de Dominique (et de tous les sujets psychotiques qui sortent d'une pareille et précoce régression), exige que les étapes préalables et l'angoisse de castration imposée par le père soient effectivement vécues. Or, cela ne peut advenir qu'avec une structure libidinale orale reconquise, avec la dimension de l'espace-temps réel, distincte de l'imaginaire. Il faut que la libido anale et urétrale s'oriente vers la primauté de la génitalité; mais il faut aussi, pour que cela soit réel, que la libido anale et urétrale du sujet soit, avec son autonomie acquise en société, utilisable dans des « sublimations » culturelles.

Avec une mère comme celle de Dominique, l'octroi, par l'âge de la majorité légale, du droit effectif à disposer de l'autonomie est seul susceptible de conduire à celle-ci.

C'est par la conquête personnelle de moyens pécuniaires de subsistance — eux aussi, résultant de ses sublimations culturelles —, que Dominique pourra échapper aux interdits de développement, imposés par sa propre dépendance pécuniaire à son père; lui-même non reconnu valable par son père, avec lequel, seul fils restant sur trois, il ne peut s'entendre, et lui-même traumatisé d'enfance et de jeunesse : père dénarcissisé et époux maternant d'une épouse infantile.

DEUXIÈME PARTIE

La relation des deux frères et le rôle pervertissant possible du Moi idéal

Il me semble qu'une étude de type phénoménologique peut éclairer la genèse de pareils états pré-psychotiques de l'enfance : états dont beaucoup, comme celui de Dominique, ne « s'arrangent » pas avec la puberté ainsi qu'on veut l'espérer trop souvent, mais, au contraire, sans psychothérapie, s'aggravent irréversiblement.

Notre travail de psychanalystes peut ainsi apporter la lumière sur la question de la prophylaxie des névroses et psychoses, à travers des interventions visant non pas à conseiller les parents ou à guider les enfants, mais à reconnaître la signification des symptômes présentés par certains enfants qui sont soumis à la fois à des pulsions sexuelles saines et à l'absence d'une castration structurante venue de leurs parents en réponse à leur appel demeuré incompris.

L'étude des relations dynamiques inconscientes existant entre les enfants d'une famille, quand l'un d'entre eux présente des symptômes, est, en psychiatrie infantile, souvent plus éclairante que la seule étude de l'enfant qui inquiète son entourage. Ce dernier est quelquefois, dynamiquement, axé plus justement dans la défense de sa structure libidinale saine, que ceux de ses aînés apparemment adaptés. Le rôle des enfants élevés en couples du fait de leur rapprochement d'âge, et celui des enfants espacés de 6 à 7 ans et de 12 à 15 ans l'un de l'autre, est toujours le plus éclairant : le jeu des évitements de la castration structurante s'y montre particulièrement traumatisant quand il n'est pas démystifié. En effet, la situation œdipienne particulière à chaque enfant joue seule le rôle déterminant, humanisant.

Or, en famille, les rapports entre frères et sœurs permettent des déplacements sur ces derniers des relations aux géniteurs, des compensations émotionnelles d'inceste fantasmées, ou parfois même réelles, liées à des relations fraternelles faussement sécurisantes, en fait traumatisantes; à l'abri de telles compensations, ce qui est évité, ce sont les relations parentales sainement angoissantes, qui devraient mener à l'affrontement des pulsions de vie et de mort, et à la castration œdipienne, à la scène primitive : nœud de la fonction symbolique humanisante axée sur l'éthique du désir, dont les lignes de force inconscientes sont la cohésion du narcissisme fondamental.

Jusqu'à la venue de leur jeune sœur, Paul-Marie l'aîné, Dominique son cadet, rivalisaient dans leur parler et dans leur conduite vis-à-vis de leur mère. Ils vont cesser tous leurs rapports d'échanges interpersonnels, même les rapports spéculaires de l'un avec l'autre, à dater de la naissance de Sylvie. Leur joute n'est plus un spectacle pour personne. Le désir de s'éclipser pour rester chacun seul vainqueur et contemplé dans le champ visuel de la mère, n'a plus d'objet. Ce désir est forclos parce qu'il n'avait jamais été ni reconnu d'eux, ni reconnu valable par elle. Il s'agissait d'une « geste » verbale où le duel, apparemment pacifique, se passait entre deux « parlants » qui s'exprimaient le plus parfaitement possible, en écho à leur mère[1]. La forclusion pour chacun du désir de s'éclipser l'un l'autre est venue du fait que la mère n'a jamais valorisé le sens d'amour que cette ambition signifiait. Ce désir les avait fait se développer tous les deux, dans

1. Il est à noter que dans le grand nombre de mots du vocabulaire de cette famille, il n'y a pas de mot pour désigner le sexe, le siège, ni le bassin : sexe et derrière ne portent qu'un seul nom pour les adultes (qui se montrent nus) comme pour les enfants : c'est « le popo », sans même les qualificatifs courants différentiels de petit et de gros. La mère elle-même n'avait jamais pensé qu'il y eût d'autre mot que sexe qu'elle n'ose pas dire mais elle se montre nue et regarde nus ses fils sans penser à aucun érotisme; pour elle ce mot est neutre, géographique si on peut dire, sexe pour elle signifie le lieu instrumental des rapports nécessaires à la reproduction. Pour ses grossesses, elle n'a jamais parlé de ventre mais de cœur contenant le bébé à naître. Elle a allaité ses enfants, mais n'a pas prononcé le mot sein, elle disait nourrir, allaiter, donner à boire la tétée. Inconsciemment voyeuse, elle disqualifiait la pudeur sous le vocable de pruderie.

la relation orale active et anale passive à la mère, qui était, pour tous les deux, l'autre désiré, chacun des frères étant pour l'autre le rival.

Pour l'aîné, Paul-Marie, il fallait capter et intéresser la mère plus que ne le faisait Dominique ; ce faisant, il se mettait sur un pied d'égalité avec elle-même (et avec son père quand il était là, considéré comme le grand frère jumeau d'une grande sœur phallique). N'oublions pas que Paul-Marie avait eu la présence quotidienne de son père et de sa mère jusqu'à la naissance de Dominique, quand il avait 3 ans et demi ; et que si Dominique avait remplacé Paul-Marie dans le berceau et dans l'accaparement des soins maternels, Paul-Marie avait été en même temps promu à rester, à la place de son père, le compagnon de la mère. Le père, en prenant une situation qui l'obligeait à beaucoup de déplacements, avait laissé à Paul-Marie une place dite de « grand » et lui avait même « confié » sa mère et son frère. Ainsi, quand Dominique éveillait chez le grand frère une attitude protectrice, il pouvait l'avoir en tant que grand frère, pseudo-père ou pseudo-mère. Et le comportement de Paul-Marie grand frère plaisait beaucoup à cette maman obsédée, pour qui tout compagnon voulait dire échange verbal de jour et chaufferette de nuit, rôle que Paul-Marie, à l'époque, remplissait parfaitement bien. Les rares rapports sexuels des parents ne répondaient pas au désir de la mère en tant que femme et n'étaient consommés par le père qu'en vue de la fécondation.

Jamais Paul-Marie et Dominique ne s'étaient disputés, me dira la mère, quand ils étaient petits ni même depuis. Ils ne se dressaient jamais face à face comme elle voyait souvent d'autres frères le faire. Et elle s'en félicitait, sans comprendre que cela venait de l'absence d'un père maître génital, possesseur de la mère, car le père n'était, lorsqu'il était présent, ni un modèle plus attirant que ne l'était la mère, ni un rival aux prérogatives génitales indélogeables, encore moins le père interdicteur du corps à corps avec la mère. Ce père était donc pour Paul-Marie un Moi idéal moins phallique que la mère : le phallus de la mère, c'était Dominique, réplique du grand-père maternel au dire de tous.

Parmi les deux frères, il y avait celui qui faisait le plus de plaisir à sa mère en la mimant de son mieux, lui donnant la réplique verbale, jouant au papa et à la maman avec elle : c'était Paul-Marie. Et il y avait celui qui faisait le plus de plaisir à sa mère en étant le représentant de son pénis imaginaire, soumis à elle, flatteur et flatté, corporellement cajolé mais esthétiquement dévalué : Dominique.

Quant à la mère, elle était pour les deux garçons représentante phallique adulte, dans sa double fonction maternante et paternante. Elle était les deux à la fois, légiférant et super-protégeant; mais aussi dépendante d'eux, indissociable de chacun d'eux. Trio narcissique de trois être mutilés, trois invalides s'étayant les uns les autres.

Or la situation change avec la naissance et la croissance de Sylvie. Les deux garçons ne peuvent plus jouer à s'éclipser l'un l'autre vis-à-vis de maman. Dominique ne peut plus éclipser personne. Le soleil de sa sœur, au zénith, brûle tout. Il est lui-même, en cette solitude insolite, dans une situation de détresse et d'abandon. Paul-Marie aurait plutôt un désir de mort sur ce petit frère dont les manifestations de détresse sont fort gênantes en société et qui fait mal juger la mère dans sa propre famille. Alors, Paul-Marie va se substituer à sa mère et à son père, éducateurs insuffisants à son gré, vis-à-vis de la fratrie, faisant siens les propos de la grand-mère maternelle, seule personne de son entourage qui conserve à son égard la même attitude émotionnelle qu'avant la naissance de Sylvie.

Paul-Marie, au moment de la naissance de Dominique, comme pour celle de Sylvie, a vu son père remplacer sa mère au foyer en compagnie de la belle-mère. Il a vu un père attentif et maternel. Il a un modèle. Et le père, à la naissance de Sylvie, lui cède une place encore plus belle qu'à la naissance de Dominique; car une petite fille, c'est gratifiant pour un grand frère de 6 ans qui peut se prendre pour le père en se fixant sur des positions libidinales anales. Tandis que Dominique, abandonné de tous, mal vu de tous, perd toutes ses acquisitions culturelles, anales et orales, souffre à travers des comportements hystériques de morcellement

dont il ne recueille que le fruit attendu, c'est-à-dire l'appréhension phobique du monde. Paul-Marie, lui, sait bien la
peine que ça ferait à grand-mère s'il faisait du mal à son petit
frère (les jeux de son père ont autrefois entraîné la mort d'un
petit frère). D'ailleurs, on peut très bien comprendre que les
fantasmes meurtriers de Paul-Marie sur Dominique, trop
consciemment approchés, l'identifieraient à un père préhistorique, à un père du temps qu'il était enfant, c'est-à-dire à
un père négateur de sa propre existence à lui, Paul-Marie [1].
Père antérieur à la scène primitive (à une représentation
mentale des rapports sexuels des géniteurs) et qui provoqua
une menace de déstructuration chez Paul-Marie dont (du
moins avant la puberté) les positions libidinales urétrales
érectiles n'étaient ni conquises ni valorisées en accord avec
le géniteur. Il ne reste à Dominique qu'une seule sécurité,
respecter beaucoup son grand frère, tout en évitant les
contacts avec lui. Il le respecte comme une ombre neutre,
anatomiquement pourvue d'un surplus charnel au « popo »,
comme lui, qui le distingue de Sylvie, mais valoriellement
châtré, infirmé presque autant que lui. La palme de la valeur,
c'est la petite sœur qui l'emporte, avec son « popo » sans
pénis. Et c'est la grand-mère avec ses rites magiques; c'est
l'oncle disparu, fantôme idéalisé.

En même temps Paul-Marie est, pour Dominique, un
représentant de la bonne vie d'autrefois. Il a connu l'avant-
catastrophe, l'ère préalable à l'ère de Sylvie. Et puis Paul-
Marie est délégué par leur mère pour materner Dominique
en son nom, elle l'ordonne. Et le jeu de Dominique va être
de se dérober à cette tutelle et d'exploiter en même temps
cette situation pour paralyser, ridiculiser et dévaloriser son
aîné aux yeux de la mère et de l'entourage social. On peut
penser que ça aurait pu sauver la situation si le grand frère
avait réagi agressivement à ces éclipses physiques, aux éga-
rements physiques, psychiques et verbaux, en grande partie

---

1. C'est la raison qui fait que jamais les enfants ne se plaisent à voir les
photos de leurs parents enfants avant d'avoir atteint l'âge de la pré-adolescence,
alors que la famille se complaît à confronter les photos des enfants à celles
de leurs ascendants au même âge.

ruses de guerre, de Dominique[1]. Mais les deux frères qui ne s'étaient jamais disputés, dit fièrement la mère, ne se sont pas davantage disputés du fait des exploits psychologiques de Dominique.

La mère trop indulgente (150 % mère, dit le père) impose comme une réalité respectable les symptômes régressifs : « Le grand sait trop bien que son petit frère est irresponsable et qu'il me fait plaisir en s'occupant de lui, comme doit le faire un bon grand frère. » Elle agit en mère ombilicale, gestante, parasitante et tutélaire; et c'est ainsi que Paul-Marie doit se comporter pour lui plaire. Il devient pour Dominique un Moi idéal pervertissant, robot de sa mère qu'il représente auprès de lui. Toute sa vie scolaire, Paul-Marie a conduit à l'école et ramené son jeune frère, faisant jusqu'à une heure de détour, avant et après l'entrée et la sortie de sa propre école, pour l'accompagner, c'est-à-dire pour le suivre à dix pas. Paul-Marie, l'aîné, persécute et poisse le petit par le style sadique, sur-protecteur, de sa tutelle. Mais Dominique le lui rend bien. Dominique, ce phallus précieux de sa maman, qui coûte cher à son papa, Dominique, ce singulier fétiche clownesque de la famille, soumet Paul-Marie à ses caprices, il le nargue à la façon dont un chien de chasse mal dressé se dérobe à son maître. Ce comportement traduit un Ça lié à un Moi paranoïde, Moi compromis entre ses désirs narcissiques et ses désirs œdipiens forclos, depuis qu'il a été supplanté par une rivale sans pénis. Paul-Marie dévalorise, lui aussi, la possession d'un pénis : mais il est resté lui-même, dans son identité connue, grâce à l'illusion partagée par tous qu'il sert de substitut de mari pour sa mère et de mère castratrice ou de père maternant pour les deux puînés. Cet aîné ne peut être qu'un policier sans pouvoir : parce qu'il est resté non castré par le père et vit luttant contre l'inceste provocateur en refoulant toute génitalité. Principal compagnon, confident et soutien

---

1. D'où le danger en famille de blâmer les réactions agressives ou de manque d'intérêt des aînés pour les puînés; danger plus grand pour le petit encore que pour les plus grands, ainsi incités à refouler leurs pulsions sexuelles ou à les inverser.

de la mère, falot et insignifiant dès que paraît le père, il se situe dans la société en évitant toute confrontation compétitive. Ce comportement se justifie malheureusement au nom de la « fraternité » en famille et de la « charité chrétienne » en société.

Dominique, lui, fuit son grand frère, quoiqu'il le craigne et le subisse. Il ne l'imite plus dans son langage parlé. Après être passé par une phase de mutisme total, très remarquée dans la famille, il n'a repris la parole que pour « déparler ». Il brouille piste verbale et piste physique en se perdant. Il ne se fait plus ni entendre, ni voir, il se cache; mais il empoisonne véritablement son frère aîné, à distance de corps, lui « casse les pieds », le compisse pourrait-on dire, subtilement, d'un radar voyeur, empoisonnement qui a pour effet de persécuter invisiblement et d'inhiber ce grand frère.

C'est en effet le tableau clinique que présente Paul-Marie depuis sa puberté : il gagne sur des positions libidinales sans issues créatrices. Plus proche de l'Œdipe que le cadet parce que le couple parental vivait uni jusqu'à la naissance de Dominique, Paul-Marie a dépassé le cap du doute sur sa propre identité. Il est un être humain, situé hélas dans un corps sexué mâle; mais il est tenu d'accepter cet homoncule parasite (Dominique), encore si précieux à ses parents. Il a accepté logiquement l'impuissance anale à faire des enfants excréments, et le fait réel que l'homme sans la médiation d'une femme ne peut engendrer des enfants de chair. Il faut en passer par cet acte dégoûtant afin de concourir à la fécondité, apanage glorifiant des femmes. Il choisit l'identification au compagnonnage avec la mère. Il se fait frère jumeau de sa mère, rôle que sa grand-mère maternelle, en le considérant comme ce propre fils qu'elle n'a pas eu, lui concède aussi bien. Il est jumeau et servant de sa mère. Il ne joue à aucun jeu de son âge. Ne risquant pas de paraître valeureux aux yeux et aux oreilles de son père, il peut plaire à sa mère comme substitut de celui-ci, éviter aussi la compétition avec ceux de son âge et de son sexe, tant par rapport aux acquisitions culturelles que par rapport aux succès sportifs et aux succès féminins. Les relations du père avec son propre père prouvent qu'il n'a pas subi la castration. Il n'a été dévalorisé que pécuniairement et émotionnellement par rapport à sa sœur. Ni valorisé socialement, ni valorisé génitalement, tel est Paul-Marie, comme l'est son père. Du fait des absences constantes et de l'étrange inconnu dans lequel vit son père, ce grand petit garçon ne peut que jouer au monsieur. En ce sens, nous voyons que la relation « fraternelle » de Dominique avec Paul-Marie a été, du fait de l'absence de structure œdipienne de l'aîné (elle-même conditionnée par l'histoire des parents), un élément très important de l'évolution psychotique de Dominique.

Les deux frères reproduisent entre eux, sur le plan homosexuel, ce qui est la geste parentale. « Lorsque nous avons un différend, mon mari et moi, me disait Mme Bel, nous ne le montrons jamais. Nous avons toujours l'air du même avis. » Et elle ajoutait : « Je fais le père et la mère depuis 12 ans, même depuis 14 ans », 12 ans étant l'âge de sa fille et 14 ans l'âge de Dominique. « Comme nous nous entendons parfaitement bien, les enfants ne voient pas la différence, que leur père soit là ou pas. » Ne dit-elle pas, d'ailleurs, qu'au lit, pourvu qu'elle ait la chaleur d'un corps, c'est la même chose pour elle de coucher avec l'un de ses enfants ou avec son mari ? Sa hantise de la solitude, nous le savons, a été la motivation de son mariage, et non son désir assumé de vie sexuelle ou de maternité. Mais maintenant, « heureusement qu'elle a les enfants ». Dans la vie courante, pourvu qu'elle ait de l'argent, elle s'estime « chanceuse ». Pour elle, la parole de la secrétaire de son mari, déclarative d'un départ imprévu de celui-ci, équivaut à la parole de celui-ci avec qui, obéissante et soumise, elle n'ose pas souhaiter un échange téléphonique, à défaut de présence. Le mari a « trop à faire » pour téléphoner lui-même à sa femme, et il lui présente comme « odieuse » la femme de son patron qui exige de parler à son mari au téléphone, refusant les messages de la secrétaire, « signe caractéristique de snobisme ». Outre ces traits d'épouse totalement passive, Mme Bel nous a fourni de quoi comprendre un autre aspect de sa personnalité de mère.

Ce que peut être la perte d'un fils, elle l'a éprouvé, dit-elle, en partageant l'épreuve de sa belle-mère, au moment du septième mois de gestation de Dominique : époque de la disparition du jeune frère de son mari. Elle en dit ceci, digne de la tribu antique : « Ce n'est pas le fait de perdre un enfant qui est terrible, c'est d'ignorer où il est mort, et la façon dont il a disparu, parce qu'aucun rite public de deuil ne peut être valablement fait, faute de savoir le temps et le lieu de sa disparition. » Ce beau-frère disparu, fantôme inquiétant, revendiquant invisible, ôtant la quiétude aux siens, tel est, semble-t-il, l'idéal du Moi dominateur et pervers d'un Dominique dépossédé de réussite concrète; d'un Dominique qui (son désir œdipien ayant rencontré une conjoncture régressive) s'est trouvé dans une impasse quant à sa vocation d'allant-devenant homme, fécond en tant qu'incarné mâle : aliéné, pour beaucoup de causes surdéterminées.

Ces raisons ? En voici quelques-unes :

— né « laid », « affreux », « simiesque » (alors qu'il porte le nom de Bel) et né au moment de la disparition du jeune beau-frère, Bernard Bel, maître de toutes les pensées, de tous les fantasmes familiaux;

— né le deuxième de sa fratrie, alors que le deuxième dans la fratrie de son père est mort avec la médiation de son aîné, le propre père de Dominique;

— né garçon, alors que tous le désiraient de sexe féminin;

— brun et velu, alors que pour être un Bel, il faut être blond.

Toute sa sécurité jusqu'à 20 mois était construite sur la participation au corps de sa mère et sur la précocité verbale, pour entrer dans le trio : mère-frère-lui, et servir de fétiche parolant, sans maîtrise motrice, sans maîtrise sphinctérienne. Son tube digestif discipliné et continent, en apparence, tant dans ses fonctions que dans ses appétences, était subjugué par les injonctions maternantes, greffé sur cette présence attentive, et forclos à son libre choix, à son libre goût, à son rythme autonome.

Mais tout irait encore bien si la petite sœur n'avait pas apporté la notion de l'autre sexe, la question du non-pénis

et celle de la relation symbolique au phallus dont ce bébé,
né fille blonde bouclée ravissante, possédait le phallisme
valeureux reconnu par tous; c'est bien elle, Sylvie, qui en
naissant l'a présentifié pour les deux familles. Sa venue dépos-
sédait Dominique de soi-même, l'amenant à l'identification
fantasmatique à sa sœur et à la régression dans des comportements périmés, en deçà du tabou du cannibalisme, déjà
acquis, ce qui signifiait la perte de sa identité, la perte de
sa valeur sociale et de son utilité. La régression en deçà des
sublimations orales et anales lui apporte l'impossibilité de soutenir la fierté de son sexe masculin, de son nom dont son
aspect était la négation, aucun support vivant du Moi idéal
masculin n'étant là pour soutenir un sain et vivable idéal
du Moi. *L'instinct de mort réapparaît dominant quand la libido
n'a pas de soutien imaginaire œdipien, à la fois attractif et castrateur, réuni dans un Moi idéal, l'image paternelle. A tous les niveaux
de la hiérarchie des images du corps* [1], *il y a régression. Régression
de l'image fonctionnelle avec la perte de la hiérarchie des zones érogènes, régression de l'image du corps de base avec perte des notions
de temps et de lieu; quant à l'image dynamique, qui est sans représentation, elle s'inverse, contaminant de cette inversion l'éthique mâle
de son sexe pour Dominique qui défend encore son désir viril par des
fantasmes phalliques prêtés à des hallucinoses de phallisme oral et
anal, et par l'ignorance des conditions temporo-spatiales des corps en
contact.* Dominique ne demande plus rien, n'appelle plus, *il
entre dans l'autisme, passivement paranoïaque parce que* tout *ce qui
tendrait à le stimuler, le dynamiser,* déclenche la roue du danger.
*Tout : le dépistage olfactif, le guet de l'incorporation, désir de
l'autre,* parce que ce sont les seuls rapports de corps à corps
qu'il peut lui prêter *par projection de son désir résiduel,* mais
aussi parce que la mère, dans la réalité, refuse la césure libé-

---

1. J'ai décrit la structure de l'image du corps comme trinitaire à chaque
moment, faite de la concordance narcissique d'une image de base, d'une
image fonctionnelle polarisée aux zones érogènes, et d'une image dynamique,
toujours actuelle, passive ou-et active. Ces trois images constituent dans leur
articulation inconsciente continuelle, le narcissisme du sujet, symbole de
leur actualisation. Le schéma corporel sans image du corps ne peut concourir
aux échanges langagiers de sujet à sujet.

ratrice, impose le collage dans sa nudité mammifère à réchauffer. C'est une phobique de la solitude. Elle se comporte inconsciemment comme le ferait une perverse homosexuelle passive, masochiste et pédéraste de ses propres enfants, tout en verbigérant vertueusement, sorte de Blanche-Neige innocente au milieu de ses nains dépendants et voués au célibat.

Quant au père, nous pouvons dire avec certitude que c'est un traumatisé d'enfance qui a trouvé le moyen de se protéger de l'envahissement familial par un travail envoûtant, et, aux rares moments de sa présence à domicile, par un isolement bien défendu. Son comportement parental, lorsqu'il en a un, n'est que maternant, tout de dévouement, doux, jusqu'à présent jamais castrateur pour ses enfants. Si nous voulions lui trouver un équivalent allégorique, il ferait penser à l'ascaris mâle, peu encombrant, nécessaire, camouflé et protégé par sa géante femelle, mâle que par sa fonction génitrice.

Ce qu'il y a d'encore sain dans l'idéal du Moi de Dominique n'a comme support, dans les représentants masculins, que son oncle Bobbi, l'éleveur de bétail, le mari de sa tante paternelle; et le jeune fils de celui-ci. Quant au patronyme, c'est dans la personne de l'oncle disparu qu'il est valorisé par toute la famille; cet oncle dont la mort, qui l'a fait idéaliser, est contemporaine des derniers mois de la vie fœtale de Dominique, cet oncle disparu d'avoir cherché une arme virile qui avait échappé à son camarade, le fiancé de sa sœur.

On comprend comment la structure paranoïaque passive et délirante s'est installée chez Dominique, et comment à sa première parole vraie à moi : « Je crois qu'il m'est arrivé quelque chose de vrai », ma réponse toute spontanée : « qui t'a rendu pas vrai » a pu lui aller tout droit au cœur. Il avait vécu des faits qui, inhérents à son âge et à son corps en développement, faute de paroles, non entendues, n'avaient pas reçu valeur et sens humanisant. Cette absence de dire l'a laissé dans le mystère des sensations insensées, dans l'inconnu des forces instinctives non reconnues comme telles par l'entourage dans une non-limitation aux désirs. L'inceste affolant s'offrait sans autres barrages que ceux mêmes que tout homme porte en lui et qui, justement, faisaient de lui un psychopathe, un solitaire, pratiquement impuissant social plutôt que délinquant.

TROISIÈME PARTIE

*La rencontre, la communication
interhumaine et le transfert
dans la psychanalyse des psychotiques*

La rencontre interhumaine — lorsqu'elle se définit à partir de la périphérie sensorielle d'un être humain qui en perçoit un autre — appartient au domaine physique : vue, ouïe, olfaction, toucher, goût. Mais toute rencontre entre des êtres vivants, végétaux, animaux, a fortiori la rencontre interhumaine, se définit de surcroît par l'expression, chez chacun, de modifications qui sont pour lui spécifiques soit de toute rencontre, soit de « telle » rencontre. Chez l'être humain, tout effet modificateur au niveau du perçu des participants, quoique relevant encore de faits d'ordre physique, l'est en corrélation avec des faits psychiques. Cet effet, tant physique que psychique, peut bien n'être en rien décelable par un témoin : lorsque « l'effet rencontre » n'a donné lieu à aucune modification apparente de l'habitus antérieur. Il n'en reste pas moins que *toute* perception donne lieu à une impression enregistrée quelque part dans le schéma corporel. Ce sont les perceptions de variation, en quantité et en qualité, en tension et en nature de signalisation sensorielle, qui deviennent décelables, plaisir ou douleur cénesthésique pour celui qui les perçoit, qui prennent pour lui valeur symbolique agréable ou désagréable, référée à la rencontre. Lorsque ces perceptions provoquent modification dans l'habitus, et que cette modification expressive est à son tour perçue par un autre vivant qui réagit en une réponse manifestée, variante et modulée, accordée à la première, un sens symbolique s'organise, qui est la communication : c'est l'origine archaïque du langage.

L'organisation du langage est toujours originée chez

l'être humain, dans la relation initiale et prévalente mère-enfant, du fait de la longue impuissance à survivre seul de l'enfant. Telle mère, tel enfant, s'induisent mutuellement, par les modulations émotionnelles liées aux variations de tension, de bien-être et de malaise, que leur co-vivance et la spécificité de leurs séparations et de leurs retrouvailles ont organisées en articulations de signes : premier langage. Connaissance, méconnaissance, reconnaissance mutuelle, se lient à des signifiants-repères, substantiels et subtils. Substantiels sont les échanges et les contacts corps à corps, liés aux besoins de l'enfant : nourriture, toilette, déambulation, sommeil. Subtiles sont les mimiques visagères, gestuelles, vocales; toutes perceptions qu'a l'enfant de la mère et vice versa, à distance l'un de l'autre. Toute rencontre qui produit un effet de variation sensible dans un organisme vivant, donc de modification dans l'habitus préexistant, devient signifiante pour ce vivant de son existence, et de celle d'un objet autre que lui, avec qui il y a eu communication avant qu'il n'y ait eu rupture de cette communication. Toute modification dans l'habitus peut être aussi, à tort ou à raison, ressentie comme effet de rencontre. Rencontre ne veut pas toujours dire rencontre interhumaine.

Il peut y avoir chez un vivant rencontre avec toutes choses : éléments cosmiques, objets inertes, minéraux, végétaux, animaux et humains. La modification d'impression qui en résulte traduit la spécificité des participants. Prenons un exemple végétal : la tigelle de la vigne croît en spirale; mais elle s'enroule aussi autour de tout support qu'elle rencontre; l'enroulement est sa manifestion spécifique de vie. De même, la feuille de la sensitive se rétracte à toute perception insolite, au coup de vent subit, comme au toucher d'un expérimentateur. Les perceptions, au vrai, sont continues dans un organisme vivant; ce sont leurs variations modulées ou brusques qui deviennent pour l'organisme un signal.

Parlons maintenant des êtres humains. Si le signal produit le même effet, manifesté comme plaisir ou douleur chez les deux participants, leurs réactions homologues peuvent établir entre eux un lien de connaturalité. Si le signal émis par l'un, exprimant une tension qui demande apaisement, entraîne chez l'autre en réponse un signal qui satisfait cette demande (d'apaisement de tension), la réaction, pour peu qu'elle se répète au long des jours, établit entre eux un lien de compréhension mutuelle, un lien de communication reconnue.

Entre le nourrisson et sa mère, ce jeu de signaux provoque un lien de dépendance vitale, signifiant de connaturalité dans le plaisir (apaisement de tension) ou de connaturalité dans la douleur (tension suractivée). Quand un être humain ne rencontre pas réponse aux variations de ses sensations internes, ou aux variations de ses perceptions, pas de réponse à son appel d'échange complémentaire, il n'éprouve pas dans la rencontre un être fiable, un semblable à lui par lien de connaturalité. Il ressent ce rien comme esseulement dans son habitus d'être humain, alors sans autre humain rencontré. Il reste soumis à ses seules tensions internes de besoins et de désirs, sans autre aide. Si ce phénomène d'absence d'une rencontre auxiliaire ou complémentaire est concomitant de sa vie au milieu d'autres êtres humains, ce rien dont il est étreint s'appelle : personne. L'expression connue « il y avait beaucoup de monde, je n'ai rencontré personne » traduit cette absence de rencontre émotionnelle complémentaire, de communication spécifique en un langage vrai échangé, au milieu d'êtres pourtant indubitablement humains.

Tout ce qui précède et que j'expose maladroitement, me semble nécessaire pour comprendre ce qu'il y a d'étrange et chaque fois de particulier — en fait, ce qu'il y a de rencontre d'un mode interhumain archaïque où le langage manque, manque totalement ou en partie — dans la rencontre avec ces sujets que nous appelons « psychotiques », et quel que soit leur âge civil. Leurs variations de tensions internes sont moins soumises à des perceptions venues de l'environnement qu'à celles venues d'états physiologiques ou émotionnels sans signalisation, plus encore sans langage propre à les exprimer. Des impressions étranges, des fantasmes du passé, qu'ils prennent pour des signaux de présence actuels, viennent interférer dans leurs contacts à l'environnement. C'est ainsi que leurs expressions, qui paraissent immotivées, sont toujours motivées, mais le sont par leurs fantasmes, c'est-à-dire par une vie imaginaire qui absorbe toutes leurs énergies et ne leur permet pas d'appréhender la réalité qui les entoure. Leur immobilité parfois totale, leur mutisme parfois absolu, leurs sourires, leurs mécanismes de défense non adaptés à la situation actuelle, leurs cris, leurs gestes, leurs paroles délirantes, stéréotypées, conjuratoires, sont bien pour eux les manifestations d'un langage : c'est-à-dire une expression symbolique de leurs tensions internes; mais ce langage ne semble plus viser la communication de leurs émois à cet autre actuel que nous sommes en face d'eux. Ce mode d'expression incompréhensible pour autrui est devenu, au contraire de ce qu'était le langage en son origine, un moyen d'isolement protecteur, dans un habitus d'esseulement, que la présence d'autrui ne peut pas modifier. La communication semble définitivement rompue, et remplacée par un rideau impénétrable. Semble : car ce sont là conclusions fausses.

Tous les êtres humains, quels que soient leur apparence et leur comportement, perçoivent la présence de l'autre; mais elle est pour certains d'entre eux signal de danger vital. La présence de l'autrui que nous sommes éveille chez les psychotiques l'émoi du danger, d'autant plus intense que nous paraissons en face d'eux désirer établir un contact qu'ils fuient, ou que nous paraissons fuir le mode de contact qu'ils désirent, et qui nous paraît, pour nous, désagréable, inconvenant ou dangereux. *Si nous arrivons à exprimer pour eux, dans un langage qui signifie pour nous-mêmes aussi justement que possible ce que nous percevons d'eux, lorsque cela nous est clair à nous-mêmes, nous structurons du même coup un champ de communication.* La réaction stéréotypée, ou la non-réaction apparente d'un être humain en présence d'un autre, n'est pas du tout signifiante d'une non-réception perceptive; mais elle est signifiante, plutôt, de son annulation active. C'est ainsi que le psychotique exprime l'effet ressenti par lui de sa rencontre avec nous; la dominante passive ou la fuite active proviennent de l'ébranlement de son habitus par l'éveil que nous avons provoqué de pulsions de mort en lui [1].

Celui que nous appelons psychotique, se conduit de façon prudentielle face à une présence humaine — celle du psychanalyste — insolite, et répétitivement attentionnée à lui. Tôt ou tard, après plusieurs rencontres, le psychotique manifeste une modification quelconque de son habitus, qui, pour le psychanalyste, est signifiante. Cette modification perceptible est début de langage adressé à notre personne, qui a été intégrée dans le champ de perception : prélude à une possible communication. Le psychotique reconnaît notre personne en tant qu'il se reconnaît lui-même face à nous, qui restons semblables de séance en séance. Notre présence n'est plus pour lui totalement insolite, ni étrangère; elle est devenue particulière. *Le transfert s'amorce sur fond de narcissisme alerté, où désir et pulsions de mort s'affrontent dramatiquement.* L'attention [2] de l'analyste, signifiée par ses paroles ou par son silence accueillant aux mimiques, aux gestes et aux paroles du psychotique, valorise en tant qu'humain celui qu'il a en face de lui.

Il y a, chez l'analyste, un transfert spécifique car il a foi dans l'être humain son interlocuteur, être unique en son genre, sujet de la fonction symbolique, sujet inconscient de l'histoire qui est la sienne, sujet désirant se signifier, sujet appelant réponse à sa question. Cette question muette peut n'avoir

---

1. Les pulsions de mort, référées aux émois archaïques oraux, provoquent la phobie du contact et l'angoisse de morcellement. Les pulsions de mort référées aux émois archaïques anaux et urétraux provoquent des compulsions obsessionnelles : idéatives et verbales de rejet ignominieux, ou motrices, à contenu vérificateur, scatologiques, conjuratoires et blasphématoires. Les pulsions de mort, référées aux émois génitaux, provoquent des angoisses de maladies incurables, de mutilation sexuelle, de rapt, de viol, de meurtre. L'angoisse de l'imminence de la réalisation des fantasmes susdits vis-à-vis de l'objet de transfert et vice versa est une des manifestations de la situation analytique.

2. On dit de l'analyste qu'il a une attention « flottante »; ce mot doit être compris. Ce n'est pas une attention distraite, comme le croient certains. Il s'agit d'une écoute disponible à toutes les traces signifiantes, d'une présence à l'autre aussi dépourvue de barrages que possible. La formation du psychanalyste l'y prépare.

pas été consciente comme c'est le cas chez le tout petit ou l'être devenue par refoulement après une période de conscience; dans ce cas, une trace est restée du processus de refoulement, un souvenir écran, un élément de rêve à répétition, un symptôme phobique ou obsessionnel. Cette trace peut aussi être un habitus, une somatisation, voire une allergie. Ce sont troubles de langage du corps, lequel se substitue au langage imaginaire, mimique ou verbal.

Le témoin attentif, persévérant et réceptif qu'est le psychanalyste, suppose qu'il y a un sens au langage incompréhensible, délirant, ou au mutisme, toujours interprétés par lui comme cas particuliers de langage que son travail sera de décoder. Il suppose qu'il y a un sens aux gestes ou à l'immobilité, sens qui signifie ce sujet, là, présent, dérobé sous l'aspect psychotique. Le psychanalyste est un médiateur de la fonction symbolique, en tant qu'il présentifie à celui qui se tait, qui déparle, qui ignore passivement ou qui nie activement sa présence, ou la présence d'autrui, l'expérience d'une rencontre effective. Pour le psychanalyste chaque autre est à la fois, quel que soit son comportement, un représentant à part entière de l'espèce humaine, et le « psychotique » est pour lui le sujet d'une histoire inconsciente qu'il actualise au lieu de la symboliser, comme ceux qu'on appelle « normaux » ou « névrosés », en récits structurés. Cette histoire n'est pas connue du psychanalyste. Il en connaît parfois quelques éléments phénoménologiques par l'entourage, et ces éléments sont un point de départ suffisant pour qu'il s'intéresse à cet autre, son interlocuteur atopique.

Le langage de cet observateur sensible, le psychanalyste, même lorsqu'il est sans parole, son écoute et sa présence attentionnée à un autre dans lequel il reconnaît un semblable, alors que celui-là s'en dénie la qualité, constituent une reconnaissance de l'existence symbolique de celui-là, ou de celle-là, qui est encore incapable tant d'assumer que de communiquer son désir; son désir qui, comme tout désir humain, est constitué de pulsions de vie ou de mort, mais qui, pour le psychotique, est plus ou moins dominé par les pulsions de mort. Le psychanalyste, dans son transfert, se doit de recevoir tout ce qu'exprime le psychotique, en une aussi totale réceptivité que possible, en même temps qu'il doit tenter d'assumer le désir de mort, d'en décrypter les fantasmes rémanents d'angoisse, de rencontres dangereuses déjà éprouvées, et que sa présence à lui, psychanalyste, réveille. Angoisse que le psychotique cherche à fuir ou à surmonter, sans y être encore parvenu totalement. Angoisse à laquelle il tient souvent, parce qu'elle lui est devenue la seule érotisation qui soutienne son liminaire narcissisme.

Par sa lucidité sur ce qu'il éprouve, le psychanalyste médiatise la reconnaissance pour chacun des deux participants à la rencontre : de soi-même à la fois par rapport à soi-même, et par rapport à l'autre. Il médiatise aussi de chacun à chacun et de chacun à soi-même, la liberté d'être ou de n'être pas ici présent. Dans la rencontre interhumaine, il y a deux soi, deux corps séparés, avec, en chacun d'eux, une image de corps et un effet émis et reçu, différent, mais interférents par-delà leur séparation et leur ressenti différent. La rencontre les rend mêmement, c'est-à-dire aussi dans le même moment, librement reconnaissables en tant que séparés ; et, du côté du psychanalyste, le plus totalement possible présent au désir de communiquer par le langage, et sans corps à corps, avec l'autre. Ce mêmement veut dire, ici, que dans un temps et un espace communs aux deux, le temps et l'espace dévolus à leurs rencontres réitérées, leur éprouvé différent mais concomitant recouvre sens de par la communication qui peut en être faite. Ce sens est modifié par celui qui écoute, reçoit et répercute le témoignage de ce qu'il a perçu : qui est sens de la présence modificatrice entraînée en lui par celui auquel il est attentivement présent. Sens dès lors de présence modificatrice pour celui qui constate qu'il est écouté, attendu dans sa vérité, et peut se faire entendre.

Le langage de ces modifications, dues à la rencontre entre un psychotique et un psychanalyste, peut rester inconscient pour les deux participants, ou pour l'un des deux seulement ; son expression peut être infraverbale pour l'un ou pour l'autre, ou pour les deux. Il y a effet de langage dès que la variance est reconnue par chacun comme spécifiant leur rencontre, à aucune autre totalement semblable. Communication peut en être fournie, en partie, *hic et nunc,* et cela, selon le niveau de maîtrise de l'expression, quelle qu'elle soit, qui existe chez l'un, comme selon l'aptitude à percevoir de l'autre, au moment présent de la rencontre. La communication peut aussi être déposée dans des traces sur le papier, dans la pâte à modeler, dans des gestes faits dans l'espace — langage autiste, préverbal —, elle peut s'exprimer en phonèmes, en paroles, interprétables ou non interprétables immédiatement, par l'autre ou par les deux. Ce sont ces parties différées et diffractées dans des effets parallèles au langage verbal, ou substituées à lui, qu'il s'agit « d'entendre ».

La psychanalyse vise l'étude et le déchiffrement de ce langage inconscient, sous-jacent au langage communiqué consciemment *hic et nunc,* pendant le temps imparti à une séance; temps qui est aussi vécu dans un lieu de présence commun à deux êtres humains, dont l'un, le psychanalyste, désire aider, par sa présence, l'autre qui, volontairement, accepte cette formation de travail.

Quel est donc ce travail que le psychanalyste désire soutenir ? C'est l'accession à la vérité dynamique actuelle de celui ou celle qui est là, présent, en face de lui. Son moyen pour y arriver, est cette présence du psychanalyste qui réactualise les pulsions inconscientes refoulées du psychanalysé qu'il écoute.

Dans la rencontre psychanalytique, quand il s'agit de psychanalyse des adultes, névrosés ou non, l'attention du psychanalyste est portée surtout, quoique peut-être pas exclusivement, sur la vérité cachée que transmet le fil des associations du langage parlé. Le psychanalyste prête son oreille au discours de l'analysé; il n'évite pas d'entendre les récits les plus construits, mais il est spécialement à l'écoute du sens inconscient, fondement véridique de ce « sujet » dont est porteur le discours conscient du patient, qui témoigne plus souvent du personnage social de tout un chacun, que de son authenticité irréductible de sujet de son identité à travers son histoire. Les fantasmes concomitants tus par l'analysé, transparaissent dans les silences, dans les sautes de thème, dans les lapsus, bref, dans les failles du discours conscient. Ce sont ces fantasmes qui décèlent la dynamique actuelle, inconsciente, du désir.

Lorsqu'il s'agit de tout petits enfants qui ne sauraient encore être séparés corporellement de l'adulte tutélaire sans périr, le psychanalyste, en face de réactions fonctionnelles, somatiques, écoute la mère, le bébé étant de préférence présent aux entretiens. Il tente de comprendre les réactions entraînées au foyer, dans la fratrie, par la naissance de l'enfant, les fantasmes inconscients dans l'éprouvé de la mère par rapport à son monde émotionnel consécutif à la conception, à la grossesse et à l'existence de cet enfant. Il tente de comprendre ce qui fait l'équilibre narcissique actuel de la mère, ses relations au géniteur de l'enfant, ou le rapport qu'a cet enfant pour elle, à des fantasmes œdipiens rémanents; ou encore le rapport de ce narcissisme de la mère à une détresse actuelle due à la réalité des choses. Bref, le psychanalyste, dans son entretien avec la mère cherche à susciter son dire sur tout ce qui peut provoquer chez l'enfant, venant de sa relation au monde à travers sa mère, une intensification induite de ses pulsions de mort, plutôt que des attitudes a priori ou des réponses qui seraient des stimulations visant à entretenir ses pulsions de vie.

Cependant, le psychanalyste est attentif à l'enfant en lui-même, dans son désir existant de sujet tout réceptif mais promis à l'autonomie; il tente, au moyen de son savoir théorique et clinique sur les stade précocissimes de la libido, d'éclairer par des paroles directement adressées à ce sujet encore infans, et que la mère [1] peut et doit entendre en même temps que l'enfant, ce qu'il exprime par ces symptômes qui ont provoqué l'angoisse des parents et le recours au tiers, le psychanalyste. Le psychanalyste reconnaît ainsi dans ce bébé le sujet d'un désir dépendant des interférences énergétiques

---

1. Le père aussi s'il est présent; et s'il ne l'est pas, le psychanalyste doit toujours le rendre présent en paroles, en se référant à lui, par-delà son absence à l'entretien.

libidinales familiales et parentales. Il le reconnaît comme devenu, à cause de sa dépendance, à la fois somatique et émotionnelle, perceptive et réceptrice, le détecteur d'une communication perturbante.

Il y a des psychanalystes pour qui le nouveau-né et le petit enfant ne sont signifiants que du désir de leurs parents, du moins si je les ai bien compris. Pour ma part, si je pense que le désir des parents induit leur enfant par effet de langage, je pense que tout être humain est, dès son origine, à sa conception, lui-même source autonome de désir. Je pense que son apparition vivante au monde (à la naissance) est symbolique, en elle-même, du désir autonome de s'assumer, en tant que sujet tiers de la scène primitive, et sujet unique de l'accomplissement du désir génital conjugué des parents, dont il est le seul signifiant. L'appel à sa personne individualisée, prénommée par les phonèmes que les parents lui ont donnés à l'état-civil, prénom qu'il a toujours perçu au début de sa vie dans les paroles échangées à son propos, même si ses parents, depuis, ne l'appellent que d'un surnom puéril, peut être un appel qu'il perçoit. Cet appel, par la voix du psychanalyste, l'éveille au désir de se séparer de l'induction d'angoisse qu'il reçoit inconsciemment de ses parents, ou de sa seule mère : un désir — celui de sa mère — à quoi il ne peut, sans cet appel, que réagir en se soumettant totalement : vœu, chez la mère, qu'il ne soit que ce qu'il paraît être, son objet partiel, c'est-à-dire dénégation de sa césure natale. Cet appel de l'enfant par son nom, qu'il entend d'une voix nouvelle, l'éveille à être le représentant de ces phonèmes, au lieu d'être le représentant de la seule parole maternelle qui ne peut se dire que par le langage des symptômes de l'enfant; ou, de même, de la parole informulable du père. Un père qui méconnaît dans sa paternité l'accomplissement d'un désir qu'il désavoue peut dénier chez un enfant sensible le statut d'engendré, sujet d'un désir propre, celui de vivre. Je me souviens d'un bébé de quinze jours, anorexique, dans les bras de sa mère anxieuse, envoyé au psychanalyste par un pédiatre non moins anxieux : j'avais avec la mère ce type d'entretien, dont je parlais tout à l'heure, alors qu'elle tenait dans ses bras son bébé niché contre elle. A chaque propos signifiant de la mère, je m'adressais à la personne du bébé, qui semblait sans perception. La mère me dit : « Vous croyez vraiment qu'il vous entend et qu'il vous comprend ? » Appelant alors le bébé par son nom, comme je l'avais fait précédemment, en scandant à son intention les propos de sa mère, je dis : « Ta mère croit que tu ne comprends pas. Si tu comprends que je te parle, tourne ta tête vers moi, afin que ta mère comprenne, elle aussi, que tu m'écoutes. » A ce moment, sous les yeux bouleversés de la mère, le bébé tourna sa tête vers moi, s'excentrant ainsi de sa position nichée en elle qu'il maintenait depuis le début de la séance.

Ceux qui ont compris, par la psychanalyse, que l'être humain est incarnation symbolique de trois désirs, celui de son père, celui de sa mère, et le sien, en tant que tous trois êtres de langage, n'en seront pas étonnés. On ne peut pas être psychanalyste d'enfant si on n'a pas cette foi en un sujet, sujet de son propre désir, dont témoigne ce corps-là respirant, n'en déplaise à ceux qui projettent sur un bébé leur seule foi en un tube digestif, végétatif, qui n'aurait pas déjà sa pleine signifiance symbolique humaine : c'est-à-dire ceux qui ne croient pas que le vivre d'un bébé encore infans pour autrui soit expression de sa parole, signifiant de son verbe « désirer », inconsciemment devenu chair au moment de la conception; qui ne croient pas que le développement et la mort, à laquelle cette chair est promise, sont symboles d'une énergie inconnaissable en elle-même, à la recherche de son accomplissement par la médiation de rencontres sensées, créatrices de sens en chaîne, sens que ni la vie de l'homme ni sa mort ne suffisent à signifier. Cette énergie qui nous source et nous enveloppe, l'intelligence de notre chair, celle de nos comportements, de nos gestes et de nos mots, ne sont de ce sens que l'épaississement perceptible, substantiel ou subtil, épaississement du verbe « être » que nous manifestons, mais qui ne nous appartient pas. Nous le signifions à travers nos appels et nos réponses, nos rencontres éphémères entre semblables qui se reconnaissent dans une impuissance qui, seule, est semblable quoique différemment manifestée chez tous ceux de l'espèce humaine. Les émois d'amour, harmoniques subtiles du désir, nous ressourcent à l'être; mais, hélas, l'être que nous percevons est toujours de chair mortelle, s'il est aussi de paroles qui le dépassent, qui lui pré-existent, et qui lui survivent, dans le temps comme dans l'espace. Toute parole ne peut prendre sens pour nous qu'en repassant par nos souvenirs de perceptions, à travers le défilé inconscient de notre image du corps. Celle-ci est symbole de ce corps charnel que l'expérience du vivre a mutilé, usé, perdu; mais la douleur ou le plaisir ressentis au décours de cette histoire se sont accompagnés de mots entendus et échangés au cours des rencontres avec nos semblables; et s'ils ont recouvert pour eux les mêmes émotions que les nôtres, ils ont pris sens de purs signifiants qui ont alors le pouvoir, indépendamment de la présence charnelle, de nous rendre présent à l'autre et de nous rendre l'autre, en son absence, présent. Nous nous plaisons alors à conjoindre à ces mots notre ressenti de sujet individuel; leur sens évoque l'image inconsciente liée au ressenti disparu. Ces mots sont supports du narcissisme. L'être humain ainsi structuré au fil de ses affects au contact d'autrui, grâce au langage, humanise ses pulsions devenues exprimables selon le code des affects tissés au langage. C'est par ces paroles signifiantes d'un psychisme humain accordé à l'autre, que nous supportons la solitude de la peine et de la joie, l'épreuve de la séparation des autres dans l'espace et dans le temps, la séparation de la mort; la mort qui, seule, nous assure, par la certitude et l'attente que nous en avons, de la réalité de notre existence, nous qui, sans le langage, n'aurions notion de l'Etre que par son apparence caduque de chair éphémère.

Quand le psychanalyste rencontre de jeunes enfants mal vivants et qu'il s'engage avec eux à la recherche de leur vérité, il n'est ni pédagogue, ni éducateur, encore moins rééducateur et pas plus médecin. Son rôle est le même que dans son travail de psychanalyste avec des adultes. L'âge physiologique du psychanalysé seul diffère. Ces enfants mal vivants parlent par leur corps interdit, ou non organisé dans ses fonctionnements moteurs. Ils parlent aussi par un corps dont le

fonctionnement végétatif est dérythmé ou présente un fonctionnement cybernétique non organisé, voire désorganisé,
expression symbolique de leur angoisse à vivre ou de leur
détresse. Ils s'expriment par un langage qui se refuse à la
parole véridique, ou dans lequel la parole est synonyme
d'absence de langage, c'est-à-dire d'absence de communication : sorte de bande magnétique de mots enregistrés dépour-
vus pour qui les prononce de sens pendant qu'ils sont prononcés. Le psychanalyste qui va à la rencontre de ces enfants
doit être à l'écoute du langage du corps et du langage
mimique. C'est qu'avant l'instauration de la parole expressive,
existe (et perdure encore après l'apprentissage imitatif, passif,
du langage verbal et gestuel) la langue des images du corps,
inscrite dans les fantasmes se rapportant au narcissisme fondamental, au désir et aux besoins (en tant que supports de
désirs y adjacents).

C'est ce *langage des images du corps*[1] que le psychanalyste
d'enfant et le psychanalyste de psychotiques doit comprendre
et analyser. Ce langage, tous les êtres humains, tant qu'ils
sont vivants, le possèdent. L'enfant ne possède que lui, avant
d'être initié à son schéma corporel par la déambulation autonome et la rencontre de son image scopique dans le miroir :
rencontre qui induira son identification formelle aux semblables de l'entourage, et qui à partir de cette découverte
de ce qu'il donne à voir, induira son langage gestuel et langage parlé, phonématique puis grammatical, à se calquer par
imitation sur ceux des adultes. Le langage des images du
corps qui est, pour un sujet, le signifiant premier de toutes
ses rencontres, est accompagné de kynèmes du schéma corporel et, dès que l'enfant sait parler, de phonèmes du langage vocal, à chaque rencontre avec des animaux et des
humains. C'est ce langage (narcissique) des images du corps
qui entre en résonance, de façon inconsciente, avec tout
signifiant, et en particulier avec les paroles au-delà des corps
toujours séparés ; ce langage peut aussi s'exprimer muettement
par la gestique, dans le schéma corporel, de façon inconsciente.

1. Cf. ci-dessous.

L'attention et l'écoute totale, pas seulement auditive et intellectuelle, que les enfants ont des adultes, dépassent celles des adultes. Le champ d'attention des adultes est réduit, en général, depuis leur enfance, à l'expressivité consciente de soi, et à la sensibilité par contamination devant l'expressivité d'autrui. L'impressivité et l'expressivité des enfants, non coulées encore dans le moule du langage formel, je veux dire dans le code conventionnel de leur entourage, échappent en grande partie à l'écoute et à l'attention des adultes. Par exemple, les enfants perçoivent et reproduisent les bruits de tout ce qu'ils entendent; les adultes n'en sont plus capables.

Le savoir éloigne de l'être immédiat. L'impuissance physique et l'inachèvement neurologique de l'enfant font croire à l'adulte que l'enfant n'a pas d'entendement en acte, mais c'est faux. Le sujet, chez l'être humain à l'état d'enfant, (infans veut dire qui ne parle pas), a la même finesse d'entendement qu'il aura à l'état adulte; seulement, il ne peut pas en témoigner. Chez l'adulte, les mimiques elles-mêmes, conscientes et inconscientes sont, presque toutes, spécifiques du milieu social ou de la région géographique dans laquelle il a été éduqué; ce qui signifie que dans leurs mimiques et leurs gestes, les adultes dits adaptés ont reçu, à tous les niveaux expressionnels de leur libido, la castration symbolique; en d'autres termes, ils ont été marqués par la non-réception, à effet inhibiteur, des nombreux moyens de signalisation expressive que recèlent les mobilisations partielles du schéma corporel humain. Ces effets inhibiteurs scellent l'appartenance valeureuse de l'être humain en cours de croissance à un code d'expressivité qui fait de lui un élément cohésif du groupe familial, dont sa survie dépend encore et pour longtemps. La famille dans laquelle il grandit l'informe de lui-même et du monde. Il est nécessaire qu'il devienne un élément langagier, passif ou actif, des désirs et des besoins des sujets qui lui sont le plus proches, et dont l'éthique est une résultante inconsciente des complexes pulsionnels de chacun, remaniés par les interactions et influences de ceux qui jouent de fait le rôle de détenteurs du pouvoir.

Les adultes restent et sont toujours plus ou moins assujettis, plus ou moins conditionnés, il faut dire : toujours plus ou moins aliénés, à leur vérité impressive et expressive fondamentale. Combien de fois n'entendons-nous pas des adultes dire d'un enfant « il ne dit ou ne fait que des bêtises », (c'est-à-dire des choses dépourvues de sens pour moi adulte), alors que l'enfant, au contraire, par tous ses comportements et tous ses dires, parle d'or, et agit authentiquement, animé qu'il est par son désir (inconscient), non encore engagé totalement (avant l'Œdipe), dans l'identification à un élément social responsable. Il ne le deviendra que par l'intégration de la loi que le passé-flamme de l'angoisse de castration œdipienne (l'incandescence du désir génital filial s'y consume impuissant) liera, dans sa libido génitale, à l'interdit de l'inceste. On sait, par exemple, que les adultes n'ont plus la possibilité de prononcer tous les phonèmes dont le gosier humain est capable dans l'enfance; l'image inconsciente de leur larynx conjointe à celle de leur ouïe est devenue incapable d'émettre, et même souvent d'entendre, des sons qui n'ont pas été validés dans l'échange langagier avec le groupe, lequel est d'abord significatif par la mère, puis par la famille, à travers les phonèmes de la langue maternelle. De même pour l'inceste. L'adulte conscient est incapable d'accomplir un désir génital filial.

Tous les êtres humains sont donc inconsciemment, par leur adaptation langagière au sens large du terme, des traîtres au regard de leur ressenti, qu'ils ont, par habitude prise de ne jamais véridiquement l'exprimer, refoulé plus ou moins précocement. Le ressenti peut alors rester enclavé, sans moyen de se communiquer. La musique est un moyen d'exprimer des tensions physiques et émotionnelles dans un registre auditif autre que le langage; la musique est une « sublimation » des pulsions et affects référés à l'oralité. Elle utilise en les organisant expressivement les fréquences, rythmes et modulations que le langage parlé a refoulés. La danse permet d'exprimer, par des mouvements et des attitudes expressives, comportementales et langagières, ce que la bienséance a obligé de refouler dans l'expressif gestuel habituel. La danse est une sublimation référée à l'analité. Pulsions et affects peuvent tous être « sublimés ».

Tout artiste est médiateur d'expressions interdites ou refoulées, quel que soit le secteur langagier où son art s'exerce, où son imagination créatrice libère ce refoulé qui n'a pas pu, en son temps, s'exprimer. Il permet aussi à son vécu actuel, et non plus au seul vécu archaïque, de s'exprimer autrement qu'avec le seul langage courant interpersonnel. Son art est spécifique de sa structure libidinale originale : c'est ce qui, souvent, fait juger les artistes comme de grands enfants. À tort : car les pulsions libidinales de l'adulte, sourcées à un substrat biologique lié à un schéma corporel génital achevé, sont fondamentalement différentes de celles de l'enfant qu'il a été. C'est l'angoisse de castration œdipienne qui, surmontée par l'intégration de l'interdit de l'inceste, confère puissance créatrice et sociale, à l'option artistique par laquelle s'exprime un sujet, dans son authenticité et son originalité irréductible.

Les adultes que l'épreuve de la castration œdipienne génitale n'a pas complètement humanisés dans la concordance vécue de leurs paroles avec les paroles de leurs parents en réaction à leur ressenti et à leurs actes, ou ceux que des traumatismes séducteurs, effectivement venus des adultes, ont mutilés de leur désir dans l'enfance, et rendus en partie invalides au cours de la sexualité prégénitale, gardent une impuissance structurale qui transparaît dans leur langage mimique, leur langage parlé, et même leur langage somatique, et qui fait d'eux des inadaptés momentanés ou des inadaptables définitifs.

Les psychosomatiques, les psychotiques, les névrotiques, peuvent tous certainement être psychanalysés, et retrouver — grâce au transfert où se revit, dans la relation au psychanalyste, les épreuves marquantes de leur histoire — la libido jusque-là indisponible pour la communication et la créativité. Au cours du travail, ressurgit la vérité de leur désir délié de ses angoisses ; la mobilisation des pulsions, ainsi réactualisées dans la communication au psychanalyste, en rend le sujet témoin ; leur mise en langage par la rencontre avec la personne du psychanalyste, leur donne valeur humaine. Leur expression dans le langage les confronte à l'imaginaire du désir, et à la castration de la réalité. Le transfert analysé permet au sujet de reconnaître son désir et d'intégrer ses pulsions à leur fonction symbolique, dans sa relation au monde.

On entend dire souvent que le travail psychanalytique peut être dangereux, qu'il disjoint des couples ou qu'il stérilise des artistes. Eh bien, si leur accession à leur vérité aboutit à la perte de sens pour eux de leurs options préalables, c'est que l'engagement de ces sujets n'avait été qu'un engagement névrotique, et pour les artistes de profession, que leur créativité n'était pas authentique. Ce qu'ils avaient construit s'avère, au travail de la psychanalyse, être un évitement de leur communication, un évitement de leur responsabilité en société, plutôt que ce que l'entourage y voyait, la preuve qu'ils avaient assumé à la fois leur désir et son inscription dans la réalité d'une créativité responsable. Aucun amour vrai, vivant, n'est dissociable par le travail de la psychanalyse. Aucune communication d'un artiste authentique n'est stérilisable par une psychanalyse; car l'artiste continue de percevoir beaucoup plus que les autres, et donc son désir de le communiquer aux autres demeure. Ce qu'il y a d'authentique chez un être humain ne l'est que plus après une psychanalyse. Mais il est vrai que des êtres qui n'arrivent pas à communiquer, ni à créer dans la vie sociale, ont trouvé des moyens latéraux de s'exprimer dans un art refuge, qui perd pour eux son sens lorsqu'ils ont retrouvé l'authenticité de leur dynamique.

Lorsqu'au cours d'une psychanalyse, le lien conjugal s'avère n'avoir pas d'autre sens qu'imaginaire et névrotique, il peut arriver que le sentiment de la responsabilité, qui se développe et s'affine chez le psychanalysé, lui impose d'accepter la vérité, et d'assumer la rupture de son lien marital. Mais sa responsabilité dans la mise au monde d'enfants, qui peuvent être nés de cette union névrotique, ne lui en est que plus consciente, et plus importante sa part dans leur éducation. Il est certain que de retrouver sa vérité, impose à l'être humain une beaucoup plus grande responsabilité dans ses actes, et dans sa relation aux autres. Une psychanalyse est, lorsqu'elle est conduite jusqu'au bout, un travail d'élucidation de vérité et un éveil au respect de la liberté d'autrui. Pour ma part, je connais beaucoup de couples névrotiques auxquels la psychanalyse de l'un des deux conjoints a rendu la communication possible, couples qui, avant la psychanalyse, n'avaient plus de sens dans leur vie génitale ou dans leur compagnonnage conjugal. Ils étaient, avant l'analyse, et depuis longtemps, intimement séparés, parfois ennemis ou étrangers, parfois (en surcompensation) devenus régressivement dépendants l'un de l'autre dans l'ennui ou le victimat, deux effets beaucoup plus nocifs pour la structure et le développement vers l'autonomie des enfants éduqués au contact de ces parents mal mariés, que ne l'est une séparation officiellement assumée, sinon sans déception, du moins sans conflits.

Mais revenons à notre propos, qui est le travail psychanalytique avec des psychotiques. La psychanalyse, face à des psychotiques, doit s'appliquer à l'étude de fragments de fantasmes, parfois à leurs traces dans les failles inconscientes du langage parlé, dans les contradictions entre les actes et l'expression mimique du visage, ou gestuelle du corps. L'attention du psychanalyste doit dépister, par une observation fine, une érotisation archaïque ou déplacée, orale, anale ou génitale, dans des fragments du soma : zones érogènes, organes ou systèmes d'organes, qui parlent ou crient leur désir méconnaissable dans l'ensemble non cohérent de la personne; dépister le sens perturbé, enclavé, distordu, que cet érotisme a pris par rapport à l'ensemble. Une telle perception recourt, au cours de la rencontre psychanalytique, à des traces différées et diffractées dans des dessins, dans des modelages, exécutés pour l'analyste, concouramment ou non avec un discours associatif, au cours des moments où le psychanalysé s'exprime à la personne du psychanalyste : expression qui ne se place pas toujours lors des rencontres effectives mais consiste parfois en des messages entre les séances silencieuses ou verbeuses.

La propre psychanalyse du psychanalyste l'a préparé à

moins de pour soi, ce qui lui permet d'être attentif à l'autre pour lui-même, et à travers sa seule histoire. Pour le psychanalyste, ces fragments épars, ces traces de fantasmes, présentifient, du côté du psychanalysé, mais aussi du côté du psychanalyste, le phénomène de la rencontre, soit de la rencontre à toute personne quelconque, soit de la rencontre à la personne de cet autre électif avec qui le psychanalysé éprouve à nouveau les émois de son passé, et c'est alors le phénomène du transfert. Mais il n'y a véritablement « rencontre », au sens d'une reconnaissance de langage humain entre psychanalysé et psychanalyste, qu'au moment où le psychanalyste déchiffre le sens inconscient, exutoire ou créatif, du ressenti émotionnel de l'analysé : ce qui, même pour le sujet qui l'a donné, est en tout ou en partie voilé. Quant au dire du psychanalyste, il est parfois nécessaire, quelquefois adjuvant, et son agir a toujours valeur de langage; il s'en sert pour mieux présentifier à l'analysé ses dires signifiants.

On observe dans ce travail de déchiffrement, que la plupart des fragments amenés par l'analysé, Dominique, dans le cas de l'observation présente, ont pu être reconnus comme des effets de langage différé d'un désir sous-jacent, ou comme des effets d'un langage diffracté dans des fantasmes visant à exprimer, en le figeant, un désir du sujet allant-devenant autonome et masculin; désir dont la reconnaissance jusqu'à la psychanalyse, n'avait pas été, humainement ni éthiquement, sentie. Différé, d'ailleurs, peut être compris dans les deux sens : c'est-à-dire qu'il s'agit d'un désir imaginé dans un autre temps que celui où Dominique le vit, et où il pourrait le satisfaire, ou dans un autre lieu, ailleurs, grâce à la médiation du fantasme d'un autre corps que le sien : corps qu'il fantasme dans une sensation aliénée, imaginée ailleurs, ou imaginée autre que dans la réalité actuelle de ce corps d'adolescent garçon. Aussi les fantasmes sont-ils les seuls moyens d'expression, pendant toute une partie du traitement : il s'agit d'émois figés depuis la petite enfance, qui doivent trouver le moyen de s'exprimer, qui répondent à une image du corps d'enfant qui n'était pas symbolisable à l'époque, et qui a disparu depuis. Le corps actuel de Dominique ne lui fournit plus les mêmes références qu'autrefois. Il est le lieu de perceptions érotiques inclassables humainement, faute d'échange symbolique au cours de son développement avec géniteurs et fratrie, dans des rencontres interhumaines parlées et sensées du fait de leur propre castration œdipienne. Ce n'est qu'à la fin de ses rencontres avec moi que Dominique parle comme parle un être sain ou névrosé, c'est-à-dire à ma personne, et en réponse à mes dires ou à mes questions. Pendant toute une partie du traitement, il n'est jamais ou presque, question de ma présence dans ses questions, dans ses dires, ni de lui actuel; mais il agit mystérieusement, il déparle ou parle d'ailleurs, d'autres lieux, d'autres rencontres, d'autres temps, de « personnages » qu'il veut « non préhistoriques » et dans lesquels une partie de sa libido se projette aliénée, prêtée à des corps qu'il invente, étrangers aux caractéristiques des espèces vivantes connues, étrangers à l'espèce humaine, ou inversés de sexe : c'est-à-dire en situation érotique inarticulable à une demande venant de son corps actuel qui s'adresserait à un autre corps actuel.

Le désir paniquant confusément pervers, référencé à tous les stades archaïques libidinaux, non assumé en clair au début de la rencontre à ma personne, est de même espèce que celui que Dominique ressentait répétitivement depuis son entrée dans la psychose, vis-à-vis de toutes les autres personnes rencontrées. La preuve en sont les dires, les modelages stéréotypés et les dessins stéréotypés, les propos où le délire domine, par quoi Dominique s'exprimait semblablement partout depuis des années et que j'ai rapportés en témoignage des deux premières séances. Dans ce discours délirant, on s'en souvient, on pouvait entendre que les autos (autonomie du désir) se réfugiaient et se camouflaient dans le feuillage des arbres (image du corps référée au corps végétatif, dans l'ineffable viscéral de l'angoisse).

A la seconde séance déjà, une modification s'amorce. Le « personnage » est modelé avec deux axes, encadrant le thorax, au lieu d'un seul qu'il avait toujours depuis des années[1].

---

1. Voir p. 45 et 17.

Dans ce contact refusé qui caractérisait Dominique, il m'était absolument impossible, au début du traitement, de le comprendre, mais non de l'écouter, ni de lui prêter mon ouïe en essayant de lui articuler un entendre : qu'on voie la différence des oreilles entre le personnage *nouveau* et le personnage stéréotypé.

C'est lorsque vient la fin du traitement de la psychose — lorsque devrait venir, si possible, le traitement de la névrose —, que nous comprenons ce que Dominique redoutait de tout être humain. C'était, selon l'expérience acquise au contact des personnes qu'il avait antérieurement rencontrées, la non-reconnaissance de ses angoisses dues à un désir cannibale et incestueux, désir constamment encouragé et surexcité par l'imposition à son corps et à son sexe du corps de sa mère, et par le danger alors éprouvé d'une tentation, à tous les niveaux, de consommation charnelle par et dans son corps : corps qui ne savait même plus, et de moins en moins l'aurait su, s'il était celui d'un mâle ou d'une femelle, de quelque espèce historique, préhistorique, ou hallucinée, para ou anhistorique.

Mais, au début du traitement, ce n'est pas ce que Dominique craignait qu'il nous fallait dépister; bien plutôt, comment il se ressentait dans sa panique; et pour le savoir, il me fallait tenter de comprendre dans le transfert comment il ressentait ma présence et faisait ainsi face au fantasme que moi, comme tout un chacun d'ailleurs, je lui procurais. Les représentations modelées et dessinées, par leurs variantes, ont servi d'illustrations, d'images à la fois des fantasmes du corps médiateur, et de barrage à la rencontre avec moi.

Quelques propos déclaratifs de mon fait, en réponse au langage peu courant de Dominique, lui ont apporté l'effet de rencontre. Qu'on se rappelle le moment où il a dit, comme à la cantonnade, en claironnant : « Quelquefois, lorsque je me réveille, je me dis que j'ai subi quelque chose de vrai ? » A quoi j'ai répondu : « Et qui t'a rendu pas vrai. » Aussitôt : « Mais oui, c'est ça, comment le savez-vous ? » Les premiers mots d'un enfant, ou d'un psychotique, sont comme le premier rêve du névrosé adulte. Savoir les enregistrer et les écouter comme pleins du sens de toute la suite est très important, et c'est parce que je lui ai dit que je ne le savais pas par moi-même, mais que c'était lui qui venait de me le faire comprendre, que c'était donc sa propre expression par moi reçue qui m'avait fait lui répondre des mots qu'il ressentait vrais, preuve que je l'avais entendu et que je l'avais compris, c'est cela, qui lui a fait effet d'une écoute nouvelle, l'effet de la rencontre, l'effet que le silence de mon écoute était plein de sens, ce sens dont il parle : « Du bruit, du bruit, et puis tout d'un coup le silence complet qu'on entendrait une mouche voler, j'aime ça. » Effet de silence à plusieurs, après le bruit des paroles, associé sans doute au souvenir du coït des parents dans leur chambre que Dominique occupait quand il était petit, c'est-à-dire le silence de la rencontre créatrice dans l'angoisse des mouches, ôtant quiétude aux vaches laitières (sa mère ou moi); signifiant aussi, peut-être de la jalousie persécutrice du témoin que j'étais et dans lequel les souvenirs d'enfant de Dominique se projetaient : moi, témoin auditif et visuel de son comportement avec lui-même, par lequel Dominique présentifiait une sorte de corps à corps constant, revécu en fantasme muet, de façon autiste et stérile.

Mais cette rencontre continuait de me situer parmi les personnes très dangereuses; puisque j'étais reconnue valable par son entourage, je devais être semblable aux autres, et de connivence avec eux. Je devais être aussi contaminée de cette incompréhension et de cette réprobation dont son entourage faisait montre vis-à-vis de son angoisse, je veux dire de cet habitus symptomatique qui faisait de lui un ségrégué. Aussi le transfert fut-il très ambivalent dans la confiance et la méfiance, jusqu'à la quatrième séance.

C'est peu à peu, par des effets de rencontre de sens, que, grâce à mon écoute, dans le transfert, je suis venue à sa périphérie, cohésive, proche, mais extérieure à lui, qui devenait à son tour cohésif, non morcelé par moi en qui, sans corps à corps, il se mirait, en qui il mesurait l'espace expressionnel dans lequel il pouvait dorénavant se situer, se référer, et communiquer (avec moi) sans danger d'être coopté, ou détruit par un désir (le mien) qu'il projetait à l'instar du sien, mutilateur cannibale.

C'est ainsi que, dans le transfert, le psychanalyste devient le symbole de la cohésion de la personne en cours d'élaboration, de la personne du psychotique. En même temps, il devient le représentant de la mémoire attestée d'un ressenti répétitivement éprouvé et qui prend sens de réconciliation libidinale narcissique. Ce processus advient du fait que l'exprimé du psychanalysé est toujours reconnu valable par le psychanalyste, même s'il ne le comprend pas consciemment. Ce phénomène est en lui-même symbolique d'une rencontre authentique avec un spécimen humain [1] dont la semblance réveille le reste des traces du passé, sans entraîner l'effet décohésif d'une déstructuration sensori-cénesthésique. La variance actuelle de ce qui est perçu par le sujet au contact du psychanalyste appelle l'évocation de ressentis semblables, d'intensité diverse, dans d'autres circonstances, dans des rencontres qui se sont produites ailleurs, en d'autres moments et en d'autres lieux, avec d'autres personnes, d'autres vivants, d'autres choses ; mais cette rencontre, ici et maintenant, est garante de la dynamique du corps ici présent, et non pas d'un corps emporté dans sa réalité avec l'imaginaire retrouvé. Tout cela n'est possible que dans le phénomène du transfert, par la médiation de ce que l'analysé exprime et de ce que l'analyste prouve qu'il reçoit. L'analyste lui-même n'est atteint ni sentimentalement, ni sensoriellement par les fantasmes : le psychanalysé le retrouve semblable. Sa réalité demeure semblable au cours des séances, quelle que soit l'angoisse ou la violence des pulsions exprimées par le psychanalysé. L'analyste peut alors être calmement considéré en sa place et son rôle d'imaginaire, que l'autre clive du champ symbolique : au lieu d'être confondu dans un corps à corps agi, ce qui pourrait se passer s'il y avait corps à corps ludique ou maternant, s'il n'y avait pas le colloque à distance des corps entre analysé et analyste.

Pour étudier le langage diffracté et différé dans le compor-

---

1. Cf. sur le Moi et ses rapports au Je, ci-dessous, p. 227.

tement, les dessins, les modelages et le discours de l'analysé, le psychanalyste est face à des fantasmes (voire à des fantasmes de fantasmes[1]), des masques en pelure d'oignon, pourrait-on dire, « résistances » qu'il doit totalement respecter, s'il veut secourir le sujet dans son rapport à lui-même, reconnu masqué, mais libre aussi de le rester.

Lorsque le sujet a trouvé une expression, ou une compréhension de son expression, chez le psychanalyste, de quels moyens ce dernier dispose-t-il pour provoquer la reconnaissance de l'effet conscient de rencontre ? Il dispose, à mon avis, d'une verbalisation qui déclare les événements effectivement vécus par le sujet, tout de suite, actuellement, dans la séance, en les interprétant comme probablement associés à un événement historique antérieurement vécu, ou en les rapprochant d'un événement dont lui, le psychanalyste, a eu connaissance soit par un dire antérieur de l'analysé, soit par une information venue de l'entourage responsable, les parents. Le psychanalyste doit d'ailleurs dévoiler les sources de son information, lorsqu'elle n'a pas été donnée en présence de l'analysé. Je parle ici d'un sujet forclos, aliéné, aussi bien que d'un sujet encore trop enfant pour qu'il ait pu fixer les coordonnées des événements auxquels il a été mêlé émotionnellement, qui l'ont marqué, et dont les propos qu'il tient — comme les fantasmes accompagnant ses dessins et modelages pendant les séances — dévoilent, en le déguisant en même temps, le style libidinal de l'époque où il les a vécus sans les intégrer. Sont alors interprétables des traces qui renvoient à la totalité du fait historique vécu, parce que évoquées à nouveau dans le transfert. Et c'est cette référence au fait vécu qui est l'analyse du transfert.

Outre cela, le psychanalyste dispose de sa propre compréhension, celle que lui a apportée l'expérience de sa propre psychanalyse, celle de nombreuses observations d'enfants sains, au décours vécu de leurs époques prégénitales; époques où ils réagissent spontanément par des moyens de défense,

---

1. Cf. dans le cas de Dominique la vache qui rêve qu'elle est un bœuf, ci-dessus p. 63 (4e séance).

des réactions de simulation ou des réactions créatrices, symboliques, mythomaniaques, aberrantes, ou encore par des réactions appelées symptômes, à des épreuves d'impuissance ou de castration; toutes réactions qui dans le cas d'enfants dits normaux, soutiennent, le temps qu'il faut, leur narcissisme, et contribuent à structurer leur personnalité face aux épreuves réelles et aux traumatismes que tous les humains rencontrent avec des intensités différentes.

Il me semble impossible de s'occuper de psychotiques sans avoir connaissance et compréhension des enfants de moins de 3 ans. Beaucoup de troubles somatiques des adultes viennent de la forclusion des moyens d'expression propres aux émois prégénitaux récurrents dont les sujets sont le théâtre, dans telles de leurs relations émotionnelles, électives ou non, je veux dire ressenties ou non par eux comme érotiques, mais qui le sont. Je pense à ces réactions psychosomatiques dues à certaines rencontres dans le travail, rencontres du patron, de collègues, qui provoquent des tensions; ou à ces régulations de tensions parfois critiques dans des familles où vivent ensemble des enfants d'âges divers, chaque participant étant en cours de développement à un niveau libidinal différent. Il y a alors, pour certains d'entre les enfants, des épreuves liées à la vie en commun, dont ils sont parfois touchés jusqu'à être ébranlés ou détruits dans leur structure psychique par le comportement des autres représentants de la fratrie : non pas à cause de ces comportements en eux-mêmes, mais à partir de ce que, dans l'imaginaire, ils représentent pour eux, par rapport aux instances inconscientes de leur psyché, toujours référés qu'ils sont, de près ou de loin, à l'un des parents : il semble à l'enfant qu'un des parents se trouve supplanté dans son rôle, par rapport à lui ou par rapport à l'autre parent, par ce frère ou cette sœur, qui à l'occasion devient l'interlocuteur valable du deuxième parent, à la place du conjoint. La triangulation œdipienne, base de la structure de tout être humain jusqu'à la fin du complexe d'Œdipe, est ainsi fragilisée ou disloquée.

Si les enfants sont dans un état de disponibilité particulière ou de surmenage, ils sont encore plus vulnérables à ces perturbations. Alors, les dimensions clés de l'équilibre de chacune de leurs étapes libidinales révolues peuvent être remises en question par contamination : par exemple, entre 10 et 20 mois le tabou du cannibalisme, lorsqu'ils voient un puîné téter; ou bien celui du meurtre, surtout entre 2 et 3 ans, lorsqu'ils entendent parler valeureusement, par un représentant du Moi idéal du moment, de la mort donnée à dessein ou reçue au cours d'un combat; ou bien il y a destructuration des bases narcissiques par l'assistance à des faits humiliants pour les parents ou l'audition de propos dévalorisants, vrais ou faux, concernant les parents, s'ils sont venus de personnes respectées par l'enfant, alors que ses parents sont encore les représentants de son Moi idéal : c'est le cas chez un enfant qui n'a pas passé l'épreuve du complexe d'Œdipe ou est aux prises avec son angoisse spécifique. L'acquis au contact des parents qui a servi de base de départ, puis de tremplin ou de soutien aux attitudes culturelles, donc à la fonction symbolique structurante de sa personne, peut être ainsi fragilisé, ou même détruit [1].

Il y a, au cours du développement de l'être humain, des mutations érotiques dues à la fois au développement physiologique du corps et aux expériences imaginaires, et surtout aux perceptions sensorielles non verbalisées que l'enfant a dû assumer. Leur symbolisation, nécessaire pour que ces expériences soient dépassées, dépend en partie des paroles et des réactions émotionnelles des adultes, de la confirmation ou de l'infirmation, à cette époque même, de la valeur éthique des expressions libidinales que l'enfant donne de ce qu'il pense, de ce qu'il voit, de ce qu'il fait, ou de ce qu'il voit

---

1. Les symptômes consécutifs à ces blessures sont très variés, depuis le « caprice » (micro-hystérie), toujours signe d'angoisse, jusqu'aux dysfonctionnements divers dans le langage, l'écriture, la scolarité, l'indifférence au jeu, en passant par des états de dévitalisation organique qui entraînent l'angoisse de l'entourage, la visite médicale, et les inutiles ou nuisibles thérapeutiques symptomatiques de style vétérinaire. Parfois les symptômes affectifs inconscients affaiblissent le terrain organique et entraînent, par moindre résistance aux germes pathogènes, de graves maladies organiques. La petite et la grande enfance sont les époques du psychosomatique dominant la santé comme la maladie. (Voir *Psychanalyse et Pédiatrie*.)

faire. Les personnes parentales auxquelles il ne peut pas faire autrement que de chercher à s'identifier, en tant que représentantes, dans des corps adultes, de lui-même allant-devenant adulte, sont particulièrement importantes. Ainsi, à travers le phénomène de la rencontre, tel qu'il se produit entre un psychanalysé et son psychanalyste, dans la relation de transfert, c'est lui-même en tant que sujet situé ailleurs qu'en son corps et l'informant, que retrouve le sujet : grâce à la relation de transfert et à travers le prisme d'une historicité partagée avec les êtres vivants du même groupe humain, familial et social, libidinalement investi relativement au phallus, c'est-à-dire à l'indiscutée valeur.

C'est pour cela que dans chaque cas, toutes les personnes qui ont contribué à définir la structure du sujet, semblent, pour celui-ci, par leur désir, intriquées au sien, en tant que cause de ses difficultés. Les sentiments de malaise, de culpabilité, cherchent des responsables, sinon des coupables. Dans le public, non informé de psychanalyse, ou pas assez informé, on tient encore des propos du genre : c'est à cause de ceci qu'il est devenu comme cela. Avec des parents comme ça..., etc. Or, ce ne sont pas toujours les événements de la réalité, ni le comportement éducatif de parents, exceptionnels ou banaux, qui sont la véritable cause des troubles psychotiques ou névrotiques. Il s'agit d'une dialectique. Que les personnalités de l'entourage parental ou éducateur aient été, ou soient encore, infirmées par rapport à une pseudo-normalité qui n'existe pas dans l'éducation, ou désadaptées à la société par rapport à des critères toujours flous, ou qu'elles aient disparu, n'importe pas ou importe peu, dès lors que cela peut se dire : surtout à partir du moment où l'enfant est en psychanalyse.

Ce n'est pas non plus l'événement réel — qui revient en souvenir, ou qui est resté fixé en mémoire —, qui importe, de par lui-même. Mais l'émoi contaminé de dépersonnalisation, ou de distorsion valorielle humaine, que le sujet en a éprouvé, auquel il a survécu et auquel il lui faut accepter de renoncer. En effet, cet émoi, ayant été narcissisant à sa manière, du fait seul que le sujet en son corps en a survécu, il est très difficile au sujet d'y renoncer, que le souvenir fasse partie de son mythe personnel ou qu'il y en ait des témoins. Il lui faut passer pour cela par le transfert grâce auquel tout se réactualise, puis ensuite faire son deuil du psychanalyste — son compagnon de travail —, en même temps que de son passé.

Tout ce qui dans les dires, les événements enregistrés ou les comportements parentaux, laisse entendre que l'inceste, le meurtre, le cannibalisme, sont des désirs permis, des désirs dont seule l'impuissance due à la condition enfantine, découlant de la prématurité, temporise la satisfaction, tout cela constitue effectivement des expériences traumatiques. L'éducation protégée où l'enfant est tenu dans l'ignorance des épreuves réelles de ses parents, maintenu par eux dans un statut d'ignorant sexuel et politique, est aussi une éducation traumatisante, parce que sans délimitation par des paroles entre l'imaginaire et la réalité. Mais ces expériences traumatiques survenues au cours du développement sont concomitantes de la construction du narcissisme du sujet, et sont de ce fait intimement liées à son être au monde. C'est pourquoi un éclairage intellectuel, ce qu'on appelle une « prise de conscience », ne peut suffire à libérer la dynamique de l'inconscient. Il faut d'abord que s'établisse la relation du narcissisme du sujet à son psychanalyste. Puis, par le travail de l'analyse, le déroulement des associations libres, l'étude des rêves, il faut que le psychanalysé revive, en relation à son analyste, des états émotionnels archaïques, qu'il confronte ainsi son monde imaginaire à la réalité, confrontation pénible et souvent bouleversante, épreuve que la relation à l'analyste permet de supporter, et dont dépend la retrouvaille de l'ordre symbolique perdu. Toute rencontre d'un sujet ainsi précocement traumatisé tout au long d'une éducation protégée éveille tôt ou tard, exprimés dans la relation de transfert, des désirs inscrits comme éthiquement valables dans leur visée vers leur accomplissement mais qui, par la déshumanisation, la décréativité dont leur accomplissement serait maintenant porteur dans la réalité, aboliraient les images humaines de soi, s'ils apparaissaient ailleurs que dans la relation analytique. Or, l'image humaine de soi est en société le support habituel et nécessaire du narcissisme sain. De plus, pour le sujet lui-même, l'abolition en tout ou partie de l'image du corps, c'est l'affleurement des pulsions de mort. Aussi, pour éviter cet affleurement, le sujet préfère-t-il inscrire son narcissisme dans les fantasmes d'un soi-même autre que référé à son propre corps, ou autre que référé à ce corps sexué génitalement qui est le sien dans sa réalité, ou même autre qu'humain, ce qui peut le conduire à délirer. Il préfère aussi prêter ses pulsions de mort à un autre être humain, à l'analyste qui paraît en effet, grâce au transfert, représenter, réactualisé dans le temps et l'espace, soit le sujet lui-même, soit un personnage pour lui réel, actuellement ou dans son enfance, soit encore un personnage symbolique ou fantomatique, ou même magique.

C'est pourquoi la rencontre d'un sujet sous tension de pulsions de mort, ce qui est le cas du psychotique, est la réalité que l'analyste doit assumer sans fantasme, c'est-à-dire sans valeur narcissique pour lui-même, afin que ces sujets traumatisés et psychotiques puissent poursuivre leur dangereuse option, leur dangereux pari de perdurer humain dans ces rencontres envahies de toutes les résonances inconscientes pulsionnelles de vie ou de mort qui seraient non maîtrisables si elles n'étaient pas symbolisées dans un transfert.

Chez le psychotique, les pulsions de vie provoquent le surgissement de l'angoisse de mort qui étreint son corps propre, paralyse les mécanismes de défense et peut même abolir tout dynamisme; alors surgissent, désintriquées des pulsions de vie, les pulsions de mort grâce auxquelles l'angoisse disparaît; mais les pulsions de mort n'ayant pas de symbolisation possible, leur prévalence est infirmatrice d'éthique.

Chez le névrosé, il n'y a jamais qu'angoisse de castration d'une zone érogène en relation avec un désir que le Sur-Moi interdit : cette angoisse est toujours confirmatrice de vie pour son corps propre, dont l'image est conservée grâce à l'angoisse de castration, qui chez l'adulte n'est jamais dissociable du désir génital auquel il donne sa valeur. Le narcissisme est alors éthiquement survalorisé par l'angoisse, laquelle confirme au sujet sa face humaine qui, indissociable de son corps, le spécifie comme être de raison, responsable de sa parole et de ses actes. C'est l'angoisse, en effet, qui est l'épreuve par laquelle il ou elle a, au moment de l'Œdipe, puis de nouveau à la puberté, subi la loi dont le dire, par l'autorité respectée (père ou substitut), l'intègre à la société des humains.

Telle est l'expérience psychanalytique que la thérapeutique des psychotiques m'a permis d'acquérir, quant à la rencontre interhumaine spécifique que médiatise le transfert, quand la forclusion des pulsions libidinales s'est symbolisée par la déraison et l'aberrance incarnées. En effet, les symptômes sont des effets symboliques de l'information, à un moment libidinal nodal au cours de la structuration ou de l'évolution du sujet, de son Idéal du moi par un Moi idéal, lequel était présentifié par une instance éducatrice au langage mystificateur, perverti, ou au langage absent. L'Idéal du moi non gardé, et non confirmé par une éthique génitalement orientée dans le sens masculin ou féminin du schéma corporel, conformément à l'espace-temps actuel, à chaque moment du schéma corporel expérimenté du sujet, le décentre de la parole et le livre, comme magiquement, aux pulsions de mort et à la dislocation de l'image d'un corps qui a « perdu la face » : la face, lieu du lien symbolique du corps d'un être humain et de sa parole.

Je dirai, pour conclure, qu'il est évident que toutes ces réflexions je ne me les suis pas faites pendant le temps du travail et des rencontres avec Dominique. Toutes les réflexions que j'ai notées au cours de ce cas, et celles que j'ai consignées ci-après, sont dues à la relecture des séances, notées par moi mot à mot ou presque, dont les modelages étaient par moi croqués en cours d'exécution dans leurs états successifs, qu'ainsi j'enregistrais. A ces séances, en les relatant, j'ai réfléchi après coup. J'ai réfléchi au sens de ce que Dominique manifestait, tant par ses dires que par ses expressions graphiques et plastiques, et par le courant modulé de sa communication transférentielle. Moi, tout yeux, tout oreilles, toute présente à sa rencontre, je sentais que j'étais le résonateur de sa vérité, qui se communiquait à lui à travers moi, sa psychanalyste. Que j'en aie compris le sens sur le moment, ce n'est pas vrai. J'écoutais, j'enregistrais, « ça » réagissait en moi spontanément. Lorsque je croyais comprendre, je parlais selon ce que je comprenais. Que je l'aie mieux compris après, oui, d'une certaine façon. Quoi qu'il en soit, comme on le voit, c'est un travail à deux dans lequel nous étions engagés, et, par le témoignage que j'en donne, j'espère que ce travail deviendra un travail à plusieurs, et même à beaucoup.

Dominique et moi sommes deux représentants de deux mondes qui sont arrivés à communiquer. Doués tous les deux de langage, moi plus adaptée au langage du plus grand nombre, lui moins; moi moins méfiante de lui que lui de moi; moi pensant, à tort ou à raison, que son *habitus* dénommé psychotique l'empêcherait d'accomplir sa vocation créatrice humaine, j'essayais, par ma compréhension, de l'y faire parvenir. Le lecteur trouve ici consigné le témoignage de cette relation symbolique; laquelle fixe aussi un moment passager de la recherche psychanalytique de notre temps, à quoi mon désir est de contribuer.

*Éclaircissement sur la théorie
freudienne des instances de la psyché
au cours de l'évolution de
la sexualité, en relation à l'Œdipe.
Névrose et psychose.*

Un enfant qui accède au langage parle de lui à la 3ᵉ personne; il est la 3ᵉ personne du trio père, mère, enfant. Quand l'enfant dit « moi », il signifie toujours « moi (ma maman) », ou « moi (mon papa) ».

La notion de son existence est pour chacun à la fois reliée à soi-même, situé dans son corps, et relationnée à un autre, lequel a relation avec d'autres.

En psychanalyse freudienne, on parle de Moi — de Moi idéal — de Sur-Moi et d'Idéal du Moi, comme d'instances de la psyché, instances dynamiques, émanant de la libido, c'est-à-dire du Ça : libido que focalise le désir. Entre ces instances s'établit une économie énergétique inconsciente.

Je vais tenter d'éclairer le sens pratique à donner à ces instances : sens qui prend sa valeur de la compréhension de leur rôle dynamique au cours du développement de l'enfant, et qui nous permet de suivre l'élaboration de la structure symbolique de l'être humain, comme aussi de comprendre sa destructuration pathologique.

LE MOI.

Le sujet du désir advient peu à peu à la notion de son existence autonome et consciente. Il n'y advient consciemment qu'avec le pronom personnel « je », qui apparaît tardivement dans le langage, bien après le « tu » et le « il » ou « elle », et qui signifie toujours le sujet sourcé dans le Ça à travers le prisme du Moi, comme au corps qui le représente.

Un « je inconscient », cependant, semble préexister au langage, et doit être considéré comme l'instance organisatrice du fœtus en colloque avec le je inconscient de ses parents. Présent dans le sommeil sans rêve, ce « je inconscient » est le sujet du désir de vivre, de croître, de s'accomplir à travers ses actes par la créativité et de mourir après épuisement des pulsions de vie, protectrices et défensives du Moi lui-même, du Moi corps spécimen de l'espèce humaine et mortel. Ce Moi qui, d'autre part, manifeste le je devenu coexistentiel au prénom, en même temps que toujours soumis aux pulsions émanant du Ça.

Quant au patronyme accolé au prénom, il est co-existentiel à la génitude du sujet et indissociable de la structure du Moi œdipien. Il introduit, par ses phonèmes, le sujet à la loi qui interdit à son égard le désir incestueux de ses géniteurs, ancêtres, collatéraux et descendants. Ce nom associant le sujet, par son corps, à une lignée, légitime aussi à son égard en tant que fils ou fille la responsabilité tutélaire de ses géniteurs dans sa jeunesse et la sienne à leur égard dans leur vieillesse. Le sujet, à sa naissance, devient de droit un prolongement narcissique de leurs Moi(s) conjoints ou non par la loi, elle-même signifiée par ce patronyme. Celui-ci articule donc de façon langagière et inconsciente (avant que d'être consciente) l'existence du sujet à l'Œdipe de ses parents, auxquels leur progéniture les confronte; par le patronyme qu'ils lui confèrent, ils lui profèrent la loi d'amour chaste inscrite dans le langage, avant même que son désir s'y affronte.

Alors que le prénom est symbolique du sujet par-delà sa mort, le nom, lui, est symbolique de la castration du désir de géniteurs engendrés les uns par rapport aux autres. l'interdit du désir incestueux signifie la filiation, qui, d'un sujet indissocié de son corps, fait l'objet représentatif d'une lignée que tout être humain est aussi pour lui et pour autrui.

LE MOI IDÉAL.

Le Moi idéal est une autre instance inconsciente de la psyché. Il est *toujours représenté par un être vivant, objet auquel le sujet brigue la semblance :* comme si cet être vivant présentait la réalisation d'une étape anticipée du sujet à laquelle, dans son désir, il espère advenir. Le Moi idéal est toujours cherché dans la réalité appréhendable. Le Moi idéal est séducteur pour le sujet, et soutien de l'organisation des pulsions. L'être humain qui le représente a valeur phallique symbolique, c'est-à-dire valeur absolue pour la libido du sujet. Le corps de qui présentifie le Moi idéal est, pour le sujet avant la découverte de la différence sexuelle, par définition, un semblable, et du même sexe que lui. C'est pourquoi, dans la petite enfance, le Moi idéal peut être pour l'enfant des deux sexes la mère autant que le père, ou tout autre représentant humain qui paraît à l'enfant valeureux, du fait de la valeur que l'entourage lui donne, et que l'enfant, par contamination, lui octroie. Le Moi idéal représente pour le sujet un état de perfection, d'aisance, de puissance, dans un corps semblable au sien en sa connaturalité, mais plus valeureux qu'il ne l'est actuellement.

Le Moi idéal est en somme une image, une *image narcissisante* du sujet qui, dans un corps à l'origine totalement impuissant, totalement dépendant, se développe selon un « pattern » conforme à son espèce, pattern dont tout nous démontre qu'il en a l'intuition. Une image de lui-même développée, achevée, l'appelle, au plan biologique comme au plan émotionnel; il se la représente sous la forme des adultes tutélaires d'abord, puis de quiconque lui est par ses parents et l'entourage social rendu valeureux. Le Moi idéal est donc exemplaire. Il confronte l'imaginaire de l'enfant avec une réalité. La dépendance imaginaire de l'enfant à cette réalité le narcissise, stimule les pulsions de l'enfant à se couler dans les réalisations qu'il voit faire à son Moi idéal. Ce que « Moi », le sujet localisé dans son corps et qui se nomme ainsi, désire, c'est « *être comme* », « avoir comme », « faire comme », « devenir comme » ce modèle vivant. Il y a là un « prémoi » qui est en fait une organisation-en-cours du « Ça » à travers l'image du corps que le désir organise. Les images du corps de ce « prémoi » évoluent au cours du développement du nourrisson jusqu'à l'âge de la marche. Nous ne développerons pas ici la structure des images du corps. Disons seulement qu'elles ne sont pas scopiques, que le visage et le cou n'en font pas partie et seront encore longs à en faire partie après l'apercevance de soi dans le miroir. Disons seulement que les images du corps de ce « prémoi » sont constamment triples ; de base, de fonctionnement et érogène. Cette dernière est focalisée par le désir pour le Moi idéal précisément, médiatisée par les ruptures et retrouvailles de satisfactions érotiques au décours de l'évolution neurologique. Le désir, qu'on peut ainsi qualifier successivement d'oral, ano-urétral dans les deux sexes, puis pénien-urétral pour le garçon et oro-vaginal pour la fille, est une métaphore, dans la communication subtile avec le Moi idéal, de communications substantielles sourcées dans les besoins. A chaque stade s'organise une image du corps narcissique, de laquelle émane une éthique inconsciente, mutante de stade en stade, dans le cas, habituel, où la personne support du Moi idéal de ce « prémoi » archaïque ne satisfait pas son propre désir de la seule relation à l'enfant. Dans le cas contraire, l'éthique de l'enfant est bloquée narcissiquement à un stade archaïque. Dans le cas d'un développement non bloqué, l'évolution neuro-physiologique et psychique de l'enfant est soutenue par le dépassement des castrations de chaque stade :

— césure du cordon ombilical (et établissement de la respiration-olfaction, audition, nutrition),
— sevrage du sein,
— sevrage du biberon et de la seule nourriture liquide,
— dégagement de la dépendance physique fonctionnelle,
— marche autonome,
— continence,
— autonomie totale.

Le dépassement de chaque castration est acquis comme

une mutation de l'éthique narcissique, mutation qui structure les tabous du vampirisme (stade fœtal), du cannibalisme (stade oral), du collage à la mère (stade anal, urétral, vaginal archaïque). L'acquisition métaphorique qui naît de ces tabous est la santé végétative respiratoire, végétative et phonématique, puis l'oralisation des issues perceptives, puis les mains préhensives, suivie de l'analisation émissive et rejetante de ces mêmes régions : recevoir, garder et émettre des phonèmes, prendre, garder et jeter avec les mains, le tout s'organisant en langage avec la mère, puis l'articulation de tous ces apprentissages en langage parlé et gestuel qui précèdent l'autonomisation progressive qui éclôt avec la révolution qu'est la marche et la déambulation autonome inaugurant l'âge du touche à tout et de l'adresse intelligente ludique.

Chez le bébé et le petit enfant, la mère est toujours ressentie comme l'être à imiter; mais l'enfant ne sait pas encore dire « moi »; nous disons qu'il s'agit jusqu'à 2 ans et demi-3 ans d'un « prémoi ». L'objet préférentiel de la mère, l'autre de la mère, est valorisé comme un représentant-repère du désir de la mère, il est investi lui aussi de valeur, par contamination des émois du désir maternel, il est un représentant du phallus symbolique. Tous les êtres humains plus développés que l'enfant peuvent être momentanément des supports accessoires de ce Moi idéal; mais ils sont subordonnés à l'appréciation de la mère, qui est pour l'enfant l'objet prévalent coexistentiel. Tout objet, pour elle préférentiel, prend pour lui valeur phallique prégnante, c'est-à-dire valeur de puissance indiscutée et indiscutable. La fratrie joue son rôle. Le père, étroitement associé pour l'enfant à sa mère, par qui il le sent distingué des autres membres de l'entourage par son désir préférentiel, hérite plus que tout autre du rôle du Moi idéal conjointement à la mère [1].

---

1. Ce Moi idéal bicéphale, avant la perception formelle de la différence sexuelle, joue sans doute un rôle dans l'initiation au désir de communication, lorsque le nourrisson confondu avec l'adulte porteur, co-communique ainsi, co-animé par lui, avec l'autre adulte, subissant l'empathie. Cette triangulation est matricielle du langage pour l'enfant, elle est nécessaire à l'efficience de la fonction symbolique que les pôles parentaux soient ou non représentés par les géniteurs.

LA CASTRATION PRIMAIRE.

Vers 2 ans et demi, 3 ans, bref à l'époque de la découverte de la différence sexuelle, les pulsions ont à faire face à la problématique de l'imaginaire et de la *réalité*. Cela est l'effet de la *mutilation pénienne* imaginée comme « menaçante », que représente pour le garçon l'existence des « filles » attractives, mais par leur sexe, perçues comme étranges mutilées; et de la mutilation imaginée comme « reçue », que représente pour les filles la découverte du sexe masculin, avec la signifiance formelle du désir qui, en ce lieu, est sans parole : le pénis, horreur séduisante (s'il est vu comme « pipi ») ou merveille (s'il est vu comme le pouvoir d'exprimer leur désir génital), que possèdent ces étranges et fascinants « garçons ». La réponse venue d'un représentant du Moi idéal à la question concernant la vérité sur l'absence ou la présence de pénis signifiant le sexe[1] au féminin et au masculin, apporte révélation de « destinée », inséparable de la complémentarité des hommes et des femmes dans la fécondité; c'est-à-dire révélation d'une dynamique du désir pour le sujet, fille ou garçon, colloqué à son irréductible réalité. L'enfant de 3 ans advient par-delà cette révélation à l'autonomie : par le dire du Moi idéal concernant un destin d'adulte à conquérir. Ce dire établit une relation conditionnelle entre la réalité et l'imaginaire, il délimite le possible et l'impossible, pour la première fois, fixe le toujours et le jamais à ce qui est la réalité du temps, par ce corps sien dans l'espace, dont la constitution naturelle devient pour le sujet le représentant de son Moi. Un Moi dont le sujet associe la syllabe au Je grammatical, dans les actes et les pensées que son langage assume.

La castration primaire dépassée provoque chez l'enfant ceci : le Moi idéal prévalent devient un être humain dans un corps certes plus développé que celui de l'enfant mais soumis

1. Et non pas la particularité de l'appareil urinaire seul.

aux lois de la réalité comme lui et effectivement du même sexe que lui. C'est la recherche d'identification du Moi au Moi idéal qui conduit l'enfant aux conquêtes culturelles sourcées dans la libido orale et anale, déjà engagée dans l'apprentissage par l'adresse de tout son être dans le but de s'identifier totalement au géniteur adulte ou, en son absence, à un substitut choisi du même sexe que lui. Il le prend comme modèle, et s'exerce à l'imiter en tout et jusqu'à briguer son rôle spécifique vis-à-vis du géniteur complémentaire dans les comportements qui le traduisent à ses yeux. A cet exemple, l'enfant s'initie dans son groupe ethnique au langage-valeur de la libido au masculin ou au féminin. Il est ainsi amené à exprimer son désir de concevoir un jour un enfant avec son géniteur de sexe complémentaire. Ce désir d'identification à l'adulte valeureux du triangle initial père-mère-lui, conduit donc tout enfant au fantasme de conception incestueuse, promise à son désir allant-devenant génital adulte.

L'autoérotisme normal existe chez l'enfant et il se centre sur la région génitale dès l'âge de la castration primaire et jusqu'à la résolution œdipienne. S'il n'est pas blâmé, hormis les moments où il s'y livre en public et parce qu'il s'ennuie, la masturbation normale de l'enfant survient aux heures d'endormissement et de réveil.

Il y a parfois une période transitoire d'exhibitionnisme chez les enfants encore non renseignés et qui, par cette mimique, posent muettement la question de confiance concernant le sens du plaisir qu'ils ont découvert. N'oublions pas qu'à trois ans l'enfant se demande à propos de tout « qu'est-ce que c'est », « à quoi ça sert », « comment ça s'appelle ».

En effet, l'érectilité de son pénis, pour le garçon, accompagné de plaisir, mais incompatible avec la miction, après 21 ou 25 mois dans les cas habituels, lui pose question. De même la sensibilité particulière de ses bourses dont il imagine, livré à lui-même, que ses boules, les testicules, peuvent être des réservoirs excrémentiels. L'irritation du gland, particulièrement sensible, peut aussi l'inquiéter, surtout si le prépuce est étroit. Toutes ces informations lui sont nécessaires. Il a besoin de savoir que tout en lui est bien en ordre pour devenir, en grandissant, un homme comme son père.

Les dires dépréciatifs concernant son sexe, maintenant qu'il en a découvert la spécificité formelle par rapport à celui des filles, les adjectifs « sale, pas beau », concernant le sexe et qui semblent le confiner, par le vocabulaire employé, dans le mépris des fonctions de besoins excrémentiels, sont des dires traumatisants, plus encore pour les garçons dont le sexe est plus en vue que chez les filles. Le sexe est, de ce fait, plus vulnérable tant au propre qu'au figuré, du fait que les érections inévitables sont fréquentes et imprévisibles, et qu'elles centrent le narcissisme du garçon. La petite fille aussi doit être éclairée par des paroles véridiques sur les régions sensibles et érectiles de son anatomie génitale; bien qu'elles soient pour elle moins visibles, elle en a une connaissance tactile et une connaissance subjective érogène. Elle doit recevoir l'information des noms vrais de vulve, de lèvres; et celui de clitoris pour ce qu'elle nomme le bouton, comme elle le fait de ses mamelons également érectiles auxquels elle l'associe naturellement. Elle doit aussi savoir le mot vagin qui qualifie son sexe féminin creux, qu'à défaut du mot vrai elle nomme trou, et qu'elle ressent comme orbiculairement érectile à l'occasion de certains émois que lui procurent les garçons. Si les mots vrais du vocabulaire doivent être dits à l'enfant concernant son anatomie génitale, c'est que ces mots prononcés par sa mère, initiatrice au langage et qui a fourni les mots concernant le corps jusqu'alors, des mots d'adulte, donnent à la fois sens et valeur humanisées à la région fondative de sa féminité, aux sensations subjectives précises mais au fonctionnement encore inconnaissable. Les enfants intelligents, dès l'âge de trois ans, sont curieux de leur sexe, si particulièrement émouvant et si proche encore pour eux de la déréliction des fonctionnements excrémentiels dans leur valeur éthique actuelle. Les enfants confiants posent toujours des questions concernant cette région mystérieuse à laquelle ils sentent intuitivement qu'est dévolu dans l'avenir un rôle très important, mais qui l'est plus encore depuis la découverte claire de la différence sexuelle (qu'ils ont d'abord appréhendée comme une découverte de fonctionnement urinaire différent pour les garçons debout et pour les filles assises ou accroupies). Pourquoi ? à quoi ça sert ? Ils demandent à savoir le destin futur de ce corps, de ce sexe, et si les garçons sont semblables à leur père quand il était enfant, et si tous les garçons deviendront en grandissant des hommes ? c'est beau ? C'est bien, donc, un sexe ? Et les filles, seront-elles des femmes en grandissant, auront-elles une poitrine comme elles en voient à leur mère et aux femmes ?

Toutes ces paroles d'information, qui répondent aux questions de l'enfant, habilitent leur intérêt pour la région génitale qui, jusque-là était pour eux considérée comme une région anatomique dédiée au soulagement expulsif des besoins.

Voilà de quoi leur nom, leur apparence vestimentaire (quand c'est le cas), est le signalement : ce n'est pas que Papa et Maman voulaient ou non un petit garçon ou une petite fille, c'est qu'eux-mêmes, par leur constitution, l'ont signifié en naissant, et c'est une vérité que leur corps exprime, quoique puissent en dire des adultes aveugles qui peuvent être induits en erreur par leur visage ou leur habillement.

A partir de ces informations verbales concernant leur anatomie, s'éclaire le sens de leur plaisir là localisé; le petit garçon et la petite fille devenus conscients de leur destin futur peuvent verbaliser, dessiner, jouer leurs fantasmes, qui illustrent leur désir en l'envi d'adultes de leur sexe, auréolés d'un pouvoir de séduction qui soutient à la fois l'identité et les identifications promotionnantes.

C'est bien l'angoisse primaire de castration surmontée qui, en initiant le sujet à la réalité de son corps masculin ou féminin, l'introduit à la problématique de son sexe, et en même temps au désir d'atteindre à sa pleine stature adulte avec l'espoir de déloger le géniteur de sexe homologue de sa place et de son rôle près de l'autre. Il est mû par cet espoir dès l'âge de 3 ans, âge où s'organisent les composantes énergétiques libidinales du désir hétérosexuel mis en marche vers le complexe d'Œdipe par des fantasmes masturbatoires.

La visée de cette réussite stimule l'enfant à prendre modèle sur le géniteur de sexe homologue, pour plaire comme lui et séduire le géniteur de sexe complémentaire. Il lui faut cependant ménager le parent de sexe homologue; d'une part parce qu'il présentifie encore associé à l'autre parent le Moi idéal; d'autre part parce qu'il est le garant de la continuité existentielle et de ses nécessaires satisfactions régressives. L'enfant a besoin pour assurer son narcissisme du retour à l'image du corps de base sécurisante lors des déconvenues expérientielles nouvelles que la vie lui procure et qui lui font rechercher la protection de ses deux géniteurs, représentants associés de sa structure archaïque.

LA CASTRATION ŒDIPIENNE.

C'est après quelques années de cette problématique — au cours desquelles l'enfant développe son narcissisme de petite personne qui s'affirme vis-à-vis de l'entourage familial et extra-familial, par la maîtrise du langage, par l'adresse corporelle et manuelle créative, par la découverte de sensations auto-érotiques génitales de plus en plus précises, accompagnées de fantasmes œdipiens —, que survient aussi, de plus en plus prégnante, *l'angoisse de l'impuissance séductrice vis-à-vis d'un adulte parental* toujours plus attiré par l'autre adulte. La rivalité compétitive de l'enfant n'est jamais acquise. Il n'arrive pas à prendre sa place « pour de vrai », quoiqu'il joue au petit amant ou à la petite amante. Son impuissance réelle sexuelle est manifeste. Chaque fois que son désir surgit, visant à conquérir l'objet incestueux, la déconvenue de la réalité lui est imposée. C'est alors que survient l'angoisse de castration œdipienne, le sentiment d'être menacé de destruction dans sa personne, ou de mutilation dans son sexe, fantasmes dus à la projection sur l'adulte de ses propres émois rivaux. Etre puni de mort ou agressé au lieu de son désir, tel est le dilemme narcissique auquel est affronté l'enfant qui peut en être atteint jusqu'à la déréliction de soi et menacé de ses pulsions de mort, par perte de repères éthiques, au moment culminant du complexe d'Œdipe, à peu près au moment de la chute de sa première denture.

Cette angoisse de castration imaginairement mutilante, testiculaire pour le garçon, éviscérante pour la fille, est d'autant plus forte que le désir sexuel est plus fort chez l'enfant et que ses parents sont plus tolérants à satisfaire ses demandes exacerbées, qu'ils sont plus enclins vis-à-vis de lui aux manifestations de corps à corps, qu'elles soient privautés de tendresse cajolante ou corrections corporelles répressives : styles d'éducation également pervertissants et toujours interprétés par l'enfant comme amour séducteur, ou rivalité jalouse à son égard, de tel ou tel de ses parents. Une attention affectueuse discrète jointe à une éducation dont les exigences respectent sa dignité humaine, est l'attitude qui gène le moins l'enfant œdipien.

De la même façon qu'au cours de l'évolution de ses pulsions génitales de 3 à 7 ans, l'absence (ou la frustration émotionnelle, ou sexuelle) d'un de ses parents rend difficile son évolution vers la primauté d'un désir génital non gardé par le rival adulte; de même, au moment de la crise d'angoisse de castration en face du désir œdipien, à 7 ans, l'attitude du couple parental peut entraver l'évolution de l'enfant en la surchargeant d'angoisse.

C'est le cas lorsque l'enfant perçoit chez ses parents un désaccord à travers leurs comportements éducatifs respectifs. Il peut alors inconsciemment s'ingénier, dangereusement pour lui, à manœuvrer la tendre faiblesse de l'un et la force répressive, suragressive, de l'autre : ce qui le maintient de façon perverse dans le désir d'être le pôle abusif du triangle œdipien, l'objet prévalent du foyer, le centre d'intérêt. Il est entretenu ainsi dans une angoisse de castration œdipienne à la fois coupable et jouissive, qui sera source de stagnation infantile psychosomatique ou affective. Lorsque l'angoisse de l'enfant perturbe l'entente du couple, lorsque les préoccupations et réactions éducatives prévalent sur les autres intérêts du compagnonnage et de la vie créative ou sociale des parents, il est impossible à l'enfant de surmonter le drame du désir œdipien, et l'angoisse de castration qu'il suscite dans l'économie inconsciente de sa libido.

La valeur de la personne et la valeur du sexe sont entièrement engagées dans ce désir incestueux, qui, vers l'âge de 7 ans, est soumis fort heureusement la plupart du temps à un ralentissement physiologique des pulsions génitales jusqu'à la puberté. L'enfant entre alors dans ce qu'on nomme la période de latence physiologique. Si *la loi de l'interdit de l'inceste* n'est pas clairement signifiée à l'enfant comme *loi imposée à ses parents, à sa fratrie autant qu'à lui-même,* l'enfant peut rester dans un état de structure œdipienne conflictuelle latente, non surmontée jusqu'à la puberté. La poussée physiologique de cet âge fera éclore de façon majeure le conflit du désir incestueux et de l'angoisse associée, jusqu'à la résolution dans le renoncement au désir génital en tant que tel (et non pas seulement incestueux) qui peut alors, pour toute la vie adolescente, être totalement refoulé : ce qui entraîne une névrose certaine.

Au contraire, lorsque c'est autour de 7 ans que survient la claire notion de l'interdit de l'inceste, initiant l'enfant à la loi commune à laquelle sont soumis ses géniteurs et sa fratrie autant que lui, comme tous les êtres humains, un remaniement structural de la libido se produit avant l'entrée en phase de latence. La dissociation entre le désir génital et l'amour chaste pour les parents et la fratrie permet au narcissisme de la personne, du Moi, de renoncer aux visées infantiles imaginaires. Il y a abandon de la totale dépendance aux pulsions agressives et sexuelles envers les deux représentants premiers du Moi idéal, et apparition en même temps d'un Moi autonome, soumis au Sur-Moi génital, gardien de l'interdit de l'inceste, et appelé par un Idéal du Moi qui n'est plus confondu avec les objets du triangle œdipien. L'Idéal du Moi devient l'attraction pour une éthique du désir génitalement prévalent, éthique qui sera la conscience morale autonome, le sens de la responsabilité de ses actes et de sa parole.

Avant la période œdipienne, bien que l'enfant soit toujours mû par des pulsions féminines ou masculines, sa morale est fluctuante, dominée au jour le jour par les impératifs de séduction à but de maîtrise amoureuse de l'objet parental qu'il veut conquérir et qu'il veut son complice et la crainte de l'objet parental rival, qu'il ressent comme un tiers gênant, voire dangereux, qu'il doit se concilier ou dont il doit neutraliser l'agressivité. C'est après la résolution du complexe d'Œdipe que l'enfant, fille ou garçon, sur les ruines de ses espoirs à jamais détruits de séduction parentale à but incestueux, de séduction sororale ou fraternelle devenue caduque et ridiculement puérile à ses yeux, peut accéder à la recherche, hors de sa famille, d'amitiés à deux, de même sexe ou non, plus ou moins amoureuses où s'épuisent, déplacées, les dernières flambées de désir incestueux, agressif, possessif et jaloux vis-à-vis d'un troisième qui voudrait se joindre à leur duo. Il cherche surtout des camarades d'épreuve : « *moi auxiliaires* » que sont des amis de sexe homologue, marqués eux aussi de l'interdit de l'inceste, avec qui s'organisent des conquêtes culturelles en société.

Ces « moi auxiliaires » il les trouve dans des camarades de sa classe d'âge qu'il recherche hors de la famille.

Dès 8, 9 ans, à part des voisins ou des cousins, l'enfant préfère se lier avec des enfants dont ses parents ignorent les parents. L'amitié n'a plus de charme quand les parents s'en mêlent. (L'horreur de la question qui lui est posée « que font ses parents ? » comme si cela avait la moindre importance!) La sociologie des enfants ne répond absolument pas aux critères de la sociologie de leurs parents. A partir de la résolution œdipienne, et c'est même un des aspects phénoménologiques de la résolution œdipienne, que trop de parents en s'y opposant en retardent les sublimations à la phase de latence quand ils s'opposent par un contrôle angoissé à l'essor hors familial de l'activité émotionnelle et ludique de leurs enfants. C'est secrètement vis-à-vis des adultes qu'on veut s'aimer, s'estimer, se détester, se brouiller, se réconcilier, et pour des raisons que ne peuvent comprendre les parents. Avec les camarades, les amis, on s'accorde et se désaccorde à propos des maîtres, des aînés observés à l'école, des héros de l'histoire de la littérature, du cinéma, de la radio et de la télévision. On recherche dans les célébrités sportives, culturelles, artistiques, dans « la mode » en vogue dans son groupe choisi des « modèles » positifs ou négatifs, qui répondent à un choix narcissique, le plus éloigné possible des modèles œdipiens en apparence, et qui changent avec les saisons. Chacun de ces engouements soutient des fantasmes d'identification transitoire qui concourent à la découverte de soi-même dans la vie sociale, à l'école de ceux qu'on admire.

LE SUR-MOI.

En même temps que le Moi autonome, castré du désir incestueux qui était jusque-là l'organisateur de la psyché, s'inaugure dans l'inconscient le Sur-Moi, héritier de la révélation d'une éthique du désir que la loi articule à la filiation et qui interdit l'accomplissement du désir génital entre parents proches. Le Sur-Moi œdipien est le témoin-garant d'une survie au prix du renoncement au désir génital incestueux : instance répressive, prudentielle, destinée à protéger le sujet du retour de l'angoisse de castration. Cette instance devient inconsciente par introjection de la loi, reliée à la scène primitive inaugurale de l'existence de l'enfant, et origine de sa filiation.

Le Sur-Moi est donc l'héritier posthume du Moi idéal préœdipien. Il a pour rôle de soutenir l'interdit de l'inceste par l'angoisse de castration qui s'éveille à l'occasion des fantasmes masturbatoires à visées incestueuses. Le Sur-Moi refoule les pulsions génitales qui, dans le cas le plus fréquent, organisent en tabou inconscient les fantasmes de corps à corps incestueux et le désir de fécondité incestueuse. Le Sur-Moi a donc pour effet de réveiller l'angoisse de castration au cas où le Moi serait tenté de ruser avec elle ou de détourner la loi, même en fantasmes. Le Sur-Moi génital n'interdit pas les pulsions génitales dirigées vers les objets hétérosexuels extra-familiaux; bien au contraire, il aide le narcissisme à s'affirmer dans le génie de son sexe, tant au sens des conquêtes amoureuses extra-familiales qu'à celui des succès compétitifs professionnels et culturels en société.

L'IDÉAL DU MOI.

Les pulsions génitales affrontées à l'interdit du désir incestueux à effet castrateur, se dissocient de la visée des objets parentaux. Elles refluent, par refoulement, sur le narcissisme attaché au corps propre de l'enfant qui, pour lui-même, devient précieux, en attente de l'avenir où il sait qu'il accédera, par la croissance, aux caractères secondaires de la nubilité. Il s'y prépare en répondant aux exigences culturelles. Cet avenir promis est le pôle attractif des fantasmes de la phase de latence. Fantasmes qui s'élaborent en projets à long terme, que focalise une instance nouvelle, concomitante de la résolution œdipienne : l'Idéal du Moi.

L'Idéal du Moi, qui a surgi des décombres du désir incestueux, attire et stimule le Moi à des réalisations culturelles valeureuses dans la société extra-familiale, pour un autre plaisir que celui de séduire le père ou la mère en leur « faisant plaisir ». L'Idéal du Moi est d'autant plus renforcé, je dirai cohésant pour un sujet, que ce dernier rencontre dans des enfants de son âge et dans des aînés de son sexe, les mêmes valeurs de développement qui l'attirent vers la réalisation, impossible à atteindre par définition, de cet Idéal du Moi. Impossible par définition, car l'Idéal du Moi n'est pas présentifié par un être humain : c'est une éthique qui a pour effet de focaliser les pulsions, au jour le jour dans des initiatives créatrices, valables en société, reconnues par les autres : les Sublimations. Quant au Sur-Moi, son effet est d'inhiber des pulsions qui détourneraient le sujet d'une vectrice de ses pulsions le conduisant à briguer, par des sublimations, une réussite conforme à son Idéal du Moi.

En effet, le non-dit de la loi par un représentant valeureux du sexe de l'enfant, responsable et garant de sa vérité, laisse l'enfant dans un état de confusion quant à son être sexué et à sa valeur, en tant que désir au masculin ou au féminin en société.

On comprend à partir de là que si des enfants n'ont pas

été génitalement structurés au moment physiologique de l'Œdipe, ils sont, pendant la période de latence, encore soumis à l'angoisse de castration œdipienne, très influençables par les exemples et les dires de ceux qu'ils admirent ou qu'ils craignent, les jeunes de leur âge et par des aînés. Ces « moi auxiliaires », quand eux-mêmes ne sont pas dans la loi, peuvent alors gauchir leur Idéal du Moi en continuant de représenter pour eux un Moi idéal séducteur de style œdipien qui devrait être périmé.

En réalité, un axe continu va des possibilités génétiques incluses dans le capital libidinal du Ça à l'Idéal du Moi. Les capacités génétiques du Ça ont pu être, jusqu'au moment du complexe d'Œdipe, gauchies par les personnes qui servaient de Moi idéal à l'enfant. Mais, à partir de son renoncement clair à identifier son désir au leur — et surtout si les géniteurs, de leur côté, ne se projettent plus dans leur enfant —, le Moi de l'enfant devient de fait sans modèle génital parental pour son désir. L'enfant sait n'avoir plus d'espoir à l'accomplissement de son désir génital envers les objets de sa famille proche. Le Moi de l'enfant peut enfin abandonner le souci de conquête incestueuse et se développer conformément à ses possibilités, sans plus briguer, si c'est un garçon, de plaire à sa mère ni d'être constamment en accord avec le conjoint de celle-ci, qu'il soit ou non son géniteur ; ou quand il s'agit d'une fille, de chercher à séduire son père et ses frères aînés, tout en évitant les désaccords avec la conjointe de son père, qu'elle soit ou non sa génitrice.

Pour les enfants des deux sexes, la structure perverse ou délinquante peut se développer à partir d'un complexe d'Œdipe mal vécu, d'une castration œdipienne mal assumée par un père encore fixé à sa propre mère, ou par une mère encore fixée à son propre père, ou jouant à « la poupée » avec ses enfants. Les difficultés viennent de ce qu'avec la phase de latence, l'enfant peut régresser à des positions antérieures, homosexuelles et narcissiques, si le père et la mère, qui représentent au foyer les adultes ayant atteint le niveau apparent de la communication génitale et créatrice, sont en fait immatures, phobiques, obsessionnels ou hystériques. La présence au foyer de l'enfant œdipien a des chances d'éveiller en eux une libido refoulée homosexuelle et narcissique : une libido quotidiennement refoulée de ses positions génitales sur des positions pré-génitales. Les enfants de tels parents entrent en phase de latence physiologique, vers 9 ans, non pas fiers de leur sexe mais comme des êtres neutres, peu sexués; et c'est à la puberté que de graves problèmes se poseront, débouchant sur une névrose d'autant plus inhibitrice de la génitalité que la réussite scolaire se maintient [1], donnant satisfaction aux parents, accaparant la libido d'un enfant indisponible à la fréquentation d'autres jeunes qu'il fuit et redoute, s'absorbant dans la masturbation et l'angoisse de castration œdipienne qui y est associée, du fait que les fantasmes qui l'accompagnent visent à la conquête d'objets imaginaires ou inaccessibles, substituts masqués des parents.

Il s'agit de cas où l'Idéal du Moi est gauchi par la pérennité du Moi idéal œdipien, représenté soit encore par un parent, soit par le style de vie donné en modèle par les parents, ou encore par les dires moralisateurs des parents remplaçant totalement une élaboration personnelle de jugements éthiques. Le sentiment de culpabilité étreint le narcissisme.

Cet Idéal du Moi gauchi ne peut focaliser les pulsions des stades érogènes archaïques, ainsi que les pulsions du stade génital actuel. Toutes les pulsions agressives, actives et passives qui devraient être en accord avec les pulsions génitales pour la poursuite de l'objet du désir et d'une œuvre (travail créatif et fécondité), toutes ces pulsions sont, sans discrimination, refoulées par le faux Sur-Moi resté pré-œdipien. *Ce Sur-Moi rétrograde oblige le désir,* sous peine d'angoisse de castration, souvent somatisée (fatigue, insomnie, troubles viscéraux), *à s'accorder non pas à un Idéal du Moi,*

---

1. Il s'agit d'une réussite par fixation obsessionnelle aux seuls résultats compétitifs sans véritable ouverture sur la culture. La fixation homosexuelle ou hétérosexuelle aux professeurs impose à l'enfant de ne pas déchoir devant eux, il devient indifférent à tous les autres intérêts de son âge, surpréoccupé de scolarité, angoissé de ses échecs que son narcissisme blessé éprouve comme non-satisfaction du désir du maître auquel le sien s'identifie. La surtension qui l'habite peut entraîner un état dépressif chronique.

comme cela devrait être, mais à un Moi idéal : c'est-à-dire à quelqu'un. Ce n'est plus totalement le père sans doute, mais c'est
un maître à penser, une instance « sûre » exogène au sujet,
qui lui dicte sa conduite ; une instance religieuse, médicale,
syndicale, dans les cas où il ne s'agit pas simplement d'une
fixation homosexuelle franche à un aîné de son sexe.

De ce fait, il y a dépendance du Moi, et, fatalement,
manque de la dynamique totale des pulsions génitales. Le
sujet ne trouve pas, dans son Moi resté en partie infantile
(et souvent héroïque en sa soumission indiscutée), de quoi
organiser ses pulsions. Ses projets qui, lorsqu'il y a un Idéal
du Moi, servent le désir génital guidé par l'appel franc du
plaisir, sont mêlés à un brouillard de fantasmes, qui gênent
la vue claire de la réalité. Ses projets échouent, soit dans
leur accomplissement, soit dans l'obtention du plaisir. La
compétition génitale sexuée est sans force, culpabilisée ; elle
ne peut être affrontée dans des comportements responsables
au service du désir. L'appréhension de l'échec accumule tant
d'énergie à éviter celui-ci que l'échec s'ensuit, satisfaisant
la culpabilité et laissant un sujet morfondu. Si ce n'est pas
l'appréhension qui le domine, c'est l'atermoiement, ou bien
encore le souci de n'être pas en accord total avec le Moi
Idéal, c'est-à-dire telle ou telle opinion d'autrui que le Sur-
Moi oblige à ménager. Au contraire, *dans le cas du complet
dégagement œdipien,* chez l'individu au service de ses pulsions
génitales, dont il se sent la pleine responsabilité, *il y a circu-
lation libre de la libido, selon un axe qui va du Ça à l'Idéal du
Moi en passant par le Moi gardé par le Sur-Moi de la loi intro-
iectée.* Le désir se focalise sans déperdition de force, accompagné d'un sentiment de liberté, vers le succès, son accomplissement dans le plaisir d'atteindre son but. Et si le succès
n'est pas atteint, cela n'entraîne ni le sentiment de culpabilité, ni blessure narcissique : le sujet a acquis de cet échec
une expérience de la réalité au bénéfice du Moi, il conserve
la visée de son Idéal du Moi. Les prochaines pulsions génitales seront encore mieux adaptées à l'accession au but du
sujet : l'objet de son désir pour l'obtention du plaisir. Ainsi
est organisée la « santé » libidinale de l'âge adulte dans la

maturité. Cela jusqu'à l'âge physiologique de la ménopause pour les femmes, de l'andropause pour les hommes, nouvelle castration (naturelle), qui entraîne une symbolisation nouvelle du désir, sans angoisse ni symptômes de régression.

NÉVROSE ET PSYCHOSE.

De ce qui précède, il découle que la NÉVROSE survient chez un être humain dont le désordre libidinal ne s'est établi qu'après la castration primaire surmontée, c'est-à-dire chez un être humain qui est fier de ses caractéristiques sexuelles, qui a vécu le complexe d'Œdipe sans être arrivé à le résoudre tout à fait, d'où son angoisse latente de castration génitale, totalement inconsciente la plupart du temps, qui s'exprime dans des symptômes dont il souffre consciemment tant par la gêne qu'ils lui procurent que par les sentiments de culpabilité qu'il éprouve de ne pouvoir s'en rendre maître. Mais, ce qui est caractéristique de la névrose c'est que le sujet, même dans ses rêves, ne peut jamais régresser à un Moi qui ne serait pas de son sexe, et pas de l'espèce humaine.

La PSYCHOSE, au contraire, survient chez un être humain qui à l'âge du pré-moi, avant 3 ans, n'avait pas comme support de son Moi idéal une mère fière de sa féminité avec un père fier de sa virilité, heureux de l'avoir conçu et heureux qu'il soit né avec le sexe qui est le sien : ce qui arrive lorsque le père et la mère n'ont pas résolu eux-mêmes leur complexe d'Œdipe et forment un couple névrotique, refermé sur lui-même et sur l'entretien matériel de sa progéniture. Ce sont des adultes qui refoulent leur désir génital. Ils « travaillent » et sont « éducateurs ». Leurs enfants sont le fruit de désirs qu'ils sont honteux d'avoir manifestés; ils les élèvent dans la puérilité et l'angoisse d'une sexualité ressentie comme dangereusement coupable. De tels parents sont nécessairement craintifs à l'égard de la société des autres adultes qu'ils fréquentent peu. Et pour peu que les grands-parents, origine de cette névrose, jouent un rôle encore prévalent soit au foyer de leurs enfants devenus parents, soit dans l'éducation de leurs petits-enfants, ceux-ci subissent de graves traumatismes qui entravent leur structure libidinale.

Il faut donc trois générations pour qu'apparaisse une psychose : deux générations de grands-parents et parents névrosés dans la génétique du sujet, pour qu'il soit psychosé. Il faut que l'un des géniteurs du sujet ait une lacune de structure préœdipienne ou œdipienne de la libido à un des stades de son évolution, et qu'il ait rencontré dans la structure inconsciente de son conjoint un manque analogue, venant chez lui aussi d'au moins d'un de ses parents. Lorsqu'on analyse un psychotique, on découvre que, dès son jeune âge, il n'a pas eu un Moi idéal représenté par un adulte parental génitalement couplé, ni dans la réalité, ni d'une façon symbolique. Sa situation relationnelle d'objet partiel érotisé dans le triangle père-mère-enfant a engendré une insécurité angoissante de son sexe due à la fragilité des objets parentaux qui ont servi de Moi idéal, et à l'inconsistance dans la réalité du rival œdipien. Au moment de la résolution œdipienne, la libido génitale des parents, non polarisée dans une vie sexuelle génitale adulte satisfaisante actuelle, les laisse, par angoisse de castration due à un pseudo Sur-Moi resté infantile, fixés sur leur progéniture dont ils culpabilisent de ce fait toute expression d'autonomie, non dégagés qu'ils sont érotiquement dans leurs émois de leur propre enfance coupable. Leur comportement éducatif est de style contrôle policier ou exacerbé d'amour angoissé. Ils dénient à leurs enfants le droit à l'essor libidinal ludique extra-familial, et même toute initiative créatrice autonome [1].

Ce qu'on ne sait pas assez hors des milieux psychanalytiques, c'est qu'il y a chez les adultes des structures psycho-

---

1. Dans le petit âge, le rôle des nourrices et bonnes d'enfant, qui sont elles aussi pour l'enfant des représentantes du pré-moi idéal, aggrave ou corrige la carence de la structure libidinale des parents. Il en va de même à la phase de latence et à la puberté pour les éducateurs, quand l'enfant est mis en pension sans avoir la fierté de son sexe, ou sans avoir résolu son complexe d'Œdipe, faute d'information claire concernant l'interdit de l'inceste.

tiques et perverses qui passent tout à fait inaperçues, phénoménologiquement. Elles sont camouflées par des comportements caractériels, plus ou moins admis par une société qui peut les ignorer; ce sont les enfants qui se développent au contact éducatif de ces adultes inconsciemment pervers ou psychotiques latents qui mettent en valeur, par leur absence de structure à un stade ou à un autre de leur évolution, les pulsions de mort auxquelles ils ont été livrés, dans leur inconscient : du fait justement de ces parents dont les comportements apparents et les propos qui les accompagnent ne correspondent pas à la vérité des désirs pervers conscients ou refoulés qui les animent dans l'intimité vis-à-vis de leurs enfants. C'est d'ailleurs l'existence de leurs enfants inadaptables à la société qui permet à ces adultes d'ignorer soit la névrose de ceux de leurs enfants à leurs yeux « adaptés », qui ne sont qu'adaptés scolaires, soit leur propre névrose ou leur propre psychose latente, adaptés qu'ils sont à leur travail. Aussi le traitement des enfants psychotiques implique-t-il un travail psychanalytique avec la fratrie de l'enfant, et avec ses parents : c'est-à-dire avec ceux qui n'ont pas pu, servant en fait de représentants du Moi idéal pour le psychotique, soutenir son narcissisme dans la communication symbolique de ses émois à leur égard : communication qui exige du parent qu'il n'érotise pas son lien à cet enfant, c'est-à-dire qu'il ait reçu lui-même à chaque stade la castration humanisante.

C'est, en effet, celui des enfants d'une famille qui est le plus doué de libido qui manifeste les plus graves troubles; car c'est lui qui, par la force de son désir, éveille plus que les autres chez ces adultes fragiles une angoisse intolérable : et ils réfrènent l'expression du désir de cet enfant dont la précocité naturelle et la richesse de sensibilité risquent de déséquilibrer leur instable équilibre libidinal inconscient[1].

1. Tout cela se comprend. Au cours du développement, le désir s'organise successivement autour de zones érogènes prévalentes selon l'évolution vers la maturité neurophysiologique. A chaque stade, parmi les pulsions libidinales, certaines d'entre elles subissent des limitations dans leurs satisfactions, soit du fait de la nature des choses, soit du fait de la tolérance à leurs manifestations par l'adulte. Mais le fait important, qui marque une mutation énergétique et le passage au stade d'organisation suivant, c'est l'interdit

Lorsqu'il s'agit de traiter une psychose, on est surpris de voir qu'au fur et à mesure de l'amélioration du sujet, si on ne s'occupe pas des géniteurs et de la fratrie, un des frères ou une des sœurs, ou l'un des parents se décompense soit par une névrose, soit par des *acting out* [1], soit par un accident, soit par un trouble psychosomatique. Souvent, alors, les parents suspendent le traitement de l'enfant; ou bien, pour lutter contre cette décompensation, ils se désintéressent totalement de l'enfant qui s'adapte et guérit, tandis que primitivement cette guérison semblait leur plus cher désir. Il est très important de prévoir et de comprendre ces réactions : car la guérison d'un psychotique au prix d'une destructuration de parents proches le culpabilise secondairement, et arrête son évolution, ou même risque de l'entraîner dans une mort accidentelle ou volontaire : ce qu'on peut éviter si on

---

total signifié à certaines visées des pulsions de ce stade. Cet interdit total de certaines visées des pulsions sépare l'image du corps fonctionnelle d'une partie qui, jusque-là, bien que situés dans le corps d'un autre, lui était connaturelle, et nécessaire aux fantasmes de son désir. En termes psychanalytiques, on nomme cela une castration. L'impact de cette castration, c'est qu'elle peut être structurante au point de vue symbolique pour le sujet, ou bien peut être blessante ou encore mutilante. Tout dépend des modalités de cet événement quant au moment où il advient, quant à la qualité du lien émotionnel du sujet à qui est, ou lui en paraît, l'exécuteur. La valeur humanisante de cette castration dépend aussi du fait que la castration semblable est effectivement assumée à son égard par l'autre qui lui impose l'interdit et qui, de son côté, respecte ou ne respecte pas l'enfant en tant que sujet de désir. La valeur reconnue mutuellement de sujet humain, dans la dignité de sa personne et de son sexe, est indispensable pour que la castration, après la « déprivation » qu'elle impose à certaines pulsions, porte des fruits; c'est-à-dire la sublimation des pulsions interdites dans des comportements humanisants, promotionnants dans le groupe. Un sujet qui est soumis à la loi d'un interdit fait à son désir, souffre, mais il considère celui qui lui signifie l'interdit comme une image valeureuse de lui-même à qui venir. C'est le cas d'un enfant vis-à-vis d'un adulte; il s'ingénie à couler l'expression de son désir dans les visées autorisées ou nouvelles que, grâce à son développement neurophysiologique, ses pulsions vont découvrir, et où elles trouveront jouissance. Les parents ou les éducateurs d'enfants inadaptés à eux avant que de l'être au groupe social, sont pour des raisons inconnues d'eux-mêmes, des adultes qui ont gardé de leur prime enfance mal castrée une angoisse que leur relation à leur enfant réveille, à l'occasion des expressions du désir dans les stades oral et anal ou génital; ils mettent leur enfant (du fait d'une relation inconsciente émotionnelle en vase communicants) dans un état permanent d'insécurité face à son désir; de ce fait, aucun interdit aux visées de ce désir ne permet à une organisation de s'en dégager.

1. Impulsivité irraisonnée.

s'occupe de la famille et permet aux parents d'évoluer eux aussi dans leur névrose, parallèlement au traitement du psychotique.

Alors qu'une névrose est guérie par l'analyse du complexe d'Œdipe du sujet et son dépassement, la guérison d'un jeune psychotique n'est pas terminée lorsque sa structure s'est rétablie par rapport aux stades archaïques qu'il a pu revivre et réordonner avec son psychanalyste. En effet, il a pris un considérable retard dans les sublimations de ses pulsions orales et anales, désorganisées qu'elles ont été au cours de sa période désadaptée et délirante par rapport à sa classe d'âge, surtout si la période de désadaptation a occupé une longue partie de l'enfance, celle de la majorité des acquisitions scolaires de base, de 5 à 8 ans, puis des acquisitions culturelles d'après l'Œdipe.

Même s'il s'agit d'une psychose apparue chez un adolescent ou un adulte, ses pulsions génitales, à cause de la part régressive silencieusement restée en deçà de l'Œdipe, se révèlent désorganisantes de ce qui semblait organisé. Il faut encore que l'individu, sa structure œdipienne rétablie à retardement, vive une phase artificielle tardive de pseudo-latence, traversée d'*acting out* rarement évitables, et qu'il aboutisse à une créativité valable en société par rapport à son capital pulsionnel, à son milieu familial et social, et à sa classe d'âge. Ceci n'est pas du ressort de la psychanalyse mais d'un milieu à la fois psychothérapeutique et éducatif ou professionnel. Importent alors les moyens sociaux mis à la disposition de ces sujets guéris de psychose, mais pauvres encore de pouvoir compétitif par rapport à ceux de leur âge, et donc incapables, s'ils en restent là, d'assumer leurs pulsions génitales dans la réalité scolaire et professionnelle. Il en est de même pour la réalité des fréquentations sociales et culturelles qui pré-existent au choix d'un conjoint qui ne soit pas seulement un choix narcissique compensatoire momentané, à l'accession à une maturité qui permette d'assumer la paternité ou la maternité.

C'est pourquoi le soutien de la famille de l'enfant ou de l'adolescent psychotique est souhaitable, et c'est pourquoi il est encore important de s'occuper de cette famille afin que lorsqu'il en sera lui-même capable, l'enfant, l'adolescent ou l'adulte guéri de sa psychose trouve un appui auxiliaire dans la société de son groupe familial ou d'un groupe social de transition. La société d'un pays dit développé n'est pas encore bien équipée, malheureusement, pour ce genre de pédagogie scolaire tardive, ou de mise au travail sans diplômes, dont seraient capables des enfants et des adolescents qui ont passé, sans pouvoir en profiter, du fait de la psychose, l'âge de la scolarité ou de la formation professionnelle, ou des adultes qui, à l'occasion d'une décompensation psychotique, ont perdu leur travail. Il s'agit encore de solutions individuelles, coûteuses, et réservées aux couches privilégiées de la société.

CONCLUSION : *Peut-on espérer une prophylaxie des névroses et des psychoses infantiles ?*

Tout ceci plaide en faveur du développement de la psychanalyse et du dépistage par les pédiatres, bien avant 3 ans, des enfants qui, à l'insu de leur famille, sont déjà inadaptés à la vie en société de leur âge et dont la mise en maternelle ne pourra qu'aggraver les difficultés, si elle n'est pas précédée et accompagnée d'une psychothérapie psychanalytique parents-enfants.

Il faut aussi s'occuper du dépistage avant 8 ans d'enfants sans troubles apparents, bien adaptés intellectuellement à la scolarité, mais retardés sexuels et affectifs : le bon niveau scolaire et intellectuel d'un enfant ou d'un adolescent, on ne le dira jamais assez, n'est pas un critère de santé affective, ni mentale, ni morale. Le mauvais niveau scolaire et intellectuel n'est pas non plus un critère de névrose, bien que, par les sentiments d'infériorité et d'échec social qu'il développe parfois, il puisse favoriser l'inadaptation passive ou la délinquance à l'adolescence.

Le retard scolaire d'un enfant affectivement sain, manuellement adroit et débrouillard en société, est moins dangereux pour lui, pour la suite de son développement, que la réussite scolaire d'un enfant anxieux, phobique, scrupuleux, incapable d'autonomie et de vie sociale hors du milieu protégé en famille ou en internat.

Il n'est pas vrai, comme on l'a dit, qu'il naisse un enfant inadapté toutes les 20 minutes. Mais il est vrai, avec l'extension de la vie citadine, la chute de la mortalité infantile, l'absence de politique concernant l'enfance et la carence d'aide éducatrice aux mères et aux pères (en outre traumatisés par deux guerres), que plus de 45 % des bébés et des petits enfants manquent de vie ludique vocale, imaginative et motrice, de contact et de communication avec d'autres enfants de leur âge, ce qui leur est indispensable pour se développer sainement jusqu'à 3 ans; car l'être humain est un être de relation et de communication, qui a besoin de liberté d'expression et d'échanges avec ses semblables [1].

L'énorme essor de la médecine, de la chirurgie, et l'effort fait pour la prophylaxie des maladies physiques, doivent maintenant être continués par un énorme effort d'information des médecins et du personnel soignant sur la nécessité de ne pas séparer l'enfant de son milieu familial tout en soutenant celui-ci par un énorme effort social pour l'éducation des tout petits de l'âge de la marche à celui de la maternelle, et pour la prophylaxie des troubles affectifs et sexuels au cours de la vie scolaire jusqu'à 8, 9 ans. Il faut que se développe un énorme effort d'éducation des filles et des garçons qui leur ouvre des possibilités culturelles musicales, corporelles, ludiques et sportives, mais aussi créatrices manuelles, de 8 à 14 ans, tout au long de la vie scolaire et bien avant l'âge de l'apprentissage professionnel. Enfin une information sexuelle et corrélativement juridique dès avant la puberté,

---

1. Tout ceci demande l'intelligence de l'éducation; car l'enfant ne s'humanise au cours de son évolution qu'au prix de castrations opérationnelles, c'est-à-dire reçues à temps et non à contretemps, je veux dire quand les pulsions refoulées par les interdits sont à la fois capables de s'organiser en partie en tabous inconscients solides, tandis que les pulsions libres peuvent accéder au plaisir dans les conquêtes du stade libidinal suivant.

débouchant à la puberté, âge du désir de responsabilité, sur une participation à la vie communale ou civique en facilitant l'insertion partielle au travail concurremment avec la poursuite de la formation intellectuelle, culturelle et professionnelle.

Le souci exclusif de la santé organique du nourrisson et des jeunes enfants — dans la méconnaissance des processus pathogènes d'angoisse dus aux perturbations de la relation symbolique père-mère-enfant comme origine des troubles organiques de l'enfant, ou du rôle pathogène mental de l'angoisse de la séparation mère-enfant dans les maternités et encore avant 9 mois, à l'occasion des séjours hospitaliers, la séparation de la famille par des éloignements, pour raisons dites sanitaires avant 5 ans — autant de causes des troubles phonatoires et psychomoteurs, des états phobiques et compulsifs, des fausses débilités qui apparaissent plus tard, signes d'une névrose traumatique précocissime.

L'insuffisance d'information des pédiatres, concernant le développement psychosomatique du 1er et du 2e âge, est ici en cause. Il est très regrettable que les pédiatres ne reçoivent pas encore une information — non pas psychiatrique, qui leur est tout à fait inutile —, mais touchant des notions claires de prophylaxie mentale sur les incidents et accidents courants de la structure psychique et affective de 0 à 7 ans dans la relation enfant-parents. Au début des troubles, une attitude compréhensive, intelligemment secourable, des paroles justes adressées par le médecin connu de lui à l'enfant lui-même et à ses parents, des conseils simples au père et à la mère, permettraient à l'enfant de sortir de l'attitude réactionnelle régressive où il sombre souvent faute d'aide et qui pourtant serait encore réversible s'il pouvait parler vrai et être compris. Quelques mois ou quelques années après l'épisode traumatique régressivant, le même résultat nécessite une longue psychothérapie, parce qu'aux inhibitions du début se sont ajoutés de nouveaux symptômes qui vont s'organisant en mode d'adaptation au monde, et dont l'effet est l'inadaptation à la créativité de son âge, à la communication : tous comportements qui traduisent une déshumanisation en marche.

On reçoit encore trop souvent des parents qui viennent après de nombreuses quêtes de secours et de compréhension sans avoir obtenu autre chose que des médicaments et des conseils de tolérance, de patience — « ça s'arrangera avec le temps », « gardez-le jusqu'à ce que vous ne puissiez plus le supporter » —, ou bien des diagnostics définitifs d'incurabilité, des conseils de mise en classe d'inadaptés et en internats spécialisés où des enfants, ségrégués comme des objets rejetés de leur classe d'âge autant que de leur famille, sont encadrés par des maîtres et des éducateurs, également ségrégués par rapport à leurs collègues. Le talent pédagogique de ces maîtres-là, parfois exceptionnel, et qui serait le bienvenu chez tous les enfants dits adaptés, même s'il réussit à scolariser à peu près les élèves, est impuissant à restituer une structure symbolique saine chez des enfants dont le désordre ne relève que d'un travail psychothérapique psychanalytique; travail dont l'efficacité dépend autant de l'implication des parents que de celle de l'enfant, qui doit être sûr de ne se voir jamais, sauf à sa demande personnelle, séparé de sa famille, celle-ci aidée à l'assumer autant qu'un enfant adapté, jusqu'à la résolution œdipienne.

Sûrement nous-mêmes, psychanalystes, n'avons-nous pas fait un travail d'information suffisant auprès des pédiatres. Sûrement n'avons-nous pas crié assez fort casse-cou à ces rééducations *instrumentales* d'enfants-choses : enfants dont les symptômes traduisent un désordre *structural,* originé dans un *désir forclos,* qu'il s'agit non de « corriger » mais d'analyser plutôt que d'en récupérer l'impuissance instrumentale apparente. L'avenir d'enfants ainsi méconnus dans leur valeur de sujets humains, d'enfants « dressés » à un comportement scolaire et professionnel dévié de leur désir libidinal autonome, cet avenir est sombre. Devenus adultes, ce seront des citoyens, ils concevront des enfants de chair dont ils ne seront pas responsables, même si leur travail leur permet de survivre. Leur progéniture, née de parents qui ont été, dès l'enfance, empêchés d'assumer humainement et librement leurs désirs et leur insertion à la société, sera vouée à l'échec. Les responsables de la sécurité soi-disant sociale, et de l'éducation dite nationale, y pensent-ils, dans l'euphorie actuelle de « l'aide » à l'enfance inadaptée ? On nous rabâche qu'il naît 75 enfants inadaptés par jour en France, alors qu'il s'agit d'enfants qui (sauf les infirmes physiologiques par infirmité néonatale, et encore !), seront des traumatisés précoces dans la fonction symbolique du désir, et dont l'inadaptation sera le mode d'adaptation symbolique à des parents inconsciemment carencés, angoissés, traumatisés. Des méthodes de soins et de soi-disant hygiène alimentaire, maternelle, pédiatrique et scolaire imposées leur ajoutent des épreuves qui vont à l'encontre de la structure émotionnelle du petit humain en cours de croissance; lui ou elle, essentiellement être de langage, indissociable sans danger vital symbolique d'abord de son prénom et de son nom, puis de sa mère, de son père, et de sa fratrie quels qu'ils soient, jusqu'à 8 ans ou à défaut, du milieu nourricier primordial, avant l'apparition de l'autonomie, jusqu'à 5 ans au moins, et si à ce moment une séparation se montre nécessaire, il lui faudrait alors rester dans le même milieu éducatif tutélaire de 5 ans jusqu'à la puberté.

Il faudrait des crèches dans tous les lieux de travail des mères, où elles pourraient nourrir et aller voir leurs enfants dans la journée, jusqu'à l'âge de la marche. Il faudrait de petites garderies d'enfants où les pères, les mères, les frères et sœurs auraient un droit d'accès fréquent; des maisons maternelles où les mères fatiguées trouveraient un accueil hôtelier avec leurs enfants encore dépendants d'elles, où le père viendrait les rejoindre le soir ou les jours de repos. Il faudrait des garderies nombreuses pour les enfants depuis l'âge de la marche délurée jusqu'à celui de l'école maternelle, garderies ouvertes aux parents qui viendraient y découvrir leur enfant au contact des autres, y découvrir l'importance de leur comportement éducatif qui s'éclairerait de l'exemple et des colloques avec des éducatrices maternelles, chacune d'elles ayant en responsabilité quatre à cinq enfants, conscientes de leur propre rôle éducatif en tant qu'auxiliaire des parents, et uniquement au plan du jeu et de l'adaptation des enfants les uns aux autres, dans une ambiance absolument pas scolaire; tolérantes aux régressions momentanées et récupératrices nécessaires à tous les enfants éprouvés affectivement de moins de 3 ans, en même temps qu'initiatrices d'autonomie pour tout ce qui touche chez l'enfant à l'entretien de son corps, au langage parlé parfait, à l'adresse corporelle et manuelle dans le rythme et la musique. Ainsi, tous les enfants atteindraient, déjà insérés à leur classe d'âge et jamais désinsérés de leur famille, l'âge de l'entrée en maternelle : âge qui varie selon les enfants entre 3 et 5 ans, âge qu'on avance parce que les enfants ont besoin d'en fréquenter d'autres, que les mères ont besoin de travailler, et qu'il n'y a pas actuellement, hélas, d'autre solution, mais où il est impossible de faire œuvre utile à une maîtresse si parfaite soit-elle lorsqu'elle a plus de quinze enfants, et encore, à condition qu'ils soient aptes à communiquer entre eux et avec elle par la possession parfaite du langage acquis précédemment.

On le voit, il s'agit d'une politique visant à ce que l'enfant tout en restant dans sa famille, soit dès le petit âge, passif ou actif, mêlé chaque jour à ceux de sa classe d'âge et jamais ségrégué de la société des autres au nom de son inadaptation, momentanée ou peut-être durable; cela jusqu'à l'âge de 7 ou 9 ans selon les enfants; et, jusqu'à cet âge, coûte que coûte : quels que soient les accidents de santé physiques. D'une politique d'éducation pré-œdipienne dans laquelle l'enfant ne serait jamais isolé, ni séparé du contact fréquent avec ses parents et sa fratrie.

Je crois entendre les objections de certains : il y a des milieux familiaux impossibles, incapables; d'autres, au contraire, invoqueront le droit des parents à élever leur enfant comme ils l'entendent. A cela, je répondrai que l'autorité de l'Etat oblige à la surveillance et à la prévention médicale, aux vaccins; qu'un pays civilisé se vante de son état sanitaire, de la chute de la mortalité infantile. Lorsqu'il s'agit, en revanche, de la morbidité et de la mortalité symbolique que sont les névroses, les psychoses et la plupart des difficultés de croissance mentale et affective, et lors même qu'on en connaît l'origine structurale précoce (par défaut de communication interhumaine vraie, par défaut, il faut le dire, « d'éducation » au sens de réponse à l'appel à s'humaniser en chaque petit homme), faut-il continuer à corriger après coup, aider après coup, alors qu'on pourrait prévenir ?

Serait-ce une utopie à notre époque que de souhaiter une politique de l'enfance et de la prime jeunesse, une politique qui respecterait l'originalité foncière de chaque triangle père-mère-enfant, en ne séparant jamais l'enfant de ses géniteurs avant le moment où vient son désir, désir qu'il ne peut assumer en force que si la structure pré-œdipienne a été très solide, s'il a grandi près de sa source mais joyeusement entouré d'enfants des autres familles ? Il n'y a pas opposition entre la vie sociale et la vie au foyer, il y a pour tous les enfants complémentarité. Une société civilisée comme devrait être la nôtre ne se doit-elle pas :

— de protéger et de former au langage et aux échanges créatifs chaque membre de sa population enfantine ?

— de rendre possible l'accession à la conscience de soi et l'insertion par le libre travail rémunéré, effectivement utile au groupe, chaque membre de la population pré-adolescente, tout en favorisant, par un équipement mis à sa disposition, sa créativité dans la culture et les loisirs et son essor extra-familial par des séjours dans des familles latérales ou des groupes de loisirs libres et guidés ? Il y ventilerait, par l'observation et la pluralité des situations et de son rôle dans ces groupes temporaires où il aurait à s'intégrer un temps, ses jugements toujours altérés dans la petite enfance par une exclusive dépendance au style de langage et de comportements dont l'informe son milieu familial d'origine.

— de soutenir chez chaque jeune dès l'école primaire la conscience de sa responsabilité interpersonnelle, sexuelle, politique, et son émancipation libre hors des cadres de son enfance dès que son désir l'incite à s'assumer personnellement ? Il faudrait de nombreux foyers pour grands enfants et adolescents, endroit où ils trouveraient l'accueil et l'émancipation d'une famille où ils étoufent tout en étant protégés des dangers de la rue ou de ceux d'une exploitation par des employeurs ou de soi-disant protecteurs pervers, en même temps qu'ils pourraient être encouragés à poursuivre une formation scolaire complémentaire dans un encadrement sécurisant souple.

— de faire accéder chaque adulte au sens de la responsabilité dans sa fécondité comme dans l'éducation qu'il donne à ses enfants par l'exemple de son activité civique et familiale ? Il faudrait organiser des groupes de parents qui s'entraideraient dans la compréhension de leurs difficultés.

— de maintenir et de stimuler, par une politique citadine et communale du logement qui soit viable, l'insertion sociale de chaque membre de la population vieillissante, insertion renouvelée, valorisée par l'expérience de l'âge, dans de très nombreuses activités qui manquent de responsables ? Il est inadmissible qu'avec la prolongation de la promesse de vie, l'arrivée beaucoup trop tardive de la « retraite » après une activité à laquelle l'adulte était adapté, soit pour la plupart le traumatisme de mort symbolique, de rejet d'un homme ou d'une femme, comme si la vieillesse elle-même n'était plus humaine. La santé des adultes âgés n'en serait que meilleure à se sentir utiles, car je ne parle pas ici d'assistance aux vieillards hors d'activité, dont beaucoup de communes sont déjà justement préoccupées parallèlement à des œuvres privées ; je parle des hommes et femmes valides de soixante à soixante-dix ans, réduits à la solitude et qui, faute d'emploi, se morfondent en troubles psychosomatiques ou, dans les grandes cités, parasitent le foyer de leurs enfants, conscients et aigris de leur être à charge et compliquant les relations familiales dans des logements étroits.

Cette chaîne de communication entre tous les membres d'une société ne serait-elle pas la vitalité symbolique d'une culture que seul le langage ordonne, le langage interhumain et interfamilial et la communication qu'il établit entre tous ses membres vivants ? Le souci majeur des législateurs et des responsables ne devrait-il pas être, à tous les niveaux, non pas l'anonymat affectif bureaucratique mais le respect de l'individuation de chacun, qui seule donne valeur aux lois que se donne une société pour sa cohésion vivante ?

Table

BRODARD ET TAUPIN À LA FLÈCHE (9-88)
D.L. 3ᵉ TRIM. 1971. Nᵒ 3322-9 (1315A-5)